W9-BDY-301

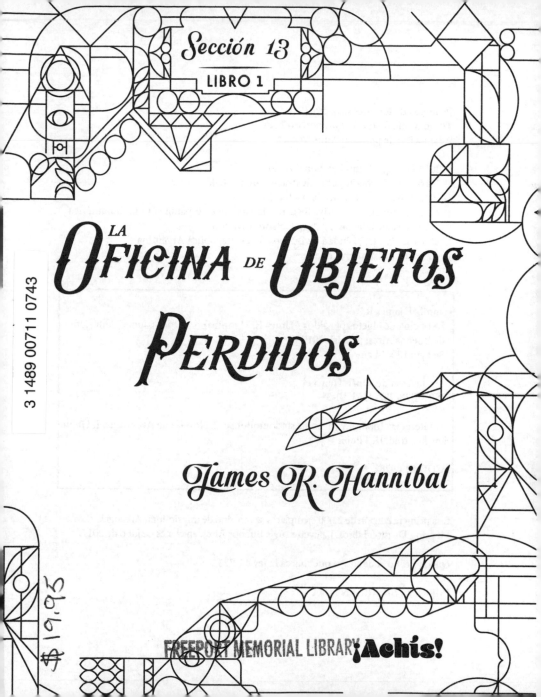

Sección 13

LIBRO 1

# La Oficina de Objetos Perdidos

James R. Hannibal

3 1489 00711 0743

$19.95

FREEPORT MEMORIAL LIBRARY

¡Achís!

Primera edición: Agosto de 2017
Título original: *The lost property office*
Adaptación de portada: Aline Vernet

© 2016 James R. Hannibal, por el texto
© 2016, Eric Kalsbeek, por la ilustración de portada
© 2017, Onán Henckel, por la traducción
© 2017, Lectura Colaborativa SRL, por la edición en español para Latinoamérica
© de la presente edición, Lectura Colaborativa SRL
Gral. Urquiza 2037, Ciudad de Buenos Aires, República Argentina
www.lecturacolaborativa.com

Hannibal, James R.
La oficina de objetos perdidos / James R. Hannibal. - 1a ed. - Ciudad Autónoma de Buenos Aires: ¡Achís!, 2017
392 p. ; 18 x 14 cm

Traducción de: Onán Henckel
ISBN 978-987-4163-10-3

1. Literatura Infantil y Juvenil Estadounidense. 2. Novelas de Aventuras. I. Onán Henckel, trad. II. Título.

CDD 813.9282

Esta primera edición de 2.000 ejemplares se terminó de imprimir en Arcángel Maggio - División Libros, Lafayette 1695, Buenos Aires, en el mes de julio de 2017.

Queda hecho el depósito que marca la ley 11.723

IMPRESO EN ARGENTINA

**ESTA HISTORIA VA DEDICADA**
**A TODOS LOS RASTREADORES**
**QUE HAY POR AHÍ.**
*Ustedes saben quiénes son. Bueno... quizá no.*
**PERO SE ENTERARÁN PRONTO.**

# *Capítulo 1*

**DOS GRANDES ESCARABAJOS** voladores se dirigían hacia el Norte por el río Támesis. Tenían un color verde azulado y se movían hacia delante y hacia atrás sobre la superficie del agua, con el vuelo errático que caracteriza a estos insectos. De haberse molestado en mirar, los *runners* madrugadores que corrían por los Victoria Tower Gardens de Londres y se protegían del frío de diciembre envueltos en sus calzas y gorros, hubiesen visto el reflejo del sol naciente en las alas traslúcidas de los coleópteros. Y si los hubieran mirado más de cerca, se preguntarían si esas alas no estaban hechas de alguna extraña aleación metálica.

Pero no miraron. Nunca nadie mira.

Aun así, los escarabajos no pasaron totalmente desapercibidos: un lucio saltó del agua y capturó a uno de ellos en el aire, a modo de desayuno. Mientras el pez se zambullía con su comida, el otro escarabajo detuvo su avance y esperó, aleteando impaciente. Las lodosas profundidades se iluminaron con un estallido sordo de luz azulada, y el lucio ascendió, muerto, a la superficie, con una expresión de terror en sus ojos redondos. El escarabajo capturado salió por una de las agallas, se quitó de encima la porquería pegajosa del pez con un gesto indignado de sus alas mecánicas y reemprendió el vuelo junto con su compañero.

Los escarabajos se apartaron del río Támesis a la altura del Parlamento y se elevaron siguiendo la pared Este de la Cámara de los Lores. Llegaron al tejado y avanzaron hacia el Norte, esquivando docenas de agujas góticas y cientos de pinches contra las palomas, antes de volver a elevarse, esta vez siguiendo la pared Sur de la Gran Torre del Reloj, conocida en todo el mundo como Big Ben. Se posaron en la gran aguja de los minutos, descansaron un momento y contemplaron cómo la sombra matutina del edificio se alargaba hacia Bridge Street; entonces, con el rápido tintineo de sus seis patas metálicas, se abrieron paso hacia el interior del Big Ben.

En la silenciosa habitación detrás del reloj, el agente Henry Biddle tomaba a sorbos su té de la mañana. Desde luego, sentarse en una incómoda silla plegable y vigilar la puerta de unas viejas escaleras no era la misión que se había imaginado años atrás, cuando se incorporó a la Policía Metropolitana, pero en algún lugar tenía que iniciar su carrera en el mantenimiento del orden público. Además de no estar vigiladas, las frágiles escaleras de hierro y la plataforma al aire libre donde se encontraba la campana del reloj podían resultar un peligro para los turistas demasiado curiosos.

Un «clank» sordo y metálico interrumpió a Biddle en mitad de un largo sorbo. Bajó el vaso de cartón y se dio vuelta, sin levantarse de la silla, para mirar hacia la puerta superior de las escaleras. La observó un rato, pero el cerrojo de hierro no hizo más sonidos.

«Qué raro». Biddle dirigió una mirada severa a la puerta para mostrarle quién mandaba y volvió a fijarse en la puerta inferior, mientras levantaba de nuevo el vaso. Nuevamente lo interrumpió un ruido, esta vez la estática de su radio. Con un gruñido, dejó el vaso a un lado. ¿Es que no iba a poder tener un poco de tranquilidad al principio de su largo turno?

—Nigel, no entendí esto último -dijo, levantando el comunicador-. Si lo que quieres es saber cómo va, todo tranquilo en las escaleras superiores.

Mientras realizaba la transmisión, notó un movimiento en el comunicador. Lo alejó de su cara y vio un gran escarabajo posado en el dial, muy bello, con alas traslúcidas y brillantes y patas plateadas.

Biddle lo hubiera tomado por una pieza de joyería si no fuera porque empezó a moverse.

—Eh, bicho, ¿qué haces aquí?

El escarabajo agitó ligeramente las alas.

Entonces Biddle oyó: «Todo tranquilo en las escaleras superiores».

Se sorprendió ante el sonido de su propia voz.

—¿Qué diablos...?

El bicho se precipitó contra la cara del hombre. Un sonoro «zap» y un relámpago de luz blanco azulado bañaron el recinto, seguidos de un leve «fzzz» y del persistente hedor de pelos quemados. El agente se derrumbó en su silla. La gorra con el dibujo a cuadros cayó de su cabeza, volcó el vaso de cartón y empezó a formar un tortuoso río de té que avanzaba por entre las rendijas de las viejas baldosas del suelo.

La habitación quedó en silencio durante unos segundos mientras los escarabajos sobrevolaban pacientemente a su víctima, hasta que un hombre con un largo abrigo negro y sombrero a juego asomó por la puerta inferior. Entró, pasó junto al policía en el suelo y subió por las escaleras de caracol, con los dos escarabajos en sus hombros como un par de sabuesos bien entrenados.

El hombre de negro pasó al lado de los grandes engranajes y la gigantesca esfera del reloj, de dos pisos de altura, y siguió hasta el campanario. Salió por uno de los altos ventanales en arco hasta el balcón Oeste. Allí se apoyó en la barandilla de hierro que da al St. James's Park, y sus escarabajos mecánicos lo sobrevolaron revolviendo su pelo canoso, luchando contra el aire en un esfuerzo por mantener su posición.

—El viento sopla del Norte, ¿no? –preguntó en un inglés puntuado por un acento francés. Los escarabajos se posaron en uno de sus dedos enguantados–. No será por mucho tiempo, *mes amis*. Papá se encargará de eso.

El francés levantó la solapa de su abrigo y reveló un bolsillo interior que se agitaba con el movimiento de lo que fuera que hubiese dentro, y los dos escarabajos mecánicos entraron en él. Entonces su dueño se inclinó para observar la valla , con sus ojos a apenas centímetros del hierro pintado de negro. Se concentró en el poste central de la valla, manteniendo el oído cerca de su cabezal y dándole un golpecito con los nudillos. Intentó hacer girar el cabezal, pero este no se movió. Con un gesto de extrañeza, y tras unos cuidadosos golpecitos más que confirmaron sus sospechas, volvió a intentarlo, esta vez con las dos manos. El cabezal se rindió por fin con un fuerte «crac».

Una vez suelto, el ornamento del poste giró fácilmente, y el hombre de negro lo agarró y se lo metió en un bolsillo exterior. Del otro sacó una veleta de cobre, reverdecida por el tiempo y con la silueta de un barco en lo alto. El instrumento encajó perfectamente, como si aquel fuera el lugar para el que había sido creado, y el hombre lo movió hasta que la proa del barco apuntó hacia Buckingham Palace. La brisa del norte se detuvo del todo. Una fracción de segundo más tarde, sintió apenas una brizna de viento del oeste y sonrió.

—*Voilà*. Ya está todo en marcha. Ahora vamos a encargarnos del pobre y afortunado Jack.

# *Capítulo 2*

—¿DÓNDE ESTARÁ? Anoche lo tenía.

Jack Buckles apenas era consciente de cómo su madre rebuscaba, abría cajones, levantaba revistas, en su pequeña habitación de hotel en Londres. Hizo un esfuerzo por ignorarla, con la nariz hundida en su *smartphone*, y se concentró en su juego 3D, en el que tenía que buscar las gemas de un mago por túneles de duendes y guaridas de orcos. Pero, cuando su madre se arrodilló ante él para mirar debajo de la cama, no pudo contenerse más. Suspiró mientras seguía luchando contra un duende con los pulgares.

—¿Qué estás buscando?

—Un guante. De cuero. Rojo. –Volvió a levantarse y agitó su pareja ante el rostro del chico–. Como este.

Jack, de trece años, y su hermana Sadie, de ocho, estaban sentados con las piernas cruzadas, uno al lado de la otra, en una de las dos camas dobles de la habitación. Sin levantar la vista del juego, Jack tiró de los vaqueros de Sadie y la arrastró hacia atrás. Ella no se quejó; mantuvo las dos manos en el *e-reader* y dejó que Jack la empujara contra los almohadones, lo que la obligó a descruzar las piernas y dejarlas abiertas en forma de V sobre la colcha. Jack señaló hacia abajo con una mano: allí, entre las rodillas de su hermana, estaba el guante.

Su madre soltó una risita, discreta y con un toque de tristeza.

—Increíble. Igual que tu padre.

A Jack no le gustó eso; no había pretendido hacer nada que provocara que su madre se acordara de su padre.

Ella le besó en la cabeza y agarró el guante, haciendo una incómoda pausa de unos segundos para acomodarle el pelo casi negro. En cuanto su madre se dio vuelta, Jack levantó una mano y volvió a alboratárselo.

Su madre metió una mano en su abrigo azul oscuro.

—Debo visitar varios hospitales, Jack. Con tantos formularios como tendré que rellenar, puede que me lleve todo el día. Jack, ¿me oyes?

Él asintió, sin dejar de jugar.

—Sí, mamá. Papeleo. Todo el día.

La respuesta había sonado más sarcástica de lo que él pretendía, pero no se disculpó. Ella frunció el ceño.

—Ya sé que son circunstancias difíciles, sobre todo después de lo de ayer, pero…

—¿Difíciles? -Jack levantó la vista del celular, el tiempo justo como para echarle un vistazo a su madre–.

Era la primera vez que la miraba desde el día anterior, después de bajar del avión que los había traído desde Denver. Lo que vio en sus ojos lo tomó por sorpresa: ella no tenía pinta de querer discutir, ni mucho menos; más bien parecía como si de un momento a otro alguna fuerza sin piedad fuera a aplastarla contra el suelo. Se estaban comenzando a formar lágrimas tras sus párpados.

—Lo siento, Jack. Lamento todo esto.

Jack miró de reojo a Sadie. Seguía con la cabeza recostada contra los almohadones, sus cabellos castaños desparramados en todas direcciones y la vista fija en su libro digital. Él volvió al móvil.

—No, mamá, por favor...

En el largo silencio que siguió, Jack supo que ella lo observaba. Encogió los hombros bajo el peso de la mirada triste de su madre y deseó que no se echara a llorar. No quería ser tan frío. Hubiera deseado tomarle las manos y decirle que nada había sido culpa suya; hubiera querido llorar en su hombro. Pero no podía. Sabía lo que pasaría si la miraba a los ojos: se echaría a llorar. Y si él lo hacía, ella también, y Sadie empezaría a hacer preguntas que ninguno de los dos quería contestar; al menos, hasta que tuvieran respuestas para dar.

Así que Jack siguió con la cabeza gacha. En la pantalla apareció un nuevo duende. Lo acuchilló con furia y este se desvaneció en una columna de humo verde.

La madre de Jack se secó los ojos con el guante perdido, se recogió el pelo dentro de su gorro de lana rojo y besó a sus dos hijos en las mejillas de forma casual, como si solo fuera a comprar algo a la tienda.

—Hagan lo que puedan para entretenerse mientras no estoy. Hay juegos que no necesitan pantallas, ¿sabían?, y a los que podrían jugar juntos, como el «Veo, veo».

Dejó su consejo flotando en el aire; Jack sabía que esperaba alguna respuesta, nada que fuera una risita o un gruñido, pero no hizo ninguna de las dos cosas.

Su madre le puso una mano en la rodilla.

—Si les agarra hambre, pueden comprarse algo en la cafetería del hotel. Agarró a Jack de la barbilla y le levantó la cabeza. Algo discreto.

Él apartó el rostro.

—Sí, mamá, ya lo sé. El futuro es incierto, hay que comer barato.

—Y, hagan lo que hagan, no vayan a salir del hotel, ¿está claro?

—Sí, de acuerdo.

Ella se quedó un segundo más mirándole la coronilla; después suspiró y fue hacia la puerta.

—Muy bien, entonces me voy a buscar a papá.

# *Capítulo 3*

**SADIE SE IRGUIÓ EN LA CAMA** y bajó las manos al regazo, de forma que el *e-reader* fue a parar a sus piernas con un melodramático «slap».

—Me aburro.

—No, no te aburres.

Jack se concentró en otro duende, que le atacaba con un puñal. Había registrado las cuevas de los orcos, y solo había encontrado un mensaje en una roca que le decía que volviera a los túneles de los duendes. Una misión de lo más incierta; casi podía oír cómo el tipo que había diseñado el juego se reía de él. Pero ya había llegado demasiado lejos como para abandonar. Si pudiera encontrar la gema roja y devolvérsela al mago subiría un nivel y se convertiría en su aprendiz. Hizo que su personaje esquivara una estocada y después partió a su enemigo en dos. Una llama azul eléctrico llenó la pantalla.

—No hace ni cinco minutos que mamá se ha ido.

—Hace ya diez minutos. ¿Y cómo sabes si estoy aburrida o no?

Apartó el *e-reader* del regazo, lo dejó sobre la colcha y se dio media vuelta para colocarse frente a los almohadones, tirando al mismo tiempo de la manta de Jack. Después de arreglar y cambiar la posición de los almohadones de su lado, pasó gateando por detrás de su hermano para ir hacia sus almohadones y le dio varios golpes en el proceso. Jack sabía que lo hacía para llamarle la atención, pero la ignoró.

Sadie resopló, saltó, volvió a resoplar, arregló los almohadones, chocó contra su hermano, resopló un poco más alto y saltó de nuevo, hasta que finalmente dio un golpe tan fuerte a Jack que le hizo fallar un ataque y un duende lo mató con su espada. La pantalla se volvió roja. Dejó el celular en el regazo y dirigió una severa mirada a su hermana, que ahora estaba parada enfrente suyo.

—Ya está, ¿querías hacerme perder?

—Veamos la tele.

—Mamá no quiere que veas la tele inglesa, Sadie.

—Nunca dijo eso.

—No hace falta. Y, además, nosotros los norteamericanos no entendemos los programas ingleses.

Sadie se cruzó de brazos.

—No soy idiota. La gente de Londres habla el mismo idioma que nosotros.

—No digas «idiota». Y no me refería a eso.

La verdad era que Jack no tenía ganas de ver la tele: en la TV pasaban demasiadas cosas a la vez, había demasiado en lo que fijarse, y su cerebro tenía tendencia a observar hasta el mínimo detalle, lo quisiera él o no. Era por eso que siempre acababa inmerso en su *smartphone*; lo usaba como refugio contra un mundo que siempre se le venía encima y lo atosigaba hasta que no podía más. Últimamente, también lo había usado como refugio contra sus propios pensamientos; y la interrupción de Sadie los estaba haciendo volver. Le dio el *e-reader*.

—En esta cosa tienes montones de juegos.

Eso pareció calmarla. Se echó de espaldas sobre la manta y levantó el aparato por encima de la cabeza. Treinta segundos más tarde volvió a depositarlo en su regazo.

—Tengo muuucha hambre.

Jack se dio una palmada en la frente.

—No tienes hambre. Has desayunado una barrita diez minutos antes de que mamá se fuera. De eso solo hace quince minutos.

—Veinte minutos. Y deja de decirme cómo estoy.

—Mamá dijo que podemos ir abajo si tenemos hambre.

Jack iba a replicarle algo, pero se contuvo. Años de convivencia forzada, mientras su padre estaba ausente haciendo lo que fuera que hacen los representantes de ventas internacionales, le habían hecho aprender unas cuantas cosas sobre las hermanas pequeñas. Discutir con ella no iba a conducir a nada, pero negociar sí. Ser mayor y más sabio significaba que podía manipularla.

—Está bien. Si te consigo algo de comer, tú te quedarás quieta por lo menos cuatro horas.

Sadie saltó de la cama.

—¡Trato hecho!

Demasiado fácil. Debería haber dicho seis horas.

El hotel Eurotrek no ofrecía excesivos servicios. Había un buffet restaurante para cenar y una pequeña cafetería en el lobby para todo lo demás. Jack eligió un sándwich de jamón y queso y dejó que Sadie tomara una golosina de frutilla. También quería una gaseosa, pero Jack era lo bastante mayor como para saber que las niñas pequeñas y la euforia por exceso de azúcar son una mala combinación.

—Dos aguas -pidió a la cajera-.

—Mira, ese señor se parece a papá -dijo Sadie, mirando por encima del hombro-.

Jack se sorprendió y tragó saliva, con un repentino nudo en la garganta.

—No es papá, Sadie.

Ni siquiera miró hacia allí, y no solo porque sabía que Sadie no podía haber visto a su padre: detrás de él, en el lobby, estaban pasando demasiadas cosas. Ya tenía bastante con oírlas; verlas sería demasiado. En el mostrador, un francés se quejaba de su factura. Se equivocaba y lo sabía; Jack podía notarlo en su voz. Al lado de la salida, una mujer pedía un taxi por teléfono; no quería perderse en el subterráneo. No iba a ser Jack quien la culpara. Unas parejas de norteamericanos estaban frente a un puesto con folletos para turistas, planeando una excursión a algún castillo. La voz de él era grave, como la de un físicoculturista; la de ella era frágil, apenas un susurro.

La cajera sacó la comida de un mostrador del que colgaban tiras de papel verdes y rojas, que ya habían visto demasiadas Navidades. Era linda, aunque no parecía muy simpática, con el largo pelo negro recogido en un moño que no conseguía contenerlo del todo, y un uniforme negro del hotel, que no acababa de ser de su talla. Tenía siete aros en la oreja izquierda y seis en la derecha.

¿Por qué? ¿Significaba algo o se le había caído uno?

Jack sintió un pequeño temblor. No quería fijarse en esas cosas, pero no podía apagar su cerebro, no sin un poco de ayuda. Sacó el móvil y se puso a jugar mientras esperaba que LindaSeria envolviera la golosina de Sadie.

—Sí que es papá. Lleva el mismo abrigo marrón y todo. Mira, Jack.

—Cállate, Sadie. Es el trato. Te estoy comprando comida y tú tienes que cerrar el pico.

—¿Con tarjeta o en efectivo? –preguntó LindaSeria–.

Tenía un acento que sonaba a polaco.

Jack mantuvo la vista en la pantalla mientras empezaba una lucha con un trío de duendes.

—¿Podemos anotarlo... a nuestra... habitación? –preguntó lentamente para que la cajera le entendiese–.

—No nos ve. Va a irse, Jack. ¡Mira!

—Ahora no, Sadie.

—Sí, claro que puedes... cargarlo... a tu... habitación –dijo LindaSeriaPolaca, tan lentamente como Jack. Se ve que le había entendido perfectamente y le molestó que él hubiese creído que no–. Pero... tengo que... ver... tu llave.

Sin dejar de pelear contra criaturas malvadas con un pulgar, Jack rebuscó en su bolsillo. Se alegró de encontrar la llave; podría haberla olvidado en la habitación. Siempre le pasaban esas cosas: olvidaba llaves, carteras, hacer los deberes... igual que otras cosas sencillas, como devolver los libros a la biblioteca. Siempre estaba pensando en otra cosa, una de mil distracciones. El psicopedagogo de la escuela insistía en recomendar que tomara esos medicamentos para chicos con TDAH, pero su padre siempre se había negado rotundamente. A lo mejor, ahora su madre lo permitiría.

LindaSeriaPolaca dejó la comida en el mostrador y devolvió la llave a Jack.

—¿Ves, Sadie?, comida. Ahora tienes que dejarme en paz durante seis horas. –Lo dijo para distraerla: esperaba que le corrigiera el número a cuatro; ella era bastante avispada para esas cosas–. Dije, ¡seis horas! –insistió, mirándola por fin.

Pero Sadie ya no estaba a su lado.

Jack miró en el lobby, entrecerrando los ojos para protegerse de la luz del sol que entraba por la puerta. No había muchas cosas: el mostrador de recepción, el buffet restaurante cerrado con cordones, unos bancos, un triste árbol de Navidad artificial. El francés seguía discutiendo con el recepcionista, y el fisicoculturista y su mujer minúscula seguían frente a los folletos. Pero no vio a su hermana menor por ninguna parte.

Sadie había desaparecido.

# Capítulo 4

—¡SADIE!

Jack dejó la comida en el mostrador y corrió a los ascensores, que eran el único lugar que no se veía desde la cafetería. Sadie no estaba. Uno de los ascensores estaba abierto; el otro se encontraba en el cuarto piso, bajando. Ella no habría tenido tiempo de llegar hasta allí arriba.

—¡Sadie! -volvió a llamar, lo que provocó miradas preocupadas de los norteamericanos-.

El resto de los adultos del lobby -el francés, el recepcionista tras el mostrador y la mujer que había llamado al taxi- hicieron gestos de desaprobación. Jack reconoció inmediatamente sus expresiones; sintió como si todos fueran a echársele encima. Deseó meterse en el ascensor abierto y desaparecer. Pero no podía; no sin su hermana. Cerró con fuerza los ojos y se tapó los oídos.

«¡Piensa!».

Sadie había visto a un hombre con un abrigo marrón, alguien que se parecía a su padre. Al mirar Jack, su hermana se había esfumado. No... Dijo algo más, ¿verdad? «Va a irse, Jack». No del lobby; iba a irse del hotel. Mientras Jack jugaba con su móvil, Sadie había seguido a alguien hasta la calle. Su madre lo iba a matar.

La salida del hotel Eurotrek era una puerta giratoria grande, automática, que se movía a la velocidad de una tortuga centenaria. Jack intentó empujarla, pero solo consiguió que se detuviera del todo. Volvió a hacer lo mismo, y ella se quejó con la voz excesivamente tranquila de una inglesa digital: «Cuidado, puerta en movimiento, puerta en movimiento».

Jack levantó los brazos, frustrado.

—¡No, no está en movimiento!

Cuando la puerta le dejó salir por fin, la situación no mejoró. El hotel estaba en una intersección entre calles de cuatro carriles. Sadie podía haber seguido al hombre en cualquier dirección. Oyó bocinas, gritos de taxistas y, por debajo, el murmullo sin fin de los peatones.

Un hombre a la izquierda de Jack llamaba al trabajo para decir que iba a llegar tarde. Una mujer a su derecha llamaba a su banco; él oyó hasta el número de cuenta. A la vez, alguna sinapsis en lo más profundo de su cerebro le informó que el motor del autobús de dos pisos más cercano necesitaba un arreglo.

«¡Y a mí qué me importa el autobús!», casi gritó al gentío mientras volvía a taparse las orejas. Pero eso no lo ayudó: los ruidos de la calle eran demasiado numerosos, demasiado fuertes. Sintió que le empezaba a doler la cabeza y se fijó en los transeúntes, que caminaban todos en una misma dirección.

«Una misma dirección, claro». Era la hora pico. Sadie había seguido a un hombre cualquiera con abrigo marrón, pero HombreAleatorioAbrigoMarrón estaba en Londres por algún motivo nada aleatorio. Lo más probable era que hubiera ido en la misma dirección que todos los demás a las siete y media de la mañana: hacia el centro. Jack apretó los dientes y se adentró en el gentío.

Los caminantes lo absorbieron en su marcha amébica, empujándolo en una y otra dirección, de forma que Jack apenas conseguía tenerse en pie. La cháchara y las conversaciones en los móviles lo atacaron desde todos los flancos; en su mente, *flashes* de colores obstruían su visión.

«Sonidos relajantes. Necesito sonidos relajantes». Su madre había dado con la solución hacía unos meses: le había comprado un MP3 para el móvil con el murmullo continuo de ríos y olas de mar para ahogar los sonidos del mundo. Sacó los auriculares e intentó conectarlos al móvil, sin conseguirlo porque el gentío seguía empujándole. Y entonces fue el propio móvil el que se le escapó. Resonó contra la acera. Por encima de las bocinas, los motores y el ruido de la gente, los hipersensibles oídos de Jack oyeron un desesperante «crash».

# *Capítulo 5*

NI SONIDOS RELAJANTES ni nada.

Mientras luchaba por no dejarse llevar por su frustración, Jack se puso en puntas de pie para observar el gentío ante sí. Sabía que le sería imposible ver a Sadie entre todos aquellos adultos –ella no medía mucho más de un metro–, pero quizá pudiera localizar el abrigo marrón al que su hermana iba siguiendo.

«Sí que es papá –había insistido en el hotel–. Lleva el mismo abrigo marrón».

Jack sabía perfectamente a qué abrigo se refería. Su padre apenas se lo quitaba cuando en Colorado empezaba el frío. Era de terciopelo, de un color marrón rojizo como Jack nunca había visto otro. «Como un ciervo rojo –decía siempre su padre–; el abrigo de un hombre de verdad». El recuerdo casi le hizo sonreír, pero entonces avistó su presa.

El hombre misterioso de Sadie estaba a unos quince metros. Pasaba junto a una curiosa pared cubierta de matojos, como un jardín vertical. Contra aquella vegetación, el abrigo de ciervo rojo estaba en su elemento. Sí que se parecía a su padre, y no solo por el abrigo. Llevaba un sombrero hongo. ¿Podía haber dos tipos deambulando por Londres a los que les gustaran los sombreros pasados de moda y el terciopelo color óxido? No, imposible. El corazón le golpeaba con fuerza en el pecho. Sus ojos se llenaron de lágrimas. Se puso en puntas de pie y levantó una mano por encima de la multitud.

—¡Papá! ¡John Buckles!

El hombre misterioso dobló una esquina al mismo tiempo que los demás y bajó por unas escaleras. Entonces Jack pudo verle el rostro. Se le cayó el alma al suelo. Sí, sí que había dos hombres diferentes en Londres a los que les gustaban los sombreros hongo y el terciopelo. Este tenía una barbilla minúscula, casi inexistente, y su cara era demasiado seria y avejentada. Jack se frotó los ojos con las mangas de la camisa. ¿Cómo había podido dejar que Sadie le diera esperanzas? ¿Cómo se había dejado arrastrar por la misma negación de la realidad que su hermana? Y entonces se dio cuenta de lo que significaban las escaleras.

«El subterráneo».

—¡Perdón! ¡Lo siento!

Jack avanzó por entre la multitud. Entre el caos de abrigos y maletines de las escaleras vio unos topos azules sobre fondo blanco –el estampado de la camisa de su hermana– que se asomaban y se hundían entre las olas de gris y marrón. Resultaba un milagro que no la hubieran pisoteado.

—¡Sadie!

Pero ella volvió a desaparecer. Jack llegó a las escaleras unos segundos después, y, poco a poco, la estación se desplegó ante sus ojos: media docena de molinetes de aluminio en el centro, máquinas expendedoras de billetes decoradas con acebo de plástico a la izquierda, un guarda con un chaleco fosforescente rojo y plateado dentro de una cabina de plexiglás a la derecha. Había un músico apoyado en la pared de la derecha, más allá de la barrera; llevaba un gorro de Papá Noel y tocaba un *riff* rítmico con su guitarra, pero nadie le hacía el menor caso.

Vio otro destello de topos azules. Sadie caminaba pacientemente detrás de una mujer que iba en una silla de ruedas motorizada; iba a pasar por el gran arco de entrada al final de los molinetes.

—¡Sadie, para!

Nadie le impidió el paso. Si el guarda de seguridad la vio, asumiría que iba empujando la silla de ruedas. Jack llegó al lugar unos segundos después y dudó, mientras esperaba volver a ver la silla. Miró de un lado a otro, se balanceó nervioso en puntas de pie durante un par de segundos, se apoyó en el molinete con las dos manos y saltó por encima.

—¡Hey, tú, el de la camisa verde, alto!

«Faltaría más».

Se imaginó que los vándalos acostumbrados a saltar molinetes para no pagar el boleto conocerían algún truco para que no los capturaran. Él no era uno de ellos y habría obedecido al policía del subte, pero tenía que alcanzar a su hermana y no había tiempo para explicaciones. Se perdió entre la multitud y dobló con ellos a la izquierda por un pasillo en el que se leía BAKERLOO.

—¡Detengan al chico de la camisa verde! –gritó el guardia detrás de é–.

A pesar de la autoridad que desprendía el vistoso chaleco rojo del policía, nadie le hizo caso, y Jack siguió abriéndose paso por entre el gentío. El pasillo se arqueó ligeramente a la derecha, permitiéndole ver hasta el andén. Allí, tras la puerta abierta de un vagón abarrotado, con la cabeza baja y alisándose la camisa con estampado de topos, estaba Sadie.

—¡Sadie! ¡Baja del tren!

Ella le miró inocentemente mientras las puertas se cerraban; parecía contenta de que su hermano se hubiera sumado a la persecución. Intentó saludarlo, pero tuvo que agarrarse a una barandilla mientras el vagón se agitaba y se ponía en marcha.

# Capítulo 6

—¿ALGUIEN VIO a un chico con una camisa verde? -Jack oyó los resoplidos del policía tras él.

Dobló a la izquierda por el andén y buscó dónde esconderse. Solo encontró un rincón que se adentraba no más de treinta centímetros, con un cartel que decía PELIGRO ALTO VOLTAJE y una portezuela cerrada con un candado. Jack se metió en aquel hueco, girando la cabeza para asegurarse de que no le asomara la nariz. Se fijó en otro adolescente con una cresta de pelo azul, chupines rojos de jean y una campera de cuero llena de tachas. El chico lo miraba fijamente. Jack le rogó en silencio que no lo delatara. El otro hizo un ruidito de desprecio y se volvió hacia las vías. Pasaron treinta segundos más, durante los cuales Jack intentó simular tanta normalidad como podía, teniendo en cuenta que estaba apretándose contra una puerta de alto voltaje. Entró otro tren en la estación, y la misma voz que había oído en la puerta giratoria del hotel dijo: «Cuidado con el hueco, por favor».

El chico punk subió a bordo. Jack no tuvo más remedio que hacer lo mismo; Sadie estaba en algún lugar de la línea del subterráneo en aquella misma dirección.

Una vez dentro, Jack se hundió al final del vagón, intentando no dejarse ver. El punk le dedicó una sonrisita sarcástica, pero se colocó entre Jack y la ventanilla, tapando la vista del policía desde el andén. Jack asintió agradecido. El punk volvió a hacer un ruidito de desprecio, tras lo cual los dos hicieron un esfuerzo por no mirarse.

Por suerte, el vagón estaba en silencio. Ninguno de los ruidos de la calle. Los pasajeros jugueteaban con sus móviles en vez de usarlos para hablar. Pero, por desgracia, el entorno cerrado suponía una nueva amenaza para los sentidos de Jack.

Encima de él, en la calle, la fría brisa del oeste se había llevado el olor de la multitud, dejando solo el aroma ceniciento y gris de todas las calles de las grandes ciudades. Pero ahí, en la cálida y cerrada atmósfera del vagón, Jack podía olerlo todo. Hacía días que Punk no se duchaba y tenía un brazo levantado para agarrarse a la barra. Claramente, había intentado enmascarar su olor corporal con colonia, pero el resultado era una especie de tufo a cebolla dulce.

El olor corporal de PunkApestoso no era lo peor. En el aire había un aroma aceitoso a pescado digerido, que se expandía como una neblina roja. Jack pensó que al menos la mitad de los pasajeros había desayunado arenques, y ni uno solo de ellos se había lavado los dientes después. Miró sus rostros; nadie más parecía darse cuenta.

¿Qué diablos le pasaba a esa gente?

El tren aminoró la marcha y Jack se inclinó para mirar por la ventanilla redondeada y buscar en el andén algún indicio de su hermana o del hombre del sombrero hongo. No vio a ninguno de los dos. Tampoco a los polis del subterráneo. Los tipos de los chalecos rojos brillantes no eran precisamente de Scotland Yard.

«Esta es la estación de... Marylebone –dijo la voz PuertaGiratoriaSubte–. Cuidado con el hueco, por favor».

Jack pensó en salir, pero no había visto ni a Sadie ni al hombre del sombrero.

PunkApestoso levantó una ceja azul. Jack negó con la cabeza.

«El tren está saliendo de la estación».

PunkApestoso hizo otro ruidito, y ambos siguieron evitándose la mirada mientras el tren empezaba a avanzar hacia su próximo destino. Jack respiraba lo menos posible, intentando equilibrar su desesperada necesidad de oxígeno y el olor a arenques y cebollas dulces.

«Esta es... Baker Street. Trasbordo con las líneas... Metropolitan... Circle... y... Jubilee. Cuidado con el hueco, por favor».

Jack volvió a inclinarse para mirar el andén. Las paredes estaban cubiertas de baldosas de color crudo, pintadas con murales que parecían dibujos de un libro antiguo. El mural más cercano a él mostraba a un enorme perro de aspecto lobuno a punto de atacar a un hombre aterrorizado. Otros dos hombres se acercaban desde el fondo, ambos con revólveres en las manos. Uno de ellos llevaba un sombrero hongo. A Jack casi se le escapó la risa.

Las puertas se abrieron y PunkApestoso se apartó.

Jack volvió a negar con la cabeza. No veía a Sadie.

«El tren está saliendo de la estación».

Mientras la voz de PuertaGiratoriaSubte hacía su anuncio, los últimos pasajeros que habían desembarcado se dirigían a un túnel con el cartel SALIDA, dejando a Jack una vista bien clara de los bancos. Y ahí estaba sentada Sadie, muy quieta, con las manos sobre el regazo, como si esperara al próximo tren.

Jack interpuso la mano derecha entre las puertas que se cerraban y se ganó una mirada de sorpresa de PunkApestoso. Jack casi se hubiera alegrado si no fuera porque estaba a punto de volver a perder a su hermana.

«Por favor, apártense de las puertas», insistió la voz de PuertaGiratoriaSubte.

—Ni soñarlo –gruñó Jack, mientras metía los dedos de la otra mano.

Tiró de las puertas con todas sus fuerzas. PunkApestoso se le sumó y también soltó un gruñido; el aliento que salió de su boca casi mareó a Jack. Por fin, las puertas se abrieron. «Cuidado con el hueco, por favor», dijo la voz de PuertaGiratoriaSubte, que estaba decidida a decir siempre la última palabra.

Mientras las puertas volvían a cerrarse, Jack levantó un pulgar hacia PunkApestoso desde el otro lado del cristal. Él se limitó a soltar un gruñido y mirar a otro lado.

—Lo he perdido –Sadie puso una cara triste mientras Jack corría hacia ella–. He perdido a papá. Se bajó del tren y desapareció.

Jack se arrodilló ante su hermana, tan aliviado por poder tomarle la mano, que no sabía si sería capaz de volver a soltarla nunca.

—No era papá, Sadie.

—A lo mejor aún podemos encontrarlo. No está lejos, puedo sentirlo.

La esperanza en el rostro de su hermana le partió el corazón. Le apretó fuerte la mano e intentó reunir el valor para decirle lo que debía. Pero ni siquiera ahora se veía capaz de hacerlo. La abrazó y la besó en la frente.

—Todo va a ir bien, pero a partir de ahora no tenemos que separarnos, ¿entiendes?

Sadie asintió y le miró con una sonrisa que hizo sospechar a Jack que no había entendido nada. Suspiró.

—Bueno, tenemos que salir de aquí.

El cartel que decía SALIDA resultaba tentador, pero, si al entrar había habido molinetes y guardias, también los habría al salir. No podían ir por allí. Vio otra portezuela gris con la señal de PELIGRO ALTO VOLTAJE, pero sin candado. Jack la abrió y se encontró una escalerilla de hierro, oscura, que se elevaba por entre cajas de fusibles, cables y tuberías oxidadas. Seguro que habría arañas, y hasta ratas. No estaba seguro de querer meter ahí a Sadie, pero entonces vio que la escalerilla acababa en el andén, y allí entraba la luz del sol por una puerta parcialmente abierta. «¡Bingo!».

Jack puso un semblante serio mientras él y Sadie salían al exterior, de vuelta al ruido y al caos de la hora pico. Miró a un lado y a otro de la acera, protegiéndose los ojos con una mano y buscando un lugar tranquilo donde pensar cómo iba a llevar a su hermana de vuelta al hotel.

Por la puerta de la estación, a su izquierda, empezó a salir un gentío que llenó las veredas. A su derecha vio una vidriera repleta de toda clase de antigualllas: un teléfono a disco, pilas de LP de vinilo con fundas amarillentas, un sombrero de copa con los bordes tan gastados que el fieltro gris asomaba por entre la seda... «Una tienda de antigüedades». Parecía vacía, pero Jack no quería enfrentarse al vendedor con cara de pocos amigos que seguramente habría dentro. Más adelante vio un supermercado: pasillos y anonimato.

—Vamos -dijo, agarrando a Sadie de un brazo y tirando de ella-.

No llegaron muy lejos.

Un hombre alto con un abrigo negro apareció corriendo por la acera en la dirección opuesta. Chocó con fuerza contra Jack, empujándolo hacia la puerta de doble hoja de la tienda de antigüedades. El hombre se detuvo y miró bajo la sombra de su sombrero de ala ancha. Era curioso: tenía la misma barbilla minúscula y pinta avejentada que el hombre del sombrero hongo. Su expresión heló la sangre a Jack.

—Lo siento -murmuró Jack, y empujó a su hermana a través de la puerta de doble hoja.

Siguió haciéndolo hasta que toparon con el mostrador. Las puertas se cerraron y el hombre del sombrero inclinó la cabeza, paseando la vista por entre las antigüedades de la vidriera hasta posarse en los dos chicos durante un largo e incómodo segundo. Por fin, se fue y siguió en lo suyo.

—Creo que ya puedes soltarme.

Jack miró hacia abajo. Seguía agarrando muy fuerte a su hermana.

—Lo siento -soltó sus dedos agarrotados-. ¿Estás bien?

Sadie se acarició el brazo y asintió.

—Muy bien. Pues nos vamos... a quedar... aquí...

La voz de Jack se fue apagando mientras sus ojos pasaban de su hermana al largo mostrador que había tras ellos. Los dos se dieron vuelta lentamente. No se trataba de una tienda de antigüedades; sino de una especie de oficina gubernamental, como el Departamento de Vehículos de Motor en Colorado Springs, solo que mucho, mucho más antigua.

Dos mostradores oscuros de madera, ajados y llenos de manchas, con guirnaldas navideñas que seguían sus bordes, ocupaban un lado entero de la tienda. Una especie de podio alto entre los dos mostradores, cuya punta estaba a la altura de la nariz de Jack tenía grabadas unas palabras:

OBJETOS PERDIDOS en el izquierdo y SOLICITUDES en el derecho.

En el podio había un gran sello de latón, tan oscurecido por el tiempo que casi se perdía en la madera. El emblema del sello mostraba un halcón en vuelo, con la mirada concentrada debajo. La frase grabada que rodeaba los bordes decía:

**OFICINA DE OBJETOS PERDIDOS**
**SEDE BAKER STREET**

# *Capítulo 7*

—¡EJEM!

Jack levantó la vista y vio a una mujer alta, una especie de matrona que le miraba desde el otro lado del podio, con sus cabellos negros salpicados de canas recogidos en un moño apretado de forma imposible. Su vestido negro podía provenir del mismo siglo que los oscuros mostradores de madera, con unas mínimas hombreras y dos hileras de botones hasta el cuello. Agarró unos anteojos sin patillas que colgaban con una cadenita de uno de los botones y se lás llevó a la punta de la nariz para observar a los chicos.

—¿Vienen a hacer una solicitud o a reclamar objetos perdidos?

Jack no tenía ni idea de qué responder.

La extraña mujer estaba subida en una plataforma detrás del

podio, lo que le confería una altura intimidante. Su acento tampoco ayudaba; había pronunciado cada sílaba de su corta frase con tanta distinción aristocrática que Jack estuvo tentado de pensar que se encontraba ante la mismísima reina... o, peor, ante la profesora de inglés de la reina.

—¡Kincaid! -gritó la mujer, de manera tan alta y repentina que sobresaltó a los dos chicos-.

Dejó caer sus anteojos, que quedaron suspendidos por la cadenita. Sus severos ojos grises se movían de un extremo a otro de la oficina.

—¿Dónde estás? ¡Kincaid! ¡Tenemos clientes!

Nadie contestó.

—Bueno, pues parece que tendré que ocuparme yo, ¿no?, -su mirada se posó en Jack y levantó una finísima ceja como dibujada a lápiz-. Permíteme ampliar la pregunta, jovencito: ¿vienes a hacer una solicitud sobre algo que has perdido o traes algo que has encontrado?

Jack seguía sin responder.

—Perdido -contestó Sadie, en vista del silencio de su hermano-. Hemos perdido a nuestro padre y...

—Estamos perdidos. - Jack se decidió por fin. Se rascó ligeramente la nariz mientras intentaba aclarar sus ideas-. Mi hermana quiere decir que nos hemos perdido. Solo hemos entrado a preguntar direcciones.

Pero la mujer ya no le prestaba atención.

—Entonces «Solicitud».

Pulsó algo en el panel de madera tras el podio y este se abrió como si fuera la puerta de un armario para revelar un casillero con cuatro columnas de cuatro casillas, cada una de ellas llena de papeles de un color diferente. Se llevó los anteojos a la nariz y examinó las etiquetas.

—Parasoles perdidos... perlas perdidas... Ah, aquí está: personas perdidas.

Señaló la casilla correcta con un dedo y tiró de ella.

Para sorpresa de Jack, la columna entera empezó a deslizarse hacia abajo con un sonido mecánico y dejó al descubierto todavía más casilleros que estaban ocultos. Jack parpadeó.

—Hum, no. No lo entiende. Es...

—Perdido en un parque, en el transporte público, en una residencia, en un restaurante... –la mujer fue leyendo las etiquetas que iban apareciendo hasta que la columna se detuvo–.

Sadie se encogió de hombros.

—No lo sabemos.

—Cállate. No estás ayudando.

Jack se agarró al borde del podio y se puso en puntas de pie. En el mostrador había una placa de bronce entre los adornos navideños:

**SRA. HUDSON,**
**ENCARGADA BAKER STREET**
**1887-PRESENTE**

1887. ¿Era ese el año en el que habían inaugurado la oficina o el año en el que ella había empezado a trabajar allí? Jack levantó la voz para llamar la atención de la señora Hudson.

—Perdone, nuestro padre...

—¿...está perdido en general? –preguntó ella sin darse la vuelta–. Ya veo. Entonces, si queremos hacer las cosas bien, necesitaremos un formulario veintiséis-E-dos.

Se puso bien erguida, se llevó un dedo a la barbilla y murmuró para sí misma: "¿Dónde está?, ¿dónde está?".

—¿Y dónde está mi ayudante? Ella es la que se encarga de tramitar estas cosas...–Y gritó al local vacío–: ¡Kincaid!

A Jack se le resbalaron los dedos del podio, se fue hacia atrás y cayó sonoramente de culo contra el suelo.

Mientras Sadie le ayudaba a levantarse, la señora Hudson siguió escudriñando el local como si nada hubiera pasado. Se quedó mirando la tienda un momento, con las manos en las caderas, esperando que apareciera su ayudante, hasta que por fin frunció el ceño y volvió a los casilleros.

—Vaya, pues tendré que seguir ocupándome yo. Para variar.

Levantó un dedo, lo dirigió a una casilla, lo metió y empujó a la derecha con fuerza. La hilera empezó a moverse, igual que antes lo había hecho la columna. Jack y Sadie intercambiaron una mirada de sorpresa. Parecía que hubiera infinitas casillas tras la pared.

Cuando paró el sonido mecánico, la señora Hudson rebuscó en el compartimento que había quedado justo delante de ella, extrajo un buen puñado de formularios de color verde y los fijó a una carpeta con un clip. Se llevó una birome a la lengua y empezó a rellenar la primera página. Jack se sintió agradecido de que la mujer hubiera bajado el ritmo.

—Por favor, escúcheme: solo necesito que me diga cómo volver a nuestro hotel.

Los ojos de la señora Hudson saltaron de la página a Jack.

—¿Perdón?

—Solo, ejem, solo necesitamos saber cómo volver al hotel.

La señora Hudson dejó el bolígrafo y se inclinó adelante, volviendo a levantar sus gafas. Tras los cristales de estas, sus ojos parecían enormes y un poco estrábicos.

—Así que lo que han perdido es el camino... Eso es un formulario completamente diferente. –Se puso bien erguida, dio la vuelta al portafolios y señaló con sus gafas la primera línea del papel–. Por desgracia, ya he iniciado el veintiséis-E-dos. Una vez empezado, ha de rellenarse por completo.

—Pero...

—Si desean anular el veintiséis-E-dos pueden rellenar un formulario de cancelación noventa-y-nueve-A.

La señora Hudson volvió a los casilleros y sacó un montón de páginas rosas.

—Después tendrá que llenar una petición veintiuno-e para...

Jack adelantó las manos en gesto de negación.

—¡No! El verde está bien, es todo lo que necesitamos.

La señora Hudson asintió y devolvió las páginas rosas a su lugar.

—Sí, eso será lo mejor. -Ofreció la carpeta y la birome a Jack–. Usted y su hermana son americanos, ¿correcto?

—Bueno... nosotros...

—Un «sí» es suficiente, joven. Siendo así, supongo que necesitarán ayuda. -Mantuvo la vista fija en Jack y, sin ningún aviso, se apoyó fuerte en el podio y gritó–: ¡Kincaid!

Jack se hubiera vuelto a caer de culo si no fuese porque su hermana lo sostuvo. Él miró a la mujer con cara de fastidio: ¿cuándo iba a darse cuenta de que esa tal Kincaid no existía?

—¿Sí, señora Hudson?

Jack se volvió: en la puerta había una chica rubia y pecosa que tenía más o menos su misma edad.

# *Capítulo 8*

—KINCAID -dijo la señora Hudson-, este joven y su hermana tienen que rellenar un 26-E-2. Encárgate de que lo hagan correctamente. -Y, casi como una confidencia, añadió-: Son americanos.

Una puerta se abrió y se cerró, indicando a Jack que la señora Hudson se había ido, pero él no había apartado la vista de la ayudante-antes-imaginaria-y-ahora-muy-real. Era demasiado joven para ser funcionaria... o quizás el puñado de pecas en sus rosadas mejillas la hacían parecer más joven. Su aspecto no encajaba en aquella oficina que parecía salida de otra época. Al contrario que la señora Hudson, Kincaid vestía ropa actual: un suéter gris de lana que le llegaba hasta las rodillas, y el resto de las piernas cubierto por unas calzas negras. Sus cabellos rubios como la miel descendían hasta una bufanda a cuadros púrpuras y negros que envolvía su cuello llegando casi a la barbilla. En resumen, parecía una chica totalmente normal en una mañana de diciembre. A Jack le venía bien un poco de normalidad después de haber conocido a la señora Hudson.

Sin decir nada, la chica se quitó un guante púrpura de algodón y adelantó la mano. Jack no estaba seguro de si tenía que darle la mano o besársela; a fin de cuentas, estaban en Inglaterra. Tras dudar unos segundos, optó por lo primero.

—Hola, soy Jack, y esta es mi hermana Sadie.

—Encantada. -La chica le dedicó una breve y tímida sonrisa que hizo que sus pecas se elevaran un momento y volvieran a descender-. Yo soy Gwen. Gwen Kincaid.

—¿Podrías...? -Mantuvo la mano extendida y agitó los dedos, indicando que quería la carpeta. Jack se ruborizó al dársela-. Muy bien.

Se dio vuelta y se dirigió a un banco en la otra punta de la oficina. Jack y Sadie la siguieron, dóciles.

A Jack se le había ocurrido un plan. La chica parecía tener la cabeza en su sitio, cosa que no podía decirse de la señora. Si conseguía establecer una mínima complicidad, quizás podrían olvidarse del papeleo. Se sentó entre las dos chicas, cuidando de dejar una distancia respetuosa entre él y Gwen.

—¿Así que trabajas aquí? Quiero decir, ¿no deberías ir a la escuela o algo así?

—En realidad, soy aprendiz. Tengo doce años.

Gwen dejó el portafolios entre ellos dos y se quitó la bufanda trazando un círculo imaginario por encima de su cabeza y haciendo que el dibujo a cuadros púrpuras y negros pareciera estampársele en la cara.

—El Ministerio identifica a sus reclutas durante la etapa clave tres, lo que en Estados Unidos ustedes llaman la secundaria. Es un programa de estudios avanzados. –Terminó de quitarse la bufanda y la dejó en un colgador que había entre el banco y la ventana–.

—¿El Ministerio? –preguntó Sadie, asomándose por detrás de su hermano.

Jack la hizo retroceder de nuevo antes de que la empleada volviese a mirarlos; una niña pequeña haciendo un montón de preguntas tontas solo iba a desviar la conversación.

—Vaya, trabajas y estudias –dijo, asistiendo con un gesto cómplice–. Trabajar y estudiar a la vez. Debes de estar muy ocupada. –Señaló los formularios–. Mira, a mi hermana y a mí no nos importaría evitar todo este papeleo, si eso te ayuda. Solo queremos que nos indiques el camino de vuelta.

Pero, en cuanto los dedos de Jack tocaron la carpeta, Gwen la alejó de él.

—No puedo. Regla noventa y siete.

OK, las palabras «normal» y «cabeza en su sitio» ya no tenían nada que ver en aquella situación; seguramente había sido así desde el principio. A Jack casi le dio vergüenza preguntar:

—¿Regla noventa y siete?

—Regulaciones del Ministerio, volumen tres, sección uno, regla noventa y siete: «Una vez iniciados, todos los formularios deben ser completados». –Gwen agitó la birome delante de Jack, en un gesto como de maestra de escuela–. Un formulario incompleto es un montón de preguntas sin respuesta. Y no queremos eso, ¿verdad?

—¿Qué Ministerio? –insistió Sadie, volviendo a asomarse por detrás de Jack. Y, de nuevo, él la devolvió a su lugar.

—Mmm, no, supongo que no queremos eso. EmpleadaLoca arrugó la nariz.

—Ya marco yo las casillas fáciles por ti, ¿está bien?

Mientras ella escribía, la mirada de Jack vagó de un lado a otro buscando algo, cualquier cosa que le ayudara a que la situación cobrara algo más de sentido. Se fijó en los objetos expuestos en la vidriera: los viejos discos de vinilo, el sombrero de copa, unas antiparras de metal. De repente, su cerebro realizó la conexión: no se trataba solo de objetos viejos; eran viejos objetos no reclamados. Objetos perdidos.

—Mira –dijo, ajustando su tono para conferirse un poco más de autoridad–, no veo cómo este departamento... Ministerio... lo que sea... puede ayudarnos con una persona desaparecida. Quiero decir que ustedes no son más que una oficina de objetos perdidos, ¿no?

La birome se detuvo y la chica levantó la mirada; sus pecas descendieron hasta darle un aspecto triste.

—No somos una oficina de objetos perdidos. ¿De verdad crees que estamos aquí sentados todo el día esperando que todas las cosas que se pierden y toda la gente que las pierde se presenten mágicamente en esta oficina?

La mirada de Jack saltó de Gwen a las antigüedades que tenía tras ella y de vuelta a la chica.

—Bueno... sí.

—Buff, vaya idea más perezosa... y estadounidense. –Volvió a dirigir la atención al portafolios–. Bueno, ¿podemos seguir? ¿Por qué no empezamos por el nombre de la persona desaparecida?

—John –contestó Jack con un suspiro resignado.

—El nombre completo, por favor.

—John Buckles. Segundo. –Jack bajó un poco la voz–.

—John... Bu... ckles... Se... –Gwen se detuvo a media frase y se quedó mirando el nombre durante un momento, antes de volver a dirigirse a Jack–. Entonces tú eres...

Sadie saltó del banco, esquivando el brazo de su hermano que ya se dirigía hacia ella.

—John Buckles Tercero –dijo Sadie, sonriendo orgullosa–. Es la tradición familiar.

—Ajá.

Gwen se levantó y de repente pareció como perdida en la niebla. Sus ojos se posaron en el podio vacío, donde se mantuvieron fijos unos largos segundos, como si esperase a que la señora Hudson reapareciera, cosa que no sucedió. Cuando por fin salió de su ensimismamiento y volvió a fijarse en Jack, le dirigió una rápida y tímida sonrisa; de nuevo las pecas parecieron saltar en su rostro.

—Hace frío, ¿verdad?

Jack no se esperaba el comentario.

—Hum… ¡Qué!

—Frío. Especialmente para ti. –La empleada miró afuera, hacia la calle–. Ya sabes: sales de un día ventoso de invierno y te metes en una vieja oficina helada. –Tomó la bufanda del colgador y se la llevó al pecho-. Brrr. Te estarás helando. Desde luego, yo sí.

—¿Estás bien?

—Tendríamos que seguir en la oficina trasera. Allí hace más calor. Se está mucho mejor.

Le guiñó un ojo, cosa que puso nervioso a Jack, y dio una vuelta en círculo hasta el otro lado del banco; después siguió hasta una guirnalda colgada en la pared de al lado del mostrador. Tras echar otro vistazo de soslayo al podio vacío, miró fijamente a Jack y empujó el panel de madera de la pared hasta que este se abrió por completo, con la guirnalda y todo. Más allá solo parecía haber oscuridad.

—Por favor, Jack, necesito que tu hermana y tú vengan conmigo ahora mismo.

# *Capítulo 9*

EL PANEL SE CERRÓ con un clic y dejó a los tres en total oscuridad. Gwen los había conducido hasta una pequeña habitación con forma de L, poco mayor que un cuartito de las escobas.

Sadie se agarró fuerte al brazo de su hermano:

—Jack, ¿va todo bien?

Él no supo qué contestarle.

—¿Gwen?

—Paciencia, por favor. –La empleada volvió a hablar con un cierto tono de superioridad burocrática–. Por aquí hay un interruptor de la luz. Mira a ver si tú lo tienes cerca. Tiene que estar por la esquina.

Por encima del sonido que hacía la mano de Gwen siguiendo la pared mientras buscaba el interruptor, Jack creyó oír unos clics rápidos, como si seis patitas corrieran por un suelo de madera. Pero era normal que oyera sonidos raros y tuviera sensaciones extrañas cuando estaba a oscuras, y se había acostumbrado a ignorarlos. No prestó atención a los clics, asumió que eran cosa de su mente por la falta de luz. Empezó a palpar la pared frente a él, hasta que las puntas de sus dedos se toparon con un frío metal de tacto raro, casi como si fuera maleable. ¿Otro efecto de la oscuridad? Quizás. Jack abrió la palma y su piel pareció hundirse en la superficie, como si presionara contra el barro para dejar su huella.

Entonces la cosa empezó a volverse extraña de verdad. Jack sintió vibraciones. Fue como si cada molécula del acero se alineara alrededor de su mano hasta formar un patrón uniforme, como el código Morse pero millones de veces más rápido e infinitamente más complejo. Le dio la impresión de que casi estaba a punto de entenderlo todo. Tanta información junta le dio vértigo; sintió que en cualquier momento se iba a caer al suelo. Para intentar mantenerse en pie, empujó aún más fuerte contra el acero y las vibraciones se intensificaron. Una imagen asaltó su mente. Vio una mano contra una puerta de acero, una palma abierta como la suya. Pero no era la suya. Esta era más grande, mayor, y llevaba unos gemelos de color marrón rojizo.

De repente, el sonido como de patitas de insecto creció en su mente, acompañado de la sensación de que algo caminaba por el dorso de su mano. Apartó la palma del metal con una exclamación involuntaria. La imagen de la mano mayor se había esfumado.

—¿Estás bien?

Jack parpadeó rápidamente. Gwen estaba a su lado en la pequeña e iluminada habitación, con su mano en el interruptor. ¿Cuánto tiempo llevaba así? Había una compuerta de acero delante de él, exactamente igual que la de su visión, grande y maciza. No tenía ningún tipo de manija, solo un panel de identificación de huellas dactilares a la derecha del marco.

—Jack, pregunto si estás bien –insistió Gwen–.

—Sí, creo que sí. Pero algo se ha arrastrado por mi mano. Acá hay bichos.

Gwen arrugó la nariz.

—Qué asco. No lo creo; la señora Hudson nunca lo permitiría.

—Bueno, pongámonos de acuerdo en que no estamos de acuerdo. Pero ¿por qué estamos en este cuartucho?

—No es un cuarto, tonto. –Gwen miró hacia la compuerta de acero–. Es una entrada. La oficina trasera, ¿recuerdas? Ahí vamos.

Jack dio un paso hacia atrás, arrastrando a Sadie consigo para que Gwen pudiera alcanzar el identificador digital; supo enseguida que se trataba de un escáner biométrico.

—Todo tuyo.

La empleada lo miró, se mordisqueó un poco un labio y se encogió de hombros.

—¿Por qué no lo pruebas tú?

—No puedo. Quiero decir, no serviría de...

Antes de que Jack pudiera acabar la frase, Gwen le agarró la mano derecha, de forma tan abrupta e inesperada, pero a la vez tan suave, que ni se le pasó por la cabeza el resistirse. Lo guió hasta el escáner y usó su propio pulgar para apretar la mano de Jack contra el identificador.

Jack sintió un leve shock eléctrico –ni siquiera estuvo seguro de que viniese del escáner– y se iluminó una luz verde encima de la compuerta. La voz familiar de PuertaGiratoriaSubte llenó el espacio:

«Acceso concedido. Bienvenido, John Buckles».

# *Capítulo 10*

**SE OYÓ UN RUIDO** de engranajes electrónicos seguido de un fuerte «clang» y la compuerta se abrió hacia afuera, forzando a Jack a apartarse. Se quedó con la boca abierta:

—¡Ha reconocido mi huella digital!

Gwen parecía tan sorprendida como él. Su expresión era la de «no puedo creer que haya funcionado», aunque enseguida volvió a la normalidad.

—Lo que ha hecho es reconocer ciertos rasgos genéticos; podría decirse que tu genealogía.

—Pero ¿cómo...?

La empleada entró por la compuerta.

—Por aquí, Jack, no nos distraigamos.

Avanzó a paso ligero, conduciéndolos hasta una galería que rodeaba una gran cámara cavernosa del tamaño de una estación de tren. Todo, desde el suelo hasta las gruesas vigas que iban a parar al techo arqueado, estaba hecho de roble macizo y oscuro, como los mostradores de la oficina, salvo que aquí la madera estaba cuidada y pulida, con los ornamentos aún perfectamente visibles. Los bordes del techo mostraban una intrincada cenefa de enredaderas hecha en madera. Jack distinguió pequeños hombrecitos y mujeres entre las hojas, que llevaban lámparas o usaban catalejos.

La Oficina de los Objetos Perdidos fue la primera rama pública creada por el Ministerio –dijo Gwen, manteniendo la voz extrañamente baja–. Un agente llamado Doyle la fundó en 1887 como una suerte de gabinete para todo, desde información hasta peticiones. A esta parte la BRASA MOS «la Cámara».

—¿Qué Ministerio? –preguntó Sadie.

Un rotundo «clang» resonó a sus espaldas. Los dos estadounidenses miraron atrás y vieron que la gran compuerta se había cerrado, dejándolos a ellos dentro.

—Hum, ¿Gwen? –Jack volvió a mirar hacia delante, demasiado tarde como para ver que la empleada se había detenido, por lo que chocó contra su espalda.

Ella le dedicó una mirada de fastidio y entregó la carpeta con la solicitud de Jack a un hombre de traje a rayas y camisa blanca sentado en un taburete frente a una pantalla de alta definición y un teclado que asomaba de la pared. Cada varios pasos había cubículos similares, aunque en pocos de ellos había gente.

—Archive esto, por favor –le dijo Gwen, recorriendo la galería con la mirada–. Protocolo de la sección ochenta y seis. –TrajeRayas miró a la chica–. ¿Y bien? –Gwen chasqueó los dedos, impaciente–. ¿Qué espera?

El empleado echó una mirada furtiva a Jack y abrió un cajón oculto en la pared, a la altura de sus rodillas. Metió dentro la carpeta, el formulario, el bolígrafo, todo. Volvió a cerrarlo con un suave empujón y regresó en silencio a su teclado.

—¡Pero si no habíamos acabado de rellenarlo! –se quejó Sadie–. ¿Qué pasa con eso de que hay que completar todos los formularios?

— ¿Eso he dicho? –Gwen echó a caminar de nuevo–. ¡Vaya tontería!

Jack se fijó en que la chica caminaba por el lado izquierdo e iba con cuidado de evitar la barandilla. Antes de poder preguntarle por qué, oyó un fuerte «ffump» a su espalda. Se detuvo y miró por encima del hombro: unas pequeñas columnas de humo negro asomaban de los bordes del cajón.

—Un momento... ¿Qué ha hecho...?

Pero ella estaba demasiado adelantada como para oírle. Mirando de reojo mientras corría para alcanzar a Gwen, Jack vio hileras de grandes mesas de caoba a ambos lados de la planta, cada una de ellas con una lámpara de bronce y un teléfono a disco. Había unos cuantos empleados, aunque ni mucho menos los suficientes como para ocupar cada mesa; todos vestían ropas como del siglo XIX. A pesar del aspecto anticuado de la ropa y los muebles, sobre varias de las mesas se proyectaban imágenes holográficas. En una de ellas se veía a una mujer con un abrigo azul oscuro y un sombrero rojo que cruzaba una calle abarrotada. Jack se agarró a la barandilla.

—¿Mamá?

—¡Cuidado!

Gwen corrió a su lado y le hizo agacharse de un manotazo, justo en el momento en el que un dron pasaba volando y soltaba una pesada caja marrón que casi golpeó a Jack en la cabeza. De los cuatro círculos donde se encontraban los rotores del dron salía una luz azul eléctrica que se reflejaba en las mesas de bajo la galería, mientras el aparato cruzaba la Cámara. Desapareció por una oscura escalerita del otro lado.

Para cuando Jack se recuperó del susto, la proyección de la mujer había desaparecido. El hombre que estaba sentado en el cubículo miró hacia el balcón, levantó el auricular de un teléfono a disco hecho en cobre y marfil; luego discó un número. Los murmullos de los demás trabajadores le llegaron a Jack como si fueran columnas de vapor.

«Buckles. Regla Trece. Imposible».

—Vaya, vaya, has causado toda una escenita. –Gwen le tiró de la manga–. Tenemos que seguir.

Jack se resistió.

¿Por qué, Gwen? Aquí hace más calor. ¿No es eso lo que querías?

Abajo, el hombre del teléfono los seguía con la mirada y murmuraba al auricular. Jack volvió a oír su apellido y las palabras «sección trece».

La empleada siguió tirando de ellos y haciéndolos avanzar, hasta que finalmente Jack dio un paso largo y se colocó frente a ella, impidiéndole el paso. Acercó hacia sí a su hermana en un abrazo protector.

—No vamos a seguir hasta que nos cuentes lo que pasa. Gwen se mordisqueó el labio inferior y dedicó una mirada de preocupación al hombre de abajo, que acababa de colgar el teléfono.

—Ha llamado a los guardas. Por favor, Jack, no tenemos mucho tiempo. Arriba hay una computadora a la que podrás tener acceso. En cuanto lleguen los guardas, el Ministerio no p...

Sadie dio una patada en el suelo.

—¿¡Qué Ministerio!?

La empleada dedicó a la niña una de sus miradas rápidas con ascenso y descenso de pecas.

—El Ministerio de tu padre, claro. El Ministerio de Rastreadores.

# *Capítulo 11*

—¿PAPÁ ES MINISTRO? ¿De la Iglesia?

Jack puso los ojos en blanco.

—Aquí «Ministerio» significa otra cosa, Sadie. –Miró a Gwen, serio–. Si nuestro padre es vendedor. Un vendedor norteamericano.

—Esa era su tapadera. –Gwen les indicó con un gesto que no levantaran la voz–. El padre de ustedes era miembro de una sociedad secreta de detectives que lleva siglos sirviendo a la Corona. Uno de los cuatro Ministerios Ancestrales. Estaba buscando un importante artefacto cuando...

A Sadie no le importaban esos detalles; su rostro se iluminó.

—¿Conoces a nuestro papá?

—No lo conoce. Se lo está inventando todo. –Jack sintió que tenía que alejar a su hermana de aquella persona y devolverla al hotel, donde podría tranquilizarla y distraerla hasta que su madre volviera–. Llévanos a la salida, Gwen. Ahora.

—No. –Sadie se liberó del abrazo de su hermano y se enfrentó a él–. Gwen conoce a papá. Sabe cómo encontrarlo. –Se cruzó de brazos y levantó la voz– ¡No pienso volver a casa sin papá!

Si antes aún quedaba alguien en la Cámara que no mirara a los tres chicos, ya no. Jack apretó los dientes. No podía soportar más la negativa de su hermana a afrontar la realidad; no podía más con las sonrisas falsas y tristes de su madre. Quería que todo quedara al descubierto de una vez.

—Papá no se ha «perdido», Sadie. Los adultos no desaparecen de repente. –Alzó la voz para que todos los locos de aquel lugar le oyesen–. No en nuestro siglo.

— ¡Pero hemos venido hasta aquí para encontrarlo y llevarlo a casa!

—Jack –dijo Gwen en tono amable–. No hagas esto. Ahora no.

Pero su dique de contención se había roto.

Jack le dedicó una mirada a la chica de «No te metas en esto» y se puso en cuclillas para mirar a su hermana a los ojos.

—Intenta entenderlo. Hubo un accidente. La policía de Londres encontró allí la billetera de papá. Para cuando llegamos nosotros y mamá fue al hospital, el cuerpo había desaparecido; un lío con todos esos ridículos procedimientos ingleses y sus formularios.

Cerró los ojos, respiró hondo y dio el golpe de gracia.

—Sadie, mamá está buscándolo por los depósitos de cadáveres. Papá está muerto.

—¡No! –Sadie fue hacia Gwen; las lágrimas se formaban en sus ojos–. Es mentira. Está vivo. Lo sé, y voy a encontrarlo.

—Sadie... –Jack intentó agarrar a su hermana, pero ella lo esquivó y salió corriendo. A medio camino del balcón, giró a la izquierda y desapareció tras unas puertas dobles.

Gwen dedicó a Jack una sonrisa sarcástica mientras las puertas se cerraban.

—Bien hecho.

—¿Qué hay tras esas puertas? –preguntó, muy serio.

La chica suavizó sus rasgos.

—A Sadie no le va a pasar nada, Jack. Se ve claro que es fuerte.

No había contestado la pregunta; nunca lo hacía.

—Pregunté qué hay tras esas puertas.

Gwen se mordisqueó el labio.

—Lo llamarnos el Cementerio.

—¿El Cementerio?

—No es un cementerio de verdad. O sea, no hay cadáveres ni nada de eso. –Miró hacia las puertas dobles–. Bueno, no muchos.

—Ustedes están todos locos. Voy a buscarla. Gwen fijó la mirada en algún punto tras él.

—Demasiado tarde.

Jack se volvió y su nariz dio contra el pecho de un joven muy alto, que llevaba un saco de tweed y tenía el pelo rubio cortado a lo militar.

—Ustedes no deberían estar aquí -dijo, dando un toquecito con un grueso dedo al pecho de Jack. Era un tipo enorme, con hombros anormalmente anchos, aunque lo rosado de sus mejillas indicó a Jack que no tendría más de dieciséis años–.

—Bueno... perdón, yo...

TweedMejillasRosadas le dirigió una mirada severa.

—Vos, callado.

—Jack, este es Shaw -dijo Gwen con un suspiro–. Es un guarda; concretamente, un aspirante a guarda. Es como una especie de aprendiz de vigilante de museo. Ha venido a sacarnos de aquí. ¿Verdad, Shaw?

Shaw volvió su cara de enojo hacia la empleada.

—¿Cómo se te ocurrió hacer entrar a éste a la Cámara por tu cuenta? Tu deber era llamar a la señora Hudson.

—Solo intentaba ayudar. Pero ¿por qué no puede saber él quién es en realidad? -dijo Gwen–.

Shaw soltó una breve risotada.

—Tú no puedes decidir eso, ¿eh? Eres una aprendiz de primer año. No tienes permiso ni para entrar en el cuarto de las escobas, y menos aún en la Cámara.

Aquello fue suficiente como para avergonzar a la chica, que dirigió la vista al suelo. Shaw colocó sus manos sobre los hombros de ambos.

—Bueh, está bien. Ustedes dos vienen conmigo.

Jack sintió unos pequeños pinchazos en la espalda. Torció el cuello y vio un enorme escarabajo azul y verde ¿de metal? El bicho agitó las alas y Jack hubiera jurado que tenía pequeños engranajes debajo. El insecto le devolvió la mirada con una inesperada expresión de inteligencia. Luego enfocó sus ojos hechos de lentes de cámara en miniatura, agitó las antenas y trepó por su hombro hasta la manaza de Shaw.

# *Capítulo 12*

**SHAW APARTÓ LA MANO** con un gritito digno de una niña de diez años y lanzó el escarabajo al aire, que se estabilizó agitando las alas a gran velocidad. Quedó flotando directamente frente a la nariz de papa de Shaw y haciéndole bizquear. Shaw intentó aplastarlo de un manotazo, pero el insecto salió disparado hacia una de las mesas. En cuanto aterrizó en el teclado, la pantalla integrada en la pared se encendió y se empezó a llenar de líneas de código.

El grandulón aulló y volvió a intentar atrapar al bicho mecánico, que emitió un arco eléctrico y le dio en la mano. Shaw soltó otro grito que hizo reír a Gwen. El propio Jack tuvo que contenerse. Pero el paréntesis humorístico no duró mucho.

«¡Aaaht! ¡Aaaht! ¡Aaaht!», resonó una alarma por la Cámara. Las luces se apagaron y todas las pantallas de las mesas empezaron a parpadear en rojo. La voz PuertaGiratoriaSubte se sumó al caos: «Intrusión en el sistema. Intrusión en el sistema».

Jack empezó a sentir náuseas en el estómago. Shaw lo miró con una expresión digna de una gárgola gótica y que resultaba terrorífica bajo la luz parpadeante de color ROJO sangre.

—¿Qué pasa?

—¡No lo sé! –Jack se tapó las orejas con las manos–.

—¡El bicho no es mío, lo juro!

El grandulón echó hacia atrás un brazo con la mano abierta y tomó impulso. Jack creyó que lo iba a atacar, pero Shaw se dio la vuelta y golpeó al escarabajo, que emitió un desagradable «crunch». Shaw apretó los dientes al recibir un segundo rayo eléctrico. El insecto salió volando por entre las mesas, en zigzag, y dando tumbos. Shaw lo persiguió en dirección a las escaleras.

—¡Eh! ¡Detegan a ese bicho!

«¡Aaaht! ¡Aaaht! ¡Aaaht!».

«Intrusión en el sistema. Intrusión en el sistema», siguió la voz PuertaGiratoriaSubte con su exasperante calma. Entonces cambió su mensaje: «Acceso no autorizado en almacenamiento clase cinco... Procedimiento de sellado iniciado... Cuidado con las puertas, por favor».

«Clang». En algún lugar de la Cámara se cerró una puerta. «Clang». Y otra. La computadora los estaba encerrando.

Apareció un minidrón desde el mismo rincón oscuro por el que se había esfumado el primero, llevando entre sus pinzas una caja del tamaño de una pelota de basket. Un trabajador con gabardina saltó para agarrarla, pero el dron lo esquivó y siguió elevándose hacia el final del balcón, donde se estaba cerrando otra compuerta.

—El escarabajo ha hackeado un dron –suspiró Gwen, y salió corriendo a interceptarlo.

Jack intentó controlar sus náuseas y también corrió, pero no para cazar al dron, sino para buscar a su hermana. Se detuvo ante el Cementerio y empujó las puertas dobles. El interior parecía una especie de depósito, una enorme sala llena de una hilera tras otra de estanterías de roble abarrotadas de toda clase de chucherías; las más cercanas a él estaban repletas de muñecas viejas y gastadas, que le miraban con sus ojos muertos de cristal.

«Debe de estar aterrorizada», pensó Jack. Y la llamó con un grito:

—¡Sadie!

La niña emergió de entre la oscuridad, llevando de la mano una de las muñecas.

—¿Qué es todo ese ruido?

Jack hincó una rodilla en el suelo y abrazó a su hermana.

—¡Ay! ¡Pará! ¿Qué te pasa ahora?

—¿Ya no estás enojada?

—No, ya no. –Sadie se apartó y cuidó de mantenerse a distancia–. No lo hiciste a propósito; estabas confundido.

—No, Sadie, tú...

«Clang». La puerta al final del balcón se cerró. Gwen corrió hacia ellos.

—El dron se ha escapado. Aún podemos atraparlo; hay otra salida.

La chica tomó a Jack de la mano; él hizo lo propio con su hermana. La muñeca cerraba la comitiva. Al otro lado del Cementerio, tras treinta metros de estanterías y de gruesa alfombra roja, un par de puertas corredizas se cerraban lentamente.

«Otra salida». De repente comprendió lo que implicaban las palabras de Gwen: esas puertas que se estaban cerrando eran su única salida, la única manera de devolver a su hermana sana y salva al hotel. Jack empezó a correr por sí mismo en vez de dejarse arrastrar por los tirones de Gwen.

Mientras lo hacía, unas extrañas imágenes se abrieron paso en su confusa mente: bustos de figuras históricas con horrorosos peluquines, viejos juguetes de latón, docenas de paraguas que asomaban de cilindros de cobre como ramos de flores. En el último estante antes de la puerta había un tétrico payaso, un muñeco de ventrílocuo con los labios rojos y unos ojos que le seguían mientras avanzaba.

—¡Corran!

Las puertas ya casi se habían cerrado. Gwen tomó un último impulso.

Jack también aceleró, pero las piernas de Sadie eran demasiado cortas como para poder seguirle el ritmo. Tropezó y se cayó, soltándose de la mano de Jack.

Jack miró atrás, cosa para la que no tenía la suficiente coordinación y que le hizo tropezar también a él hasta golpearse la cabeza contra una de las puertas y entrar a tumbos en un depósito.

Lo último que oyó antes de que descendiera la oscuridad fue el eco de las puertas al acabar de cerrarse. Su hermana había quedado atrapada al otro lado, con las muñecas de mirada muerta y el payaso tétrico.

# *Capítulo 13*

JACK MANTUVO los ojos cerrados y esperó que todo fuera una pesadilla. Cierto, la cabeza le dolía un montón, pero tenía dolores de cabeza muy a menudo y nunca eran por causa de alarmas contra intrusos o golpes durante huidas. Quizás estuviera todavía tumbado en la habitación del hotel. Quizás toda aquella mañana loca hubiera sido tan solo un sueño. A fin de cuentas, se trataba del típico material de las pesadillas: gárgolas, payasos terroríficos, correr para salvar la vida pero sin saber por qué... Muchas cosas raras y ni una sola respuesta.

—¿Jack?

Pero no, no hubo suerte. Abrió un ojo y vio a Gwen parada ante él, ofreciéndole su mano.

—Fuera –mascullό–.

—Levántate, tenemos que atrapar al dron.

Jack se incorporó con dificultad, pero sin aceptar la ayuda y se dio cuenta que se encontraban en una especie de depósito, repleto de percheros con viejas ropas de invierno. La luz del exterior provenía de los bordes de una persiana de acero corrugado, como la de un garaje. Se llevó una mano a su dolorida cabeza.

—Sadie...

—Está bien.

—No está bien. Está ahí atrapada con la alarma y GigantónGra-ñosGárgola.

—¿Te refieres a Shaw? –Gwen arrugó la nariz–. No seas tan melodramático. Shaw es inofensivo. Bueno, bastante inofensivo. Y la señora Hudson está con ellos. Es muy buena con los niños.

Antes de que Jack pudiera discutir si la señora Hudson era buena o no con los niños, Gwen tiró de una cadena, que hizo que la puerta se levantara y que la luz del exterior cegara a Jack. Para cuando sus ojos se acostumbraron, ella ya estaba rebuscando entre los colgadores. Sacó una chaqueta de sport de color azul muy oscuro y se la lanzó a Jack.

—Ponte esto; hace frío afuera.

—No voy a ir a ninguna parte sin mi hermana –discutió él, pero se dio cuenta de que sí: tenía frío, así que se la puso. Mientras se subía la cremallera, un gorro de lana le fue a parar a la cara.

—Ponte esto también. Hace mucho viento; no querrás engriparte.

—No voy a salir.

—Por supuesto que vas a hacerlo.

—Se puso el gorro, que le cubrió las orejas.

—¿Y por qué iba a querer ayudarte?

La chica cruzó a toda velocidad el depósito y se puso en puntas de pie para tener la cara a su misma altura.

—¡No puedes ser tan estúpido! -gritó a pleno pulmón; era la primera vez que lo hacía desde que se conocían-. Alarmas de intrusos, escarabajos que hackean computadoras... ¿Crees que es casualidad que todo eso haya pasado justo cuando entraste en la Oficina de los Objetos Perdidos? Todo eso ha sucedido precisamente porque tú entraste. -Se quedó inmóvil durante un largo segundo, indignada, hasta que finalmente dio un paso atrás y miró al costado-. Ni siquiera tendrías que estar aquí.

—Sí, ya lo sé, ya oí a Shaw. Gwen negó con la cabeza.

—No lo entiendes. Cuando el Ministerio pierde a un agente, lanzan una cortina de humo sobre el asunto, y se devanan los sesos una semana o dos hasta que se les ocurre una buena tapadera. La policía no tenía que haberle dicho nada a tu madre. Tú y tu hermana no deberían haber venido a Londres. Todo esto, el escarabajo, el dron, tiene que ver con la última misión de tu padre. -Se encogió de hombros-. ¿No quieres saber lo que le pasó?

Jack sintió que se le hacía un nudo en el estómago.

Bajó la vista y se miró las zapatillas.

—Bueno, yo...

—Ah, pues parece que no; no quieres saberlo. -Era obvio que

a Gwen ni se le había ocurrido esa posibilidad–. De todas formas, ahora ya no hay elección. Esa misión es lo que te ha traído aquí, Jack. Estás involucrado, lo quieras o no.

—OK –suspiró–. Da igual. ¿Y qué se supone que tengo que hacer?

La chica se puso unas orejeras púrpuras de algodón y salió afuera; luego hizo una pausa para mirar a Jack desde la puerta.

—Mejor será que te lo muestre.

El leve pero inconfundible olor de la naftalina siguió a Jack como una nube mientras seguía a Gwen por la vereda.

—¡Eh! –dijo a su espalda–. Sé de dónde ha salido esta campera. Y el gorro, y tus orejeras, y todas las demás cosas de ahí. Es obvio. Es ropa usada y perdida. ¿Qué tiene que ver ese Ministerio de Rastreadores tan secreto con una oficina de objetos perdidos?

Gwen encogió los hombros ante la mención de «objetos perdidos», pero no aminoró la marcha. Extendió un brazo hacia atrás, agarró a Jack y lo acercó hacia ella.

—Deja de decir eso. La Oficina de Objetos Perdidos es la rama pública de una organización secreta mucho mayor. Piensa en un iceberg que asoma inocente sobre la superficie y oculta debajo una parte muchísimo más grande.

Se detuvieron al llegar a un pequeño callejón de ladrillo. Al fondo estaba el dron, tirado sobre una pila de basura. Había chocado contra una pared falsa, un acceso secreto que, ahora roto, mostraba una compuerta detrás. Estaba claro que el aparato no había llegado muy lejos tras salir de la Cámara.

Gwen se arrodilló para rebuscar entre los restos.

—Alguien se ha llevado la caja. Vamos a tener que ser rápidos. -Se levantó y empujó a Jack hasta el centro del callejón–. Dime lo que ves.

—Veo un dron destrozado sobre una pila de ladrillos... -La miró de reojo–. Y a una tipa loca.

A ella no le hizo gracia. Agarró la cabeza de Jack con ambas manos y la bajó para que sus ojos estuvieran a la misma altura que ella.

—Creí que habías decidido ayudar.

—Sí, pero no sé lo que quieres de mí -dijo Jack, zafándose.

—Sabes que eres especial. Siempre has sido consciente de ello. Ves y oyes cosas que otros no notan, igual que tu padre. Y ahora, dime lo que ves.

Jack suspiró. Sí, lo sabía, aunque no quería admitirlo. Gwen se apartó y él entrecerró los ojos y se concentró. A través de las paredes del callejón llegaban ecos de los ruidos callejeros, que en su mente se mostraban como finas columnas de color. Se tapó los oídos para bloquearlos, pero Gwen le apartó las manos de inmediato.

—No, así no; deja de intentar ver las cosas como los demás. -Le soltó las muñecas y volvió a dar un paso atrás–. Tienes que ver las cosas a tu manera, Jack. Abre los sentidos, todos los sentidos; deja que el mundo entre.

—Pero ¿quién eres tú?

—Haz lo que te digo, por favor.

Una gran ola de datos invadió a Jack. Asfalto, ladrillos, bocinas, sombras, olor a aceite, olor a polvo, fragmentos de arenilla blanca, bolas de naftalina... todo demasiado junto. Ese había sido siempre el problema: demasiadas cosas, demasiado rápido. Intentó comprimir la información en un flujo manejable, mientras el dolor se adueñaba de los bordes de su mente.

—Deja de luchar contra ello. –Gwen caminaba en círculos a su alrededor–. La presión levanta las barreras. Relájate y déjalas caer.

—¿Y tú cómo sabes todo eso?

—Leo mucho. Confía en mí, Jack.

Él intentó ignorar lo mucho que le molestaban las palabras de Gwen y se concentró en hacer lo que le decía. Dejó de intentar contraer el flujo de información que le llegaba; y, por primera vez, vio.

De repente, la corriente estalló en un ancho campo tridimensional de datos, y cada fragmento frenó hasta apenas moverse. Jack vio más que paredes de ladrillo: vio los propios ladrillos, cien tonos de rojo y marrón que encajaban entre ellos como piezas rectangulares de un puzzle. A sus pies, el asfalto se separó en espirales y manchas de una docena de tonos de negro. Los ruidos de la calle que tanto le habían desconcentrado antes también formaban parte de la imagen. Vio, literalmente, cómo las bocinas de un montón de coches resonaban contra las paredes en brillantes olas de color bronce; unas eran gruesas y palpables, y las otras finas y evanescentes. El gris murmullo de los motores se deslizó por sus tobillos como si fuera una neblina a la altura del suelo.

Mientras se maravillaba por las olas de bronce, se dio cuenta de que estaba aislando un fragmento de la imagen, pero sin el dolor de intentar bloquear el resto. Podía concentrarse a voluntad en un detalle u otro. Examinó los restos del dron, tomando cada pieza y haciéndola girar en su mente, hasta volver a encajarla. Soltó una breve risita nerviosa.

—¿Qué tal lo hago?

La voz susurrada de Gwen se sumó a la visión, como un hilo traslúcido de gris invernal.

—Jack Buckles, eres un Rastreador, como tu padre y el padre de tu padre. Es un talento hereditario. Yo no lo tengo. Soy de una familia del Ministerio. He estudiado toda mi vida para trabajar con Rastreadores y he leído todo lo que existe sobre ustedes, pero no puedo ver las mismas cosas que tú. Tienes que describírmelas para que pueda ayudarte a encontrarles el sentido.

—Kerosene –dijo él sin dudar. Olía, o en realidad veía, el fuerte y brillante olor verde del combustible–. Veo una huella de pie hecha de kerosene. No; son media docena de huellas del mismo par de botas, en el asfalto, al lado de los restos. Ahí. –Señaló el lugar, y enseguida otro–. También veo un hilo, fino y negro, atrapado en un hueco de uno de los ladrillos rotos.

Gwen sacó una lupa del bolsillo y agarró el hilo con delicadeza para examinarlo. Miró a Jack.

—Lana, como la que se usa en un abrigo.

—Vaya –parpadeó él, dejando caer la pared de datos en su mente–, ¡una lupa! ¿Es el equipo estándar de los empleados del Ministerio de Rastreadores?

—¿Crees que quiero trabajar toda mi vida en una oficina? Mmm, concéntrate, Jack. No encuentro las huellas. ¿Puedes seguir el kerosene?

Él asintió y volvió a abrir sus sentidos, pero ya no vio el campo de datos. Había vuelto el caos, el dolor. Le entró el pánico y se llevó instintivamente las manos a las orejas.

—Respira, Jack. Tardarás en controlarlo, pero puedes hacerlo.

Tras varios segundos volvió a ver el rastro verde fluorescente. Pero la mayor concentración de este no se daba en el suelo, como esperaba, sino en la pared a su izquierda. En forma de vapores que dibujaban un claro patrón sobre los ladrillos.

—¡No puede ser!

—¿El qué?

Jack estaba demasiado absorto en lo que veía como para contestar. Se acercó y encontró una cerilla que asomaba de una rendija en el mortero, en el centro exacto de la pared. Era como si alguien la hubiera dejado allí para que él la encontrara.

—No te acerques.

Arrancó la cerilla, dudó medio segundo y la rascó contra el ladrillo.

Al encenderse, casi le quemó las cejas.

Pequeñas lenguas de una llama azul se abrían en todas las direcciones, hasta componer un patrón que daba vueltas en zigzag y formaba un ardiente mensaje sobre los ladrillos:

**SI QUIERES VOLVER A VERLO**
**XIII**
**TRÁEME LA BRASA**

—«Trece» –dijo Jack, leyendo los números romanos–. «La brasa». ¿Qué quiere decir?

Gwen se acercó a la pared y extendió una mano para tocar las llamas, que ya se apagaban.

—Quiere decir que igual tu hermana tenía razón, Jack. Quiere decir que puede que tu padre siga vivo.

# *Capítulo 14*

—¿POR QUÉ TRECE? –preguntó Jack–. ¿Qué tiene que ver eso con papá?

—Después. –Gwen lo condujo fuera del callejón, de vuelta a la acera–. Quien fuera que dejó el mensaje pisó su propio kerosene. Si nos damos prisa podemos seguirle el rastro e ir hasta donde se esconda sin necesidad de hacerle el juego. ¿Ves más huellas?

Jack asintió. Se sentía como en una nube. La posibilidad de que su padre estuviera vivo, prisionero de algún hacker loco, pirómano y ladrón de drones, le había mareado.

—Aquí –dijo, poniéndose en cuclillas sobre la acera–.Y aquí. Y otra más allá, en mitad de la calle.

Los transeúntes esquivaban a los dos jóvenes al pasar, sin pararse ni mostrar la menor curiosidad por su extraño comportamiento. Gwen dio dos pasos exageradamente largos y los comparó con las huellas que había señalado Jack.

—Mide al menos un metro ochenta. Se dirige de lleno al tráfico. –Señaló una hilera de casas adosadas al otro lado de la calle–. Quizás hacia allí.

Los dos cruzaron rápidamente. Gwen agarrada del brazo de Jack, haciéndole detenerse y avanzar para evitar los coches, mientras él seguía el rastro por la calle. Encontró el último resto de kerosene en el pomo de hierro de una puerta azul, la única entre todas las casas que no tenía ninguna decoración navideña. Jack se quedó mirando la ajada pintura de la puerta; de repente cayó en que su padre podía estar al otro lado.

Asió el pomo de hierro y se preparó para derribar la puerta con el hombro. Pero en ese momento notó que sus dedos se hundían en el gélido metal, igual que había sucedido antes con la compuerta. Tuvo una nueva visión: un guante negro justo donde se encontraba su mano desnuda; un hombre con un abrigo negro largo y sombrero entraba por la puerta azul llevando una gran caja bajo el brazo; ya dentro, los tablones podridos de un suelo de madera, moscas entrando y saliendo de un fregadero oxidado; el hombre de la caja dobló a la derecha y subió por unas viejas escaleras; la puerta se cerró de golpe. Jack vio de nuevo su propia mano.

Soltó el pomo y dio un paso atrás.

—El guante...

—¿Qué?

—Hum... nada. -Jack miró su mano y la metió rápidamente en el bolsillo del abrigo–. He dicho «adelante».

—Ajá. -Gwen se lo quedó mirando un segundo largo y golpeó la puerta con el hombro; esta se abrió con un desagradable crujido–. Cerrada, pero sin llave. Bienvenido a Inglaterra. Los pomos del centro no tienen nada que ver con la cerradura. Vamos.

Grandes motas de polvo danzaban en la luz que entraba por la puerta abierta. Un zumbido familiar resonó en los bordes de los sentidos de Jack; no era el de las moscas que entraban y salían por el fregadero. La moqueta del suelo estaba arrancada, dejando al aire los tablones de madera, podridos, manchados de moho y pegamento. A su derecha, unas escaleras con la barandilla rota ascendían al piso de arriba.

—Por ahí -susurró Jack, volviendo la cabeza hacia las escaleras.

—¿Ves huellas?

—Algo así.

El suelo crujía mientras se abrían paso por entre los tres largos rollos de moqueta, viejos y apestosos, que había sobre las escaleras. Arriba encontraron una única habitación, con una cama pequeña, un viejo escritorio y una silla. El hedor a amoníaco golpeó a Jack como una maza. Provenía del colchón lleno de manchas. Oyó cómo alguna criatura mordisqueaba el interior de este.

El zumbido había ido creciendo con cada paso que daban. Al medio segundo de llegar a lo alto de las escaleras, Jack supo de dónde venía: unos insectos sobrevolaban las cortinas negras que cubrían la ventana, posiblemente atraídos por la luz. Fue a abrirlas para que el sol iluminara la habitación, pero sus manos no llegaron a tocar la tela. Cuatro escarabajos gigantescos azules y verdes se precipitaron sobre él desde detrás de las cortinas, obligándole a esquivarlos. Después ascendieron y se quedaron dando vueltas por el techo, volando en una formación perfecta.

—Están organizados –murmuró Gwen, mirando a los escarabajos–. ¿Crees que son los mismos?

—Sí, pero no hay computadoras o drones que hackear, así que no sé qué hacen aquí.

Los insectos emitieron unos rayos de luz, y cada uno proyectó algo en una pared. Las cuatro proyecciones eran iguales: una imagen a tamaño real del hombre de negro. La imagen era tan clara que a Jack no le cupo la menor duda: era el hombre de su visión ante la puerta azul, el mismo que había asustado a Jack y a Sadie delante del Gabinete de los Objetos Perdidos. Y no solo eso: sus facciones duras y su pequeña barbilla eran iguales que las del hombre del abrigo marrón rojizo que Sadie había seguido desde el hotel. Los extraños sucesos de aquella mañana solo habían sido etapas de una elaborada trampa que había acabado ahí mismo, en la habitación.

Las cuatro proyecciones echaron la cabeza atrás y rieron.

# *Capítulo 15*

CUANDO COMENZÓ la carcajada, los rayos de luz de los escarabajos se movieron. Las cuatro imágenes descendieron por cada pared y avanzaron por el suelo hasta unirse y crear una única proyección holográfica en el centro de la habitación, que parpadeaba con las motas de polvo en el aire. El hombre de negro dio una palmada y volvió a reír.

—Bravo, Afortunado Jack –dijo con un pronunciado acento francés–. Me has encontrado. Excelente.

—¿Quién eres? –Jack dio un paso hacia la imagen–. ¿Y dónde está mi padre?

El francés hizo una breve reverencia.

—Me llaman «le Pendulier». En tu torpe lenguaje lo traducirías como «el Relojero». Pero eso apenas importa. Tienes una misión urgente que cumplir, Jack el Afortunado. Para eso te he hecho venir.

—¿Qué hay del dron? –preguntó Gwen, que avanzó hasta colocarse al lado de Jack–. Has robado un artefacto del Ministerio; lo queremos de vuelta.

—¡No he robado nada! –Los ojos del Relojero se dirigieron hacia Gwen, como si pudiera verla–. Solo he recuperado lo que me había robado a mí su padre –y señaló a Jack. Luego bajó la mano y le dedicó una sonrisa cortés pero inquietante–. Pero no lo hubiera conseguido sin ti, Jack el Afortunado, así que gracias. Aunque ahora he de insistir en que hablemos de tu misión.

—He visto tu mensaje. Quieres algo conocido como «la brasa» Pues yo quiero a mi padre de vuelta.

—Ah, pero la brasa es la clave para salvarlo. Tráemela y yo te devolveré vivo a tu padre. –Jack apretó los puños–.

—¿Y qué pasa si no me da la gana de hacerte los recados? ¿Y si en vez de eso decido perseguirte?

—Ooh, qué miedo. –El Relojero abrió las palmas y volvió a reír–. No hace falta que me busques; estoy en la Gran Torre del Reloj, que tú conocerás como Big Ben. ¿Ves cómo quiero ayudarte? –Y entonces se le borró la sonrisa–. Pero no pienses ni en llamar a la puerta si no traes la brasa. Intenta algo y tu padre morirá. Tráeme la brasa al Gran Reloj a medianoche, Jack el Afortunado, y te lo entregaré. Llega un segundo tarde y lo que te daré serán sus cenizas.

El holograma empezó a desvanecerse.

—¡Espera! –gritó Gwen–. Ni siquiera sabemos qué es esa Brasa, ¿cómo esperas que la encontremos?

—Eso es cosa de ustedes. –La imagen del Relojero volvió a cobrar definición–. Les sugiero preguntar al Chico de Pye; y, ya que están, avísenle que se le ha acabado la broma. –Sus labios formaron una sonrisa malvada–. Y ahora, una última pista para que se pongan en marcha.

La proyección desapareció del todo y los escarabajos volaron a las cuatro esquinas de la habitación y se golpearon violentamente contra las paredes. Uno cayó sobre el viejo colchón, zumbando con electricidad. Unos flashes de luz púrpura recorrieron su cuerpo roto con intensidad creciente hasta que explotó, y las llamas se extendieron por el colchón. El animal dentro del colchón gritó. Los otros tres escarabajos hicieron lo mismo que el primero. A los pocos segundos, el escritorio, el suelo y los rollos de moqueta de la escalera estaban en llamas.

Gwen abrió las cortinas.

—Aquí hay una salida de incendios.

Tiró de la ventana, pero esta no se abrió.

Un humo cegador y asfixiante llenó la habitación. Jack no podía concentrarse; apenas conseguía pensar. Entonces su subconsciente recordó una única frase de los cientos de simulacros de incendio del colegio: «Tírate al suelo».

Se puso de rodillas y arrastró a Gwen con él. Su mente empezó a aclararse.

Había llamas por todas partes que bloqueaban las escaleras y consumían el papel pintado barato de las paredes. Jack se incorporó un momento y golpeó desesperadamente la ventana. Nada. El cristal no se rompía.

Gwen apoyó la espalda en la pared.

—¡Cristales anti golpes! –gritó entre toses–. Normas de Seguridad del Edificio... sección K... ¡Hay que golpearlo con un martillo justo en el centro!

Las llamaradas azules y amarillas trepaban hasta el techo, como joyas vivas tan bellas que Jack casi olvidó que amenazaban con hacer que las vigas le cayeran encima.

—Jack –tosió Gwen–, ¿me has oído?

—¿Qué? ¿Un martillo? OK. –Apartó la vista del fuego y abrió los sentidos, intentando observar detalles entre el caos. No vio ningún martillo.

Silla: ardiendo.

Postes de lo alto de las escaleras: también ardiendo.

Somier de la cama: inalcanzable bajo el colchón en llamas.

Cajón roto en el escritorio: lleno de material de oficina viejo.

Apartó la silla ardiente del camino y usó la punta de su zapatilla para abrir el cajón. Le cayeron ascuas rojas en los vaqueros; Gwen se las quitó con la manga de su abrigo. agarró un abrecartas de bronce de entre el material.

—¡Perfecto! Yo lo apoyo contra la ventana y tú lo golpeas con el cajón. –Tuvo otro ataque de tos y después le dedicó una débil sonrisa con desplazamiento de pecas–. Por favor, intenta no darme en los dedos.

Gwen apretó la punta del abrecartas contra el cristal y respiró a través de la bufanda, mientras Jack vaciaba el resto del cajón y lo rompía contra el suelo. Se quedó con una tira de madera en las manos, la blandió como una porra y golpeó con ella el mango del abrecartas. Al primer golpe, en el cristal se extendieron rajas como si fuera una tela de araña; al segundo se hizo trizas.

La escalera de incendios los dejó en un patio de adoquines detrás de las viejas casas. De la ventana salía humo negro. Jack hincó una rodilla en el suelo y se echó a toser, expulsando aire viciado y aspirando oxígeno bueno.

—¿Por qué... ha hecho... eso?

Gwen se quedó de pie y echó un vistazo al patio.

—Quizás fuera una última prueba para ver si eres lo suficientemente bueno como para encontrar esa tal Brasa. –Posó la vista en él y frunció el ceño–. O quizás es que está loco como una cabra.

Jack recuperó por fin el aliento y se puso en pie. Los dos miraron hacia la casa ardiente. Los únicos sonidos eran el crepitar del fuego y las sirenas que se acercaban.

—Jack, el Relojero nunca... –Pero su voz se apagó antes de acabar la frase.

—¿Nunca qué?

—Nada.

Gwen se volvió para dirigirse a la salida a la calle. Jack miró el fuego un momento más y corrió tras ella.

—¿Adónde vas? –gritó–. ¡Tú misma lo dijiste, ni siquiera sabemos qué es la brasa!

—No –replicó ella–, pero ahora sabemos por dónde empezar.

Gwen cruzó la calle, dobló a la derecha en la acera y fue bajando la voz a medida que Jack se acercaba.

—El Relojero nos ha dado un par de pistas: el Chico de Pye, el propio fuego... Está clarísimo. –En su rostro se dibujó una expresión sombría–. No sé qué es la brasa, Jack, pero sé de dónde, o mejor de cuándo, viene. Y puedo asegurarte que no fue una época agradable.

# *Capítulo 16*

**A JACK LE SORPRENDIÓ** tener que esforzarse tanto para seguir el ritmo de una chica del tamaño de Gwen. Bajo su abrigo gris, sus piernas se movían a la velocidad de un terrier en una de esas exhibiciones de perros de Westminster. Los transeúntes se apresuraban en la dirección opuesta, para intentar ver de cerca el fuego. Gwen rebuscó en el bolsillo del abrigo y sacó un paquete blando de color azul de pañuelitos perfumados.

—Toma –dijo, dándole un puñado a Jack–. Límpiate. No puedes ir corriendo por Londres cubierto de cenizas. Esto no es una representación de Mary Poppins en el West End, ¿eh?

—¿Quién es el Chico de Pye? –preguntó él, pasándose los pañuelitos por la cara y las manos hasta que quedaron totalmente negros.

La chica usó unos cuantos en su propio rostro.

—No es un «quién», sino más bien un «qué»: una estatua que conmemora el Gran Incendio.

Jack frunció el ceño e intentó seguir la explicación.

—¿Qué Gran Incendio?

—*El* Gran Incendio. –Gwen tiró los pañuelitos sucios a una papelera sin aflojar el paso–. El Gran Incendio de 1666.

—Entonces ¿vamos a donde está la estatua esa?

—No, claro que no.

La chica giró bruscamente, dejando a Jack atrás en un cruce. Él empezó a correr hacia ella, pero se detuvo al sentir una extraña presencia a su izquierda: tres pares de ojos malvados. Se volvió y se encontró con Drácula, que le miraba fijamente, entre el Hombre Lobo y el monstruo de Frankenstein. Los tres iban vestidos como los Reyes Magos. El cartel encima de ellos decía:

**EL MUSEO DE CERA DE**
**MADAME TUSSAUD LES DESEA**
**FELICES FIESTAS.**

Resultaba casi desagradable.

Gwen siguió avanzando, sin fijarse en las figurillas de Navidad de dudoso gusto que poblaban los escaparates de las tiendas.

—El Chico de Pye no es más que una estatua que representa a un niño gordito desnudo. La verdad es que resulta un poco desagradable. El francés chiflado lo mencionó como pista sobre la historia de la brasa, y la verdad es que no necesitábamos más. Lo de provocar el incendio ha sido pasarse un poco.

—¿Tú crees? –Jack la alcanzó cuando ella se detuvo en el siguiente cruce–. A mí me ha parecido que... –Se distrajo al ver a un grupo de niños disfrazados de elfos de Papá Noel en una ventana. Puso los ojos en blanco y les dio la espalda–. Creía que el Gran Incendio de Londres fue causado por un accidente y vientos fuertes; ya sabes, igual que el Gran Incendio de Chicago.

—Esa es la historia que oyen todos los niños ingleses cada vez que reciben una visita de los bomberos en el cole: fuego en una panadería, casas de madera y todo eso. –Movió un índice en señal de negativa–. «No se olviden de apagar el horno y no jueguen con fósforos». Pero todo eso no es más que un cuento.

La mano roja del semáforo al otro lado de la calle cambió a un hombrecillo verde, y Gwen reemprendió el veloz ritmo de antes.

—La verdadera historia no es tan sencilla –siguió–. Hasta el mismo momento de su muerte, el panadero del rey negó haber causado el incendio. Otro hombre, un inmigrante francés llamado Robert Hubert, fue ahorcado como conspirador y autor del incendio. Muchos de los edificios, panadería incluida, eran de ladrillo y no de madera, y aun así el fuego se propagó a una velocidad increíble. Y después está lo de la cantidad de muertos.

— ¿Miles?

Gwen miró al cielo y levantó una ceja.

Apenas seis. Y, aun así, en el siguiente censo de Londres faltaban más de cien mil personas. ¿Adónde se fueron todos? Muchos historiadores se creen al pie de la letra la versión oficial. Pero otros sospechan que el propio hermano del rey, el duque de York, pudo haber estado involucrado en una trama urdida por unos pirómanos franceses. De hecho, años más tarde, el mismo Duque invadiría Inglaterra con un ejército francés. Así que la versión de la realeza es cuestionable, por decirlo suavemente.

La acera que habían estado siguiendo los llevó hasta un alto muro de roca. Gwen por fin aminoró la marcha hasta detenerse junto a una puerta de hierro fundido en el centro de la manzana. Tras la puerta se elevaban los esqueletos invernales de unos árboles sin hojas. A Jack le llegaron, de algún lugar que no estaba a la vista, unas notas amortiguadas de jazz.

—Una nube de misterios sin resolver rodea al incendio -dijo Gwen, volviéndose hacia él-. Quizás la brasa sea la clave para resolverlos.

—Y para encontrar a mi padre, ¿no?

—Sí, claro. -Apartó la mirada y se mordisqueó el labio inferior-. Jack se cruzó de brazos.

—¿Qué es lo que no me has contado? ¿Qué es lo que no has querido decirme en el patio?

Ella suspiró fuerte y volvió a mirarlo.

—De acuerdo, Jack. Antes tenías razón.

—¿Sobre qué?

—Sobre tu padre. Me refiero a lo que le dijiste a Sadie. Tus sospechas eran ciertas. Según el Ministerio, John Buckles murió hace tres días. Su intendente fue hallado en la Torre de Londres con cortes y quemaduras por todo el cuerpo. El Ministerio lo tiene en el área médica del cuartel general, pero aún no ha despertado.

Jack intentó asimilar lo que acababa de oír, pero las palabras no acababan de encajar. Aún faltaban piezas del rompecabezas.

—¿Intendente?

—Ah, perdona. A cada Rastreador le es asignado un intendente, como un doctor Watson. El de tu padre fue encontrado malherido y solo en la Torre, rodeado de cenizas. Encontraron... –Tragó saliva–. Encontraron los restos calcinados de un sombrero hongo.

—Pero el Relojero...

—No nos ha dado ninguna prueba de que tu padre esté vivo, ¿verdad? ¿Qué pasa si todo eso de encontrar la brasa al final no sirve de nada?

—No –Jack se volvió y se agarró fuerte a los barrotes de la puerta de hierro–. Te equivocas. El Ministerio se equivoca.

—Sé que esto no es fácil de oír, pero... Él golpeó la puerta.

— ¡He dicho que no! ¿Quieres que me rinda solo por un sombrero quemado? Mi padre está vivo. Vamos a encontrar la brasa y vamos a rescatarlo.

—Tienes razón, claro. Lo que he dicho es una tontería.

Aquello no fue suficiente para Jack; le pareció que se habían puesto de acuerdo demasiado rápido.

—¿Y tú cómo sabes lo que le ha pasado a mi padre? Solo eres una oficinista, ¿no?

Gwen bajó la cabeza.

—Aprendiz. Cierto.

—¿Entonces?

—¿Recuerdas lo del intendente de tu padre, el que no ha recuperado la consciencia?

—Sí, ¿qué le pasa?

Gwen no quería mirar a Jack y se concentraba en la acera.

—Se llama Percy Kincaid. Él es quien me contó todo lo que sé sobre los Rastreadores. Me preparó para el Ministerio desde que era muy pequeña. Es mi tío.

—Oh. –A Jack no se le había pasado por la cabeza que otras familias aparte de la suya pudieran estar sufriendo a manos del Relojero; especialmente la de Gwen. La tristeza que ella intentaba ocultar, la preocupación en su rostro, le recordaron a su madre. Bajó la voz–: "Vamos a encontrar la brasa , Gwen. Vamos a liberar a mi padre y a hacer que el Relojero pague por todo lo que ha hecho".

Ella asintió en silencio y se apartó de la pared.

—Sí. OK. Dale, vamos.

Condujo a Jack por la calle hasta unas escaleras enrejadas en mitad de la acera de enfrente. La suave cinta del jazz se hizo más gruesa y se enrolló alrededor de él. Bajaron por un largo túnel cubierto de brillantes azulejos verdes que le recordaron a Jack la piscina de un hotel. Unas letras incrustadas en las baldosas decían REGENT'S PARK STATION.

—¿Vamos a tomar el subte? –preguntó, algo frustrado–. ¿No podíamos encontrar una estación más cerca de la Oficina de los Objetos Perdidos?

Gwen no contestó, al menos enseguida. A mitad del túnel, un hombre con gafas oscuras estaba apoyado contra la barandilla de marfil que continuaba la pared, y tocaba una melodía sincopada con su viejo saxofón. La chica miró a una punta y otra del pasadizo vacío y echó cuatro monedas a la funda negra del instrumento, que el músico tenía abierta a sus pies. Las monedas, al caer, sonaron al ritmo de "Rule, Britannia".

Ante el «plinc... plinc plinc plinc» de las monedas, el músico se irguió. Con una mano tocó un compás del himno como respuesta; con la otra, tiró de la barandilla de marfil que había detrás de él. Un grupo de azulejos se adelantó. Gwen indicó con la cabeza a Jack que entrara en el portal secreto.

—El subte no, Jack; vamos a tomar el Expreso del Ministerio.

## *Capítulo 17*

**LO PRIMERO QUE JACK** observó de la estación del Expreso del Ministerio fue su decoración en negro. En las paredes había brillantes y gruesas baldosas, como las del túnel del subterráneo, pero negras como el azabache. En vez de una piscina de hotel, aquello parecía un mausoleo. Lo siguiente en que se fijó fue en el silencio. Aparte de un ligero zumbido constante y el casi imperceptible «flip» de las hojas de un diario al ser pasadas, sus oídos no captaron un solo sonido.

Había una especie de despacho de acrílico a un lado de un molinete antiguo de bronce. Dentro, un empleado hojeaba perezosamente un diario; en vez de chaleco reflectante llevaba un traje de tres piezas. Una ancha banda sobre su bíceps derecho mostraba el símbolo de los Transportes de Londres, todo en negro, con las palabras EXPRESO DEL MINISTERIO cosidas en hilo plateado en medio.

—Mi amigo necesita una nueva tarjeta –le dijo Gwen casi en un susurro–.

El hombre levantó un ojo del diario, examinó a la chica durante medio segundo y señaló con la barbilla un panel para huellas digitales en la pared. Era igual que el de la compuerta de la Oficina de Objetos Perdidos. Jack hizo un gesto de desagrado; su última experiencia con uno de esos paneles no había llevado a nada bueno. Al ver que Jack no se movía, Gwen le susurró al oído:

—¿Voy a tener que agarrarte de la mano otra vez?

Él la miró con disgusto, dudó otro segundo y por fin puso el pulgar en el panel, recibiendo el esperado shock eléctrico. Una luz verde se iluminó encima de una pequeña rendija y una tarjeta de color platino apareció con un suave «ping».

Gwen agarró la tarjeta y la apretó contra su mano. Dedicó una breve sonrisa de agradecimiento al empleado, que se limitó a encogerse de hombros y volvió a su periódico.

—Bien –susurró ella, apartando a Jack del molinete–. Solo hay una cosa más que tienes que saber antes de que entremos. Regulaciones conjuntas, volumen uno, sección siete, regla cinco: «Ningún agente, invitado o cualquiera aparte de los cuatro Ministros Ancestrales deberá, excepto en caso de emergencia, realizar ningún sonido mediante voz, instrumento, parte corporal o combinación de estos, en o cerca del andén del Expreso del Ministerio».

—¿Eh? ¿Qué? –La voz de Jack se extendió en un eco por las baldosas negras de las paredes–.

El empleado carraspeó sonoramente.

Gwen dedicó a Jack la misma mirada que su madre cuando sin querer tosía en la iglesia.

—Estos trenes solo se mueven entre las estaciones de las cuatro agencias más secretas de Gran Bretaña. No se habla en los andenes. El riesgo de cotilleos y filtraciones sería demasiado grande. –Jack le dedicó otra mirada en blanco. Ella abrió mucho los ojos–. Quiere decir que silencio, lerdo. Vamos.

Sin más explicación, se dirigió hasta los torniquetes y sacó una tarjeta, muy parecida a la de él excepto en que era de color verde oscuro. La apoyó contra un panel circular y se iluminó una flecha verde, permitiéndole el paso. Jack la siguió. Mientras apoyaba su tarjeta en el panel circular le echó un buen vistazo: no era simplemente de color platino, sino que estaba hecha de pesado y frío platino de verdad. Pasó por el torniquete y le dio la vuelta a la tarjeta: tenía grabado su nombre, John Buckles. No había nada más.

Se vio ante el andén de metro más increíble que había visto en su vida. No había vías. En su lugar, unos enormes anillos de bronce seguían las paredes como si fueran costillas. El interior de cada una brillaba con una fuerte luz púrpura. El zumbido eléctrico que había oído provenía de estos anillos.

Él y Gwen no eran los únicos pasajeros. Dos hombres con largos abrigos negros y sombreros de copa se volvieron, apartando sus rostros, cuando los chicos entraron en el andén. Justo entonces Jack notó un toque de color en sus abrigos, solo visible un instante según les diera la luz.

Más allá vio a una mujer espectacular con un opulento vestido borgoña y un pequeño sombrerito a juego, sentada en un banco al lado de un hombre de traje negro y sombrero hongo. Ambos tenían una mano sobre el regazo y movían rápidamente los dedos, en una especie de lenguaje de signos. Jack abrió la boca para preguntar a Gwen si eso no era hacer trampas, dada la gran regla sobre no comunicarse, pero ella le dedicó una severa mirada y él decidió no decir nada.

El volumen del zumbido aumentó. Todos se acercaron al hueco y se detuvieron ante una línea de baldosas plateadas para no acercarse demasiado a los anillos de bronce brillantes. Jack se inclinó hacia delante para mirar el túnel, pero Gwen le tiró del cuello de la camisa. Justo entonces, un tren completamente cilíndrico, todo acero negro con detalles en bronce, entró en la estación, tan rápido que podría haberle arrancado la cabeza a Jack. No hizo más ruido que un suave «bump» al frenar, seguido de un largo «ssss» cuando sus cuatro puertas se abrieron hacia arriba. Unas palabras en rojo aparecieron en silencio en las baldosas plateadas a sus pies: CUIDADO CON EL HUECO.

Cada par de viajeros tenía su propio vagón; Jack y Gwen entraron en el suyo y se acomodaron en un largo y mullido sofá de cuero morado. Las paredes estaban cubiertas por un tapizado azul, y había grandes lámparas de media esfera a ambos lados, que lo bañaban todo en luz amarilla. Fuera, en la línea de baldosas, se iluminó la frase CUIDADO CON LAS PUERTAS, y estas descendieron lentamente hasta cerrarse.

Jack sintió en sus oídos el aumento de la presión. A través de la pequeña ventana rectangular de la puerta vio cómo un viajero que llegaba tarde corría por el andén; llevaba un abrigo gris y un sombrero de fieltro, con una bufanda roja bajo las solapas. Al ver su rostro, Jack se sobresaltó: su ojo derecho no tenía ni blanco ni pupila; era todo rojo, con una gruesa cicatriz por encima y por debajo que iba desde la frente hasta la barbilla. Su ojo bueno se fijó en Jack, helándole la sangre.

—Ya puedes hablar –dijo Gwen con tono autoritario–. Su hombro chocó contra él por accidente cuando el tren se puso en marcha.

Jack siguió mirando fijamente al hombre de la bufanda roja, hasta que las luces púrpuras de los anillos magnéticos lo ocultaron a la vista.

—¿Quién era ese? –preguntó.

—¿El hombre del andén?

—Sí.

—Mejor alejarse de esos tipos; la muerte acostumbra a seguirlos.

Lo peor de la costumbre de Gwen de no contestar las preguntas era que despertaba otras nuevas y las dejaba colgadas en el aire. Jack se volvió en su asiento para mirarla a la cara.

—¿Y por qué sigue la muerte a esos tipos?

—¿Eh? Ah. La bufanda roja es el símbolo del más antiguo de los Ministerios Ancestrales. Ese hombre era un Drago, Jack, un agente del Ministerio de Dragones.

# *Capítulo 18*

—¿DRAGONES?-JacksequedómirandoaGwen-.¿Terefieresa reptiles voladores que escupen fuego?

Ella puso los ojos en blanco, emitió un sonoro suspiro y se acomodó en su asiento.

—No todos vuelan.

—Pero ¿dragones? Si existen, ¿cómo es que nunca he visto uno?

—Porque los dragones son excepcionalmente buenos en lo que hacen.

El vagón cilíndrico aceleró, haciendo que las costillas púrpuras que pasaban por la ventana parecieran convertirse en una luz continua.

—Dragones...

—No te repitas tanto, Jack; es muy infantil.

Gwen se inclinó y abrió un cajón debajo del asiento, tras sus piernas; dentro había botellas verdes y un bol de porcelana con barritas de comida envueltas en papel de aluminio dorado.

—Los dragones han conseguido mantenerse ocultos durante más de mil años. Igual que los otros Ministerios a través de los siglos, aunque los tres más jóvenes tienen una parte de cara al público, cosa que ayuda.

Tomó una botella de vidrio verde del cajón y se la puso a Jack en las manos.

—Por ejemplo, el MI6 es la punta del iceberg del Ministerio de Secretos, igual que la Oficina de Objetos Perdidos lo es del Ministerio de Rastreadores. Más o menos.

Jack contempló la botella con cierto recelo, sin acabar de creer en lo que oía.

—Es agua, genio. Pareces deshidratado. Y hambriento. Toma, cómete una de estas.

Le dio una de las barras; él la examinó por arriba y por abajo antes de abrir el envoltorio. Se trataba de una pasta marrón que olía a algo parecido al chocolate entre otras cosas, ninguna de ellas demasiado agradable.

—¿Seguro que puedo comer esto?

—¿Eres alérgico a las castañas, el ginseng o el marisco? Él negó con la cabeza.

Gwen pegó un mordisco a su barra y masticó lentamente.

—Entonces sí.

—¿Y qué hay de la pareja de la estación, con aquel extraño lenguaje de signos?

—El Ministerio de Secretos. –Gwen puso cara de desagrado mientras masticaba–. Los llamamos «Siniestros». Siempre hacen trampas. Esos con pinta de más señoritos y sombreros negros son Tops, altos cargos del Ministerio de Gremios. Y ya has visto al Drago. O, más bien, él te ha visto a ti. Nosotros no les caemos bien a ninguna de las otras agencias. A veces, las investigaciones de los Rastreadores se cruzan con operaciones suyas que caen en... –Hizo una pausa para tragar, acompañándola con un movimiento de cabeza hacia atrás– zonas grises. Nos consideran una molestia, unos vulgares entrometidos.

Jack asintió como si lo que había dicho Gwen tuviese todo el sentido del mundo. Se quedó un rato mirándola comer en silencio; él todavía no se había decidido a probar su barrita: ya tenía demasiadas cosas en mente como para enfrentarse al potencial del chocolate, las castañas, el ginseng y el marisco juntos.

—¿Gwen? –preguntó por fin.

—¿Mmm?

—¿Y yo qué soy?

—Un Rastreador. –Bebió agua y se limpió la boca con la manga–. Como todos los primogénitos varones de tu familia.

—Sí, eso ya lo entendí; puedo rastrear cosas porque lo veo todo, aunque no quiera. Pero ¿por qué veo tanto? ¿Qué soy? ¿Tengo poderes mentales o qué?

A la chica se le escapó una risita.

—¿Quieres decir si eres mágico o algo así? –Movió las manos en el aire, divertida–. ¿Eres un mago, Jack? ¡Vamos! La magia son runas místicas y tipos con sombreros puntiagudos, juegos de cartas y estafadores de Piccadilly. Lo que te pasó en el callejón es pura neurociencia.

—¿Ciencia del cerebro?

Gwen dio el último bocado a su barrita de ChocolateNuezGinsengMarisco.

—Eres diferente al 99,9 por ciento de la humanidad, Jack Buckles. Eso no te convierte en alguien mágico, aunque sí especial. –Lanzó el envoltorio a una papelera de latón que había en el cajón, dejó dentro la botella vacía y volvió a cerrarlo. Cruzó las piernas y miró fijamente a Jack–. Respuesta corta: eres hiper observador. Tu cerebro procesa la información sensorial en una especie de matriz, en vez de en canales únicos como hacemos los demás.

Jack intentó que no se notara su confusión, pero no lo consiguió. Gwen levantó las cejas.

—La respuesta corta no basta, ¿eh? OK, probemos esto. Por ejemplo, cuando hueles a arenques, ¿qué pasa en tu cabeza?

—Puaj. Esta mañana el metro apestaba a arenques; era como una sustancia viscosa, roja y gris, que bajaba por las ventanillas. Me entraron ganas de vomitar.

—Pues el resto de nosotros solo olemos a pescado y ya está. Igual nos imaginamos el dibujo de un pez o una lata con la tapa abierta.

A eso se lo llama «asociación de ideas». Pero lo que tú sientes es más real. La señal que recibe tu nariz va directamente a una zona del cerebro que la mayoría de la gente no usa, una juntura sináptica donde se mezclan todos los sentidos. Para ti, las imágenes y los sonidos tienen colores y texturas. Lo que hueles, las temperaturas, pueden ser brillantes, ruidosas, doradas o grises.

Jack asintió lentamente. Lo que Gwen decía parecía lógico, aunque nada de eso explicaba la mano que había visto al tocar la puerta, o la precisión de su imagen del interior de la casa antes de entrar en ella. Claro que ¿de verdad había sido tan acertada la visión o solo lo recordaba así?

El tren se detuvo de golpe. Cuando las puertas se elevaron, Jack empezó a levantarse, pero Gwen extendió una mano y le hizo volver a sentarse.

—No –susurró–, no esta estación.

Tras la puerta había media docena de hombres y mujeres con abrigos grises y bufandas rojas, algunos con sombreros de fieltro y otros con gorras de campo. Cinco de ellos mostraban quemaduras en sus rostros. Y aunque ninguna era tan marcada como la del hombre de la estación anterior, todas resultaban inquietantes. Los seis se fijaron en Jack mientras entraban en el vagón de al lado.

Sus miradas le pusieron la piel de gallina, como si fueran a contagiarle las quemaduras. Pero al ver a tantos juntos observó mejor algo que ya había notado antes: cuando sus abrigos se movían revelaban por un instante algo rojo brillante, como si estuvieran forrados con joyas. La moda de las lentejuelas no parecía encajar con la austeridad del estilo de los Dragos.

Cuando la puerta volvió a cerrarse, Jack se dio cuenta de que llevaba un rato conteniendo la respiración. Suspiró sonoramente.

—¿Y eso qué era?

—La parte de Temple Station del Ministerio –contestó Gwen, y se inclinó hacia delante para mirar cómo desaparecía el andén tras ellos–. El cuartel general de los Dragos.

Jack volvió a acomodarse en su asiento.

—¿Y nosotros qué? ¿Vamos al cuartel general de los Rastreadores? Quiero decir... ¿al Ministerio de Rastreadores?

Algo brilló en la mirada de la chica; otra pregunta sin respuesta.

—Lo llamamos «la Fortaleza». Pero no, no será necesario. Ya que estamos siguiendo la historia del Gran Incendio, tenemos que ir donde empezó todo; vamos a Pudding Lane.

# *Capítulo 19*

**LA SIGUIENTE PARADA** llegó enseguida. Jack miró por la ventanilla y se encontró con una estación muy diferente a las otras dos. En vez de una única hilera de anillos brillantes de bronce había varias, unas cruzándose con otras. En vez de estructuras de cemento cubiertas con azulejos brillantes, los andenes parecían haber sido tallados directamente en una cueva de granito negro. En ellos esperaban docenas de personas, en vez de las pocas que había visto antes. Jack reconoció varias parejas de Siniestros con su delatador lenguaje de signos, grupos de Tops del Ministerio de Gremios y unos pocos Dragos aislados con sus bufandas rojas.

¿Dónde están los nuestros? –preguntó–. O sea, los del Ministerio de Rastreadores.

«Los Vulgares»; así es como nos llaman los de los otros Ministerios –Las pecas de Gwen se alisaron–. Según ellos, somos una banda de don nadies de clase baja. En fin, no somos muchos. Los Rastreadores no estamos en nuestro mejor momento; ya sabes, los recortes y todo eso.

—Pero ¿por qué...?

Gwen le tapó la boca con una mano mientras se abría la puerta.

Una vez fuera, en el andén, Jack notó que aquel lugar era muy diferente. Se trataba de una estación de trasbordo; por ella debían pasar una docena de líneas diferentes. Aun así, los únicos ruidos eran los de las puertas de los vagones y los pasos de la gente. No había anuncios por megafonía sobre retrasos o cambios de vías, no se oía el murmullo de la gente. Jack pensó que era como si alguien hubiera apretado el botón de mute. Le gustaba.

Escaleras de granito repartidas por toda la estación conducían a otros dos niveles, el segundo con gruesas columnas octogonales, y el tercero suspendido del techo. Un tren acababa de detenerse en ese tercer andén, y ahí se quedó, en el aire entre los anillos, directamente sobre la cabeza de Jack.

Este usó su tarjeta de platino para salir por los molinetes y siguió a Gwen hasta un solitario ascensor –se recordó a sí mismo que en Inglaterra los llaman «elevadores»– en un rincón de la estación. En vez de pulsar un botón, la chica metió una moneda de veinte peniques en una ranura. La puerta se abrió y mostró una típica letrina.

—Cuidado con el inodoro –susurró Gwen, haciéndole pasar por entre este y el dispensador de papel higiénico–.

Antes de que Jack pudiera hacerle ninguna de las muchas preguntas que tenía en mente, ella cerró la puerta y todo el cubículo empezó a ascender.

El ascensor-letrina subió hasta un pequeño baño público, con un lavatorio y un espejo. Gwen pulsó un botón rojo sobre el lavatorio que hizo aparecer una pequeña puerta detrás de Jack y le indicó que saliera.

—Dame un minuto para limpiarme, ¿puede ser?

Le dio un suave empujoncito hacia el exterior del baño, donde brillaba la luz del sol. La puerta volvió a cerrarse y, con un discreto «ding», se iluminó un cartel de OCUPADO.

Jack vio que se trataba de una estructura cuadrada gris rodeada de cristal ahumado azul, como si un poco de vidrio de colores fuera a convertir un lavabo público en una obra de arte municipal. Miró el reflejo de su rostro con desagrado y, entonces, se fijó en la verdadera obra de arte que había a su espalda.

Se volvió, hizo la forma de una visera con la mano para protegerse de la luz y se quedó mirando una columna gigante, de al menos veinte metros, coronada por una majestuosa bola dorada. Un mural en la base cuadrada mostraba a una mujer que parecía desmayada sobre las ruinas de una ciudad, rodeada por llamas. Había otras figuras cerca –ángeles, trabajadores y un rey–, pero sus rostros eran de desprecio y desinterés. Lo que más llamó la atención de Jack fue un dragón diminuto, medio oculto entre los escombros; su expresión era inteligente y decidida, e intentaba desesperadamente sostener una pared que se derrumbaba.

Oyó cómo tiraban de la cadena del inodoro y cómo caía agua en el lavatorio. Jack se volvió y vio a Gwen en la estrecha puerta, secándose las manos con una toallita de papel.

—¿¡La entrada secreta a tu gran estación es un retrete!? –Jack pronunció esta última palabra simulando acento inglés y levantó dos dedos de cada mano, formando unas comillas–.

—Resulta práctico. –Gwen hizo una bola con la toallita y la tiró a un cesto. La puerta se cerró y el mensaje en rojo del LED se convirtió en un FUERA DE SERVICIO azul–. ¿Por qué creías que nunca puedes usar un baño público en Londres? –Él le dirigió una mirada inexpresiva–. Entiendo, eso quiere decir que nunca has intentado usar uno.

—¿Qué hacemos aquí, Gwen? ¿Cómo va a ayudarme esto a recuperar a mi padre?

En vez de contestar, ella caminó un breve trecho hacia el Norte hasta salir de la plaza que rodeaba al monumento. Jack la siguió por el camino de granito hasta una pequeña calle de adoquines, oculta en las sombras entre un edificio de departamentos y un banco.

Gwen fue hacia el centro de la calle, se volvió y abrió los brazos.

—Esto es Pudding Lane. Jack se encogió de hombros.

—¿Y?...

—Este es el epicentro, Jack; el lugar donde todo comenzó.

—Quieres decir el incendio, ¿verdad?

Ella abrió los ojos de par en par y asintió; esperando a que Jack llegara por sí mismo a alguna conclusión.

—¿Y esa... brasa... está por aquí?

—No, Jack. -Gwen volvió a bajar los brazos y suspiró-. No seas lerdo.

Él arrugó la frente.

—Es la segunda vez que me llamas eso, y no sé ni lo que significa.

—«Lerdo», Jack. No muy brillante, perdido en el espacio. ¿Cómo llamarlo si no? -Negó con la cabeza-. Pero te estás alejando del tema. Lo importante es que la brasa estaba aquí. El Ministerio siempre busca objetos como ese; los objetos extraños son lo nuestro. Normalmente tienen características inusuales relacionadas con catástrofes y sucesos que han cambiado el curso de la Historia.

Jack se adentró en la sombra de los edificios. Las piedras a sus pies parecían antiguas, gastadas y oscurecidas por siglos de uso.

—O sea, lo que dices es que esa brasa puede haber sido lo que provocó el Gran Incendio.

—O eso, o la brasa fue creada por el incendio. No podemos saberlo hasta tener más información. Pero sí estamos seguros de que la brasa estuvo aquí, en el epicentro.

—¿Y yo qué tengo que hacer? ¿Rastrearla? ¿Encontrar pistas que hayan permanecido aquí durante cientos de años?

Ella asintió.

—Trescientos cincuenta años, para ser exactos.

Jack no podía creer la seriedad con la que Gwen lo había dicho, como si le hubiera pedido que fuera a buscarle una botella de agua.

—Estás loca.

—Hazlo por tu padre, Jack. Por mi tío. Puedes conseguirlo; naciste para esto.

Él suspiró largamente, intentando acallar su mente de nuevo.

—Sí, ya me lo has dicho varias veces.

Esta vez le resultó más sencillo. Enseguida, todo lo que había en el callejón se convirtió en datos que se movían lentamente en su campo de visión.

Adoquines: ennegrecidos por el tiempo, algunos desgastados hasta convertirse en poco más que guijarros.

Lechada antigua: blanca y casi desaparecida, dejando grandes huecos entre los adoquines.

Montones de cigarrillos y chicles: a los fumadores y los mascadores de chicle del mundo entero les importa muy poco la limpieza de las calles; nada nuevo.

Entonces Jack oyó un tictac, lento y sincopado; cada sonido apenas perceptible formaba una débil mota plateada que aparecía flotando desde algún lugar a su derecha. Formaban una secuencia de seis que se iba repitiendo y que ya había oído antes.

Se volvió hacia la derecha e intentó dar un golpe a un escarabajo mecánico que trepaba por el marco de una ventana del banco. Este esquivó el ataque sin dificultades y salió volando con un molesto zumbido. Gwen soltó un gruñido.

—Otra vez no. Déjalo estar, Jack.

—¡Lárgate! -gritó él al bicho, con otro intento fallido de golpe-. ¡Estamos haciendo lo que nos has pedido!

Pero el insecto esta vez devolvió el ataque, haciéndole dar un paso atrás y volver a adentrarse en el callejón.

—¡Cuidado!

Jack se dio cuenta demasiado tarde de que el grito de Gwen no se refería al escarabajo. Otro zumbido, este mucho más profundo y ruidoso, se acercaba a toda velocidad por la izquierda. Vio la motocicleta en su mente incluso antes de volver la mirada hacia esta. El motorista frenó y giró. Jack dio un paso adelante, tropezó y cayó de bruces sobre los adoquines.

La visión apareció de repente, al contrario que las veces anteriores, cuando sus dedos parecían haberse hundido gradualmente en el frío metal. En el mismo instante en que sus palmas tocaron los adoquines, una pila de información pareció treparle por los brazos. De repente se encontraba en otro lugar, o quizás en otro tiempo.

Voces -ecos fantasmagóricos, ininteligibles- rebotaban desde paredes de piedra que no se parecían en nada a los departamentos y el banco que había allí segundos antes. Las sombras que le rodeaban cobraron vida, dividiéndose en formas amorfas que pasaban como vapores de oscuridad. Al principio tuvo miedo de mirar, pero luego se forzó a concentrarse en una de las formas que se acercaban, y que rápidamente se enfocó hasta dividirse en las siluetas de un hombre y una mujer. Jack hubiera jurado que el hombre sin rostro le observaba mientras pasaba de largo y gritaba algo que él no entendió. En el fondo de su mente, un sonido constante y ondulante iba creciendo; tenía la forma y el tono de una sirena de ataque aéreo.

La pareja de sombras se detuvo ante la puerta de una casa. El hombre sin rostro empujó a la mujer adentro y señaló a lo alto. Jack miró justo a tiempo de ver un monstruoso flash negro contra el blanco del cielo, seguido de un horrendo golpe. La calle se fundió bajo sus pies.

Volvió a caer, atravesando la calle, solo para darse de nuevo la cara contra los adoquines. Se levantó hasta quedarse de rodillas y vio que las sombras habían desaparecido, igual que las voces y los edificios de piedra. Solo quedaban la sirena, la vieja calle y una neblina gris y blanca que flotaba por encima de las piedras.

No era neblina. El fuerte olor del humo se adueñó de su olfato; el mismo que casi le había asfixiado en la casa abandonada. El ruido se volvió más insistente. Ya no era una sirena, ahora parecían voces; el sonido desesperado de cientos, quizá miles, de voces que gritaban angustiadas.

Jack no quería seguir allí. Cerró los ojos, intentando escapar, pero la visión de las piedras y el humo permaneció. No sabía cómo funcionaba aquello; no sabía cómo apagarlo. Intentó llamar a Gwen, pero descubrió que no tenía voz; ni siquiera era capaz de abrir la boca. Entonces sintió algo frío trepando por sus dedos. Hililllos de sombra se elevaban por entre la lechada blanca de los adoquines, enredándose en sus muñecas y subiendo por sus brazos, formando docenas de largas manos esqueléticas de tacto gélido. Intentó levantar las manos de los adoquines, pero las sombras se lo impedían, tiraban de él. No podía moverse; ni siquiera podía gritar. El ruido empezó a cobrar la forma de palabras que ahora sí pudo entender:

«¡Ayúdanos, Jack! ¡Libéranos!».

# *Capítulo 20*

—¡JACK!

Las manos fantasmagóricas se evaporaron en un soplo de aire frío mientras Gwen le ayudaba a levantarse.

—¿Estás bien? ¿Te ha hecho algo el motociclista?

—Estoy bien. –Le alivió oír su propia voz; podía hablar de nuevo–. Bueno, eso creo. ¿Cuánto tiempo he estado...?

—¿Cómo que «cuánto tiempo»? He corrido hacia ti en cuanto te he visto caer.

Cierto: Jack oyó cómo la moto se alejaba. Apenas podían haber pasado unos segundos, aunque su visión le había parecido mucho más larga.

—El escarabajo –dijo, mientras aún intentaba aclarar sus ideas–. ¿Ha estado aquí el Relojero?

—Solo su pequeño emisario. Por el momento se ha largado.

Gwen limpió con la mano el polvo de los hombros de Jack.

—¿Qué te ha pasado al caerte?

Él se sentó en el cordón de la acera, con mucho cuidado de que sus manos no tocaran la piedra.

—¿Los Rastreadores ven cosas? Quiero decir, no cosas como huellas de kerosene o visualizar olores de pescado, sino... ver cosas. –Miró a Gwen–. Alucinaciones.

—Has *flasheado*. –Se sentó junto a él–. El contacto con un objeto te ha provocado un *flash*, una visión. Has visto algo del pasado, reciente o lejano; puede ser ambos. ¿Es eso lo que te ha ocurrido?

Él asintió en silencio. Ella hizo lo mismo, mirando a los adoquines.

—Genial –afirmó, y se quedó varios segundos en silencio.

—¿Gwen?

—¿Sí? –Jack se encogió de hombros y levantó los brazos–. Ah, sí, la explicación. –Sus pecas se movieron y ella gesticuló hacia nada en particular–. El mundo que nos rodea está lleno de recuerdos. La luz y el sonido quedan atrapados en materiales rígidos como la piedra y el hierro; es como grabar datos en un disco duro. Y tú puedes acceder a ellos. Tu matriz sensorial única te permite, hum... descargar los recuerdos.

—O sea, que puedo ver pelis del pasado tocando cualquier objeto.

—Bueno...–La chica agitó una mano–. No lo simplifiquemos tanto. Los Rastreadores solo *flashean* con minerales, y cada clase da un resultado diferente. En la piedra, los recuerdos quedan grabados muy profundamente, y puedes ver cosas de hace cientos, a veces miles, de años, pero las imágenes y sonidos no son muy definidos, apenas ecos y sombras. Con el hierro y el acero pasa lo contrario: retienen muchos más detalles, pero los datos no penetran, quedan grabados en la superficie y enseguida son sobrescritos, como la memoria RAM de una compu.

—Es decir, que o veo sombras del pasado lejano o imágenes claras de algo que acaba de pasar.

Ella asintió con gesto taimado, y sus pecas volvieron a subir y bajar.

—A menos que *flashees* con una gema; una grande, como las mayores de las Joyas de la Corona. En las gemas la luz entra muy profundamente, y sus estructuras cristalinas y duras pueden conservar imágenes y sonidos casi para la eternidad. Hay Rastreadores que han resuelto asesinatos cometidos hace cientos de años o han localizado tumbas de faraones gracias a haber tocado una joya famosa.

Jack se levantó lentamente y dio un pequeño paso hacia atrás; necesitaba un poco de espacio para respirar, para pensar.

—¿Y por qué no me dijiste nada de eso en el Gabinete de los Objetos Perdidos?

—No creí que fuera relevante. Se necesitan años de entrenamiento para poder *flashear*. Y, aun así, ningún Rastreador de menos de dieciocho años lo había conseguido nunca. –Se levantó de un salto y se puso a su lado–. Hasta que llegaste tú. ¡Es genial, Jack!

Él no compartía el entusiasmo de Gwen. La idea de que el pasado quedase grabado en objetos cotidianos explicaba la visión de la mano en la Cámara y la del Relojero entrando en la casa de la puerta azul, pero no el que unos espectros hubieran intentado hacerle atravesar los adoquines. Eso no había sido un recuerdo; más bien parecía algo similar a cruzar a otro mundo.

—Mira –Gwen lo condujo de nuevo al centro de la callejuela–, tenemos que seguir intentándolo si queremos llegar a alguna parte. ¿Qué viste al caer?

—Siluetas. Oscuridad. Nada útil.

Jack no quería hablarle aún de los fantasmas; nunca iba a encontrar a su padre si la única persona que le ayudaba pensaba que se había vuelto loco. Las pecas de Gwen parecieron hundirse, decepcionadas.

—Bueno, no pasa nada, teniendo en cuenta que ha sido la primera vez. Y los adoquines son pésimos para *flashear*. Piedra barata. Además, con tanto tráfico... La próxima vez usaremos una piedra mejor.

—Espera un momento. –Los intentos de ella por justificar su fracaso lo pusieron a la defensiva–. Vi unas sombras que parecían gente que corría... y una gran explosión. También me pareció oír una sirena de ataque aéreo.

—¿Y por qué no lo has dicho antes? –Gwen frunció el ceño mientras procesaba la información; entonces se dio un manotazo en la frente–. ¡La Segunda Guerra Mundial! Muy habitual en Rastreadores novatos. El primer recuerdo que verás en una piedra siempre será el más traumático, al menos hasta que aprendas a focalizar tus *flashes*. Aquí, en Londres, el recuerdo más traumático acostumbra a ser un bombardeo durante la Segunda Guerra Mundial. A las piedras no les gustó nada.

—¿Y qué hay del Gran Incendio? También debió de resultar

traumático, ¿no?

—Sí, pero ¿y si esas piedras nunca vieron el fuego? Seguro que las pusieron durante la reconstrucción, sobre las cenizas de la vieja Pudding Lane.

—¿Cenizas? –Jack contempló la lechada inusualmente blanca–. ¿Qué clase de cenizas?

—De todas clases. Después del incendio quedó una gruesa capa. El rey y sus arquitectos reconstruyeron Londres por encima; las cenizas fueron como los cimientos de la nueva ciudad.

—De todas clases. Ajá.

Mientras seguía con la vista en la inquietante lechada-ceniza, Jack vio un toque de rojo; un pequeño fragmento de ladrillo hundido en la separación entre las piedras. No estaba por encima de la lechada como los chicles o los cigarrillos, sino que era parte de esta, estaba allí desde el principio. Una vez localizado el primer fragmento, empezó a ver otros a su alrededor. Los vio en su mente, flotando por encima de las piedras. Todos se hallaban en un perímetro de unos seis metros de ancho, formando un semicírculo.

—Veo algo.

—Ya lo he notado –replicó Gwen, con cierta exasperación en su voz–. ¿Te importaría decirme qué es?

Jack se agachó para agarrar el fragmento más grande, apenas del tamaño de una moneda pequeña, pero se detuvo antes de llegar a tocar el adoquín.

—Hum... ¿Puedes tomarlo tú? Tus dedos son más pequeños y entrarán mejor entre las piedras.

Ella se encogió de hombros y se arrodilló a su lado. Metió un meñique delicadamente en el hueco y tocó el fragmento.

—Es rugoso, como un ladrillo. Y mira lo hundido que está. Diría que ha quedado expuesto hace poco, después de que la lluvia hubo erosionado la lechada.

Jack dibujó un semicírculo en el aire, y vio cómo la sonrisa de ella se iba ensanchando.

—Es esto –dijo, recorriendo el perímetro de los fragmentos de ladrillo–. Este es el epicentro.

—¿Y cómo estás tan segura?

—Mi tío, ¿recuerdas? –Gwen señaló con dos dedos los ojos de Jack–. Los Rastreadores observan. –Se tocó la frente–. Los intendentes deducen. Así se hacen las mejores investigaciones. El tío Percy me lo enseñó todo sobre el arte de la deducción.

—¿Y por unos trocitos de ladrillo rojo has deducido que este es el epicentro?

—Es sencillo, podrías decir que «elemental», si piensas un poco. El ladrillo está dentro de la lechada. La lechada viene del período justo después del Gran Incendio. Y, en esa época, solo había un edificio en Pudding Lane hecho de ladrillo. –Señaló a Jack con la cabeza–. Y ese edificio era...

—...la panadería.

Gwen le dio un golpecito en el hombro.

—¡Genial! Y la panadería es donde comenzó todo.

—Muy bien. Buen trabajo. ¿Y dónde está la brasa? –A ella se le borró la sonrisa.

—No lo sé. Me temo que no he llegado tan lejos. Jack se apoyó contra el edificio de apartamentos erigido donde antes estaba la panadería. Suspiró.

—Puede que estemos enfocando mal el asunto. Mi padre siempre decía que preguntarse el «dónde» no sirve para nada..

— ...si no te preguntas antes el «quién». -Gwen volvió a darle en el brazo–. Es lógico que John Buckles lo dijera; se trata de una vieja frase de los Rastreadores. -Hizo un mohín y se quedó mirando al infinito durante un ratito. Por fin asintió–. Y esta vez nos dice que tendríamos que haber empezado por el panadero, no por la panadería.

A Jack se le estaba poniendo morado el lugar en el que ella le daba los golpecitos. Arrugó la frente y se frotó el brazo.

—Pero el panadero hace trescientos cincuenta años que no está.

—Quizás. -Las pecas volvieron a elevársele al sonreír–. Pero yo sé dónde encontrarlo.

# *Capítulo 21*

APARENTEMENTE, el panadero no había ido muy lejos. Gwen condujo a Jack menos de cien metros más allá, atravesando Pudding Lane y Thames Street. Llegaron hasta una vieja capilla de piedra junto al río.

—¿Así que el panadero se fue a la iglesia?

Gwen le miró y levantó una ceja tras detenerse ante la antigua puerta de madera.

—Mucha gente va a las iglesias después de morir, Jack.

Un gastado cartel les informó que la capilla estaba cerrada. Ella lo ignoró e intentó abrirla.

—Gwen, no podemos hacer eso.

—Claro que podemos. –Las grandes bisagras de hierro chirriaron, hasta que la puerta se abrió. Gwen se limpió las manos–. Si quisieran que no entráramos hubieran cerrado con llave.

Placas conmemorativas de todas las formas y tamaños cubrían las paredes de cemento del vestíbulo de la iglesia. Por la mente de Jack pasaron cientos de nombres, fechas e inscripciones. Le llegaron los murmullos de una conversación telefónica; venían de arriba, del habitáculo del vicario. Gwen se llevó un dedo a los labios e inclinó la cabeza hacia los bancos.

Cruzaron un pasillo de piedra hasta un estrecho santuario, donde la luz del sol se filtraba por entre los vitrales, pintando las blancas columnas de colores. Delante, esculturas doradas y una gruesa tela púrpura adornaban un gran altar de caoba. Todo resultaba muy interesante, pero Jack no podía apartar la vista del feo e inquietante suelo: estaba todo cubierto de lápidas, la mayoría tan viejas y gastadas que los nombres y fechas se habían borrado. Los ojos de Jack siguieron el pasillo central desde el altar hasta sus pies. Se sobresaltó y dio un paso atrás, hacia la entrada: aunque apenas se había adentrado en la nave, pronto se quedó parado sobre una tumba.

—El nombre del panadero era Thomas Farriner. –Gwen avanzó lentamente por el pasillo, examinando cada lápida–. Según se dice, el panadero dejó un horno encendido durante toda la noche junto a una ventana abierta; se levantó un gran viento, y ya sabes el resto. Farriner nunca fue condenado, pero el sentimiento de culpabilidad y la vergüenza lo mataron, y fue enterrado bajo el pasillo central de esta iglesia. –Llegó al final del pasillo y negó con la cabeza–. No he visto ningún Farriner, pero todas las letras están gastadas. Prueba tú, a ver si te va mejor.

Después de los fantasmas de Pudding Lane, Jack no tenía la menor intención de pisar un suelo cubierto de lápidas.

—Creo que voy a quedarme aquí y mirar las placas de la pared.

—No estamos buscando ninguna placa. Iniciara él el fuego o no, Farriner estaba en pleno epicentro. Tuvo que haber visto algo. Quizás nos haya dejado una pista.

Jack no se movió. Prefería enfrentarse al caos de nombres y fechas de las placas de la pared que poner un pie en el SueloDeLosMuertos.

—¡Eh!, ¿quieres rescatar a tu padre o no? Necesito tus sentidos de Rastreador. Buscamos una lápida de 1670, pero la más antigua que he visto y que he podido leer es de 1676.

1676. Los nombres y fechas que habían invadido la mente de Jack se desvanecieron; todos menos ese año.

**...DONADO POR JOHN HUCKERBY, 1676...**
**...ERIGIDA EN SEPTIEMBRE, 1676...**
**...DEDICADA EN 1676...**

El número aparecía por todas partes.

—1676... –murmuró, y lo repitió en voz alta.

—¿Qué?

—Ese año. El que has visto. Está por todas partes, en las listas de donantes y en casi todas las placas; solo hay un par en las que no aparece. –Gwen se acercó–.

—¿Y puedes ver todos esos grabados a la vez? –Él la miró fijo–. Bueeeno, eres un Rastreador, ya lo sé, fui yo quien te lo dijo. –Levantó los brazos–. Solo quería decir que aprendes rápido. –Le dio un golpe en el brazo–. Buen trabajo. Muchas veces, las excepciones son la mejor pista. Muéstrame una placa que no diga «1676».

Jack señaló en silencio una placa pequeña y redonda, y ambos se inclinaron hacia delante para leerla.

**ESTA IGLESIA FUE DISEÑADA POR<br>SIR CHRISTOPHER WREN,<br>ARQUITECTO REAL DE LA<br>RECONSTRUCCIÓN.<br>LA OBRA SE INICIÓ EN 1671<br>Y TARDÓ 5 AÑOS EN<br>COMPLETARSE.**

—Pues esto son malas noticias. –Gwen negó con la cabeza–. Los relatos que se cuentan son equivocados; el panadero no está aquí.

Él se echó hacia atrás y frunció el ceño.

—¿Y cómo has llegado a esa conclusión?

—Encontrar una pista es solo la mitad del trabajo, Jack. También hay que deducir qué significa.

—Esperó a que Jack hiciera por su cuenta el mismo razonamiento –fuera cual fuese– que ella; pero Jack se limitó a cruzarse de brazos y a apoyarse contra una pequeña puerta arqueada que le pareció la entrada al armario de escobas más pequeño del mundo.

Gwen puso los ojos en blanco y dio un golpecito a la placa.

—Mira: la iglesia se incendió en 1666. La reconstrucción comenzó en 1671. Y Farriner murió en 1670, un año antes de que pusieran las primeras piedras. El panadero no puede estar enterrado bajo el pasillo central: cuando murió, el pasillo aún no existía. –Soltó un breve resoplido–. Tendría que habérmelo imaginado. Reglas del Ministerio, volumen dos, sección cuatro, regla veinte: «En Historia, la palabra escrita raramente cuenta toda la...».

La puerta sobre la que estaba apoyado Jack se abrió con un fuerte crujido, y él cayó hacia atrás, gesticulando en el aire. Se dio contra los primeros escalones de una escarpada escalera y fue a parar al suelo, con la espalda contra esta.

Jack vio sus zapatillas en primer plano y, detrás, a Gwen.

—¡Lo has resuelto!

—¿Resuelto el qué? –gruñó con cara de pocos amigos.

Ella entró en el hueco de la escalera y le ayudó a levantarse.

—¿No lo ves? El panadero está enterrado debajo del pasillo central. No EN el pasillo central, sino DEBAJO. –Señaló a la oscuridad–. Abajo en la cripta.

Gwen sacó una pequeña linterna –los ingleses las llaman «antorchas»– del bolsillo del abrigo, y los dos bajaron hasta un recinto de roca. En la oscuridad, más allá del círculo de luz, Jack oyó el ruido de una gota de agua que caía a un charco.

—Esto está muy húmedo, ¿no? -dijo la chica-. Será por eso que aquí no han instalado electricidad.

Apuntó la luz a las paredes, mostrando hileras de nichos del tamaño de personas. Estaban todos vacíos y transmitían cierta sensación de inutilidad, como estanterías vacías en una biblioteca.

—Los cuerpos fueron trasladados al gran cementerio de Brookwood en el siglo XIX -dijo Gwen, aunque Jack no se lo había preguntado- junto a otros miles de diferentes criptas de la ciudad. Hasta construyeron una vía de tren para eso, la London Necropolis Line. Todo muy macabro.

«Necrópolis». Ahora él no pudo contenerse de preguntar:

—¿Trasladaron todos los cadáveres?

Gwen asintió con firmeza. La luz de su linterna pasaba por entre los nichos mientras seguían avanzando por la larga cámara.

—Los londinenses temían una plaga por tantos cadáveres bajo sus pies, al lado del agua. Y tenían buenos motivos para esa paranoia: la peste bubónica había matado a miles de personas. De hecho, fue el propio Gran Incendio el que acabó por fin con esa enfermedad.

—Espera. -Jack se detuvo y agarró a Gwen del brazo para que hiciera lo propio-. Eso quiere decir que el cuerpo de Farriner tampoco está aquí, y que tú lo sabías de antes. ¿Qué estamos haciendo aquí abajo?

—No estábamos buscando el cuerpo de Farriner, Jack. -Sonrió y fijó la luz de la linterna en un solitario sarcófago de piedra hacia el fondo de la cámara-. Estábamos buscando su tumba.

# *Capítulo 22*

**LA ESTATUA QUE REPOSABA** sobre el sarcófago era pálida como un cadáver. El rostro, en otros tiempos joven y en paz, se había vuelto viejo y grotesco por efecto del moho púrpura que crecía sobre sus rasgos y grietas; mientras se acercaban, Jack pensó que iba a incorporarse y a saludarlos.

Se separaron, se colocaron cada uno a un lado y examinaron los adornos.

—Mármol –dijo Gwen, pasando el dedo por la túnica de la estatua–. Mucho mejor que el adoquín para *flashear*.

Jack se inclinó con cuidado hacia el centro de la escultura y examinó lo que parecía una masa de hojaldre con cerezas apoyada sobre el vientre de la figura.

—Tiene un pastel en las manos –comentó sin emoción.

—Es una tarta. ¿Qué esperabas, una espada? –Gwen dirigió la luz hacia la cara de Jack, haciéndolo parpadear–. Era un panadero, no un caballero. –Hizo una pausa y se mordió el labio–. Eso me hace pensar que cómo es posible que un panadero tenga una tumba así.

—Era el panadero del rey, ¿no?

—Te has ganado un sobresaliente, Jack –respondió ella con una sonrisa de satisfacción–. Veo que estabas prestando atención. El caso es que el rey tenía un montón de panaderos. ¿Por qué le habría pagado a este una tumba con estatua y todo? Eso está reservado para la realeza y, además, estamos hablando del hombre que, según se cuenta, incendió la ciudad. –Suspiró con fastidio–. No veo ninguna inscripción. Si quieres respuestas, vas a tener que *flashear*.

Jack ya se lo había imaginado. La idea de *flashear* con una tumba no le hacía ilusión precisamente, sobre todo después de las manos espectrales y las voces de Pudding Lane.

—¿Seguro que no está enterrado aquí?

—¿Y eso qué importa?

—No, nada.

Jack extendió los brazos, las manos casi tocaban la piedra. Gwen se cruzó de brazos.

—Vamos, hazlo.

Él tragó saliva y rozó el frío y húmedo mármol, que estaba sucio y resbaloso. Pero no pasó nada. Soltó un suspiro de alivio.

—Hum, quizás he perdido el poder...

—*Flashear* no es un poder, es química cerebral. Y no lo has perdido; solo es que aún no sabes cómo controlarlo.

—Lo que sea, pero no funciona.

Mientras hablaba, Jack apoyó del todo las manos. Gwen desapareció en una nube de vapor negro. En un momento, la sala pasó de forma desconcertante de la oscuridad a tonos de gris. Volvió a sentir vértigo, pero esta vez era imposible que se cayera. Su cuerpo ya no le pertenecía. Finalmente había *flasheado.*

Gwen tenía razón: el mármol era mejor que el adoquín. Vio toda la sala; hasta distinguió la nariz y los labios del rostro de la estatua del panadero. Pero los nichos de las paredes seguían vacíos. Si el *flash* lo había transportado al pasado de la cripta, no había ido lo suficientemente atrás en el tiempo. Sintió una presencia cerca; no estaba solo.

Una figura oscura se materializó al pie de la tumba; era la silueta de un hombre con un abrigo largo y un sombrero hongo. «¿Papá?». Pero Jack no conseguía hablar. Aun así, la silueta empezó a acercarse a él y sus manos pasaron sobre la superficie de la estatua, entre las sombras. ¿Lo habría oído? Jack también se movió, aunque sin proponérselo. Fue hacia la silueta, y los dos se fusionaron en uno.

Jack cayó a través del suelo de piedra y fue a parar justo donde había empezado, de pie junto a la cripta, con las manos apoyadas en la esfinge de mármol. Nuevas siluetas llenaban la sala; eran una docena de sombras que parecían llevar túnicas o algo parecido. Ahora los nichos de las paredes estaban llenos de ataúdes.

Las siluetas se congregaron a su alrededor, rostros sin facciones inclinados en plegarias. La de delante abrió los brazos y soltó unos lamentos y susurros que Jack no pudo comprender. Tras un buen rato, casi más de lo que él podía soportar, los murmullos se acallaron y las sombras se alejaron. Por fin, solo quedó la del frente del sarcófago; la silueta susurrante que Jack había decidido que debía de ser el párroco.

La sombra-párroco bajó los brazos y soltó otra serie de lamentos. Después hizo algo de lo más extraño: sacó un fino objeto de su túnica oscura y lo metió en la boca de la esfinge. En cuanto Jack pensó en agarrarlo, sintió que algo le empujaba hacia arriba, dejando fuera de alcance a la sombra-párroco y el objeto.

—¡No! ¡Un momento!

—¡Eh! –le susurró Gwen con tono de enfado–. Baja la voz.

Jack apartó las manos de la esfinge y se tocó el pecho y los lados, aliviado de volver a controlar sus extremidades.

—He... he vuelto.

—Interpretaré eso como que has conseguido *flashear*. –Las pecas de Gwen parecieron hundirse–. Y no has «vuelto», porque no te habías ido. Los *flashes* son visiones, Jack, no viajes. –Él asintió, pero no dijo nada. Su cerebro aún intentaba ajustarse al presente. Ella miró al infinito–. Bueno, ¿y qué has visto?

—Oh... hum... Metió algo en la boca de la esfinge.

—¿«Metió»? ¿Metió quién?

—El párroco. –Ya hecho al presente, agarró la linterna de Gwen y fue hacia la cabeza del sarcófago–. Aquí mismo. He visto... –Se detuvo. El panadero tenía los labios cerrados, no abiertos; parecían haber sido tallados así. Jack negó con la cabeza–. Esto no puede ser.

Lo vi meter un objeto en la boca de la esfinge.

—¿Estás seguro de que eso es lo que viste? Jack miró la cara del panadero.

—Totalmente.

Sin decir más, Gwen reclamó su linterna y empezó a inspeccionar la esfinge, pasando el rayo de luz por los lados.

—Tiene que haber algo que le abra la boca; una palanca o así.

La seguridad con que lo dijo sorprendió a Jack.

—¿Entonces me crees?

—Has visto lo que has visto, Jack.

Se puso en cuclillas para seguir examinando la estatua.

—Sección cuatro, regla tres: «Los *flashes* no mienten». Puede que necesiten ser interpretados... –Gwen ladeó la cabeza e iluminó el borde de la tarta del panadero– pero no mienten. Y aquí tienes la prueba: hay un hueco bajo la tarta, oculto por las manos de Farriner.

—¿Quieres decir «el pastel»?

—No, «la tarta»; es claramente una tarta de hojaldre. Indiscutible. –Achinó los ojos–. El caso es que hay un hueco. ¿Me puedes dar una mano?

Asió los bordes de la tarta y gruñó, intentando hacerla girar como si fuera una rueda. Jack la ayudó y, por fin, la tarta se rindió a sus esfuerzos. Dio un cuarto de vuelta, acompañada por un chirrido que salía de la cabeza de Farriner.

Los dos intercambiaron una mirada, y Gwen apuntó la linterna a la cabeza: los labios del panadero se habían separado apenas unos centímetros.

—Se ha abierto. –Soltó una risita y confesó a Jack que no tenía tanta confianza como le había dicho en que pudiera *flashear*–. Se ha abierto...

—¿Y qué hay de eso de que «los *flashes* no mienten»?

—No seas tan susceptible. Vení, vamos a abrirle la boca. Volvieron a intentarlo, duplicando los esfuerzos y haciendo girar la tarta de cuarto de vuelta en cuarto de vuelta, hasta que la boca del panadero quedó completamente abierta. Gwen corrió a la cabeza, dirigió la luz de la linterna hacia dentro e iluminó un pequeño pergamino enrollado.

# *Capítulo 23*

—**CUIDADO, TIGRE** –le avisó Gwen mientras Jack extendía la mano para agarrar el papel–. Si se convierte en polvo, la habremos fastidiado.

Él le dirigió un gesto de «ya lo sabía» pero, aun así, fue con más cuidado. El rollo de papel rascó sonoramente contra la boca del panadero, pero Jack lo recuperó de una pieza. Lo dejó sobre el pecho de la estatua y entre los dos lo desenrollaron.

Soltó un gruñido. El pergamino, que era casi tan ancho como la factura de una caja registradora, parecía haber contenido tres párrafos enteros en letra muy pequeña, pero el tiempo había borrado el texto y este se había fundido en el marrón del papel. Apenas se podían leer las dos primeras líneas: «última confesión de Thomas Farriner, Encargado de la Panadería del Rey». Jack se encogió de hombros.

—Esto no nos dice mucho, ¿eh?

Gwen asintió, mordiéndose el labio inferior.

—Igual podrías...

—¿*Flashear*? –Sus ojos fueron de la chica al pergamino y de vuelta–. Es papel.

Ella negó con la cabeza.

—Iba a decir que podrías pasar los dedos por encima del papel, sobre los restos de lo escrito.

—¿Para qué?

—Eres un Rastreador, tontito. Tus sentidos están interrelacionados, todos ellos. –Gwen agitó los dedos ante él–. ¿Pensabas que el sentido del tacto no estaba incluido? Pruébalo; igual te sorprende.

Conteniendo la preocupación de destrozar su única pista, Jack posó las puntas de los dedos en el escrito. En cuanto su piel tocó el papel, en su mente aparecieron unas marcas negras, como bultos sobre una pared gris. La sensación casi le hizo pegar un salto. Pero, aun así, eran tan solo fragmentos de letras.

—Veo formas, pero... Espera, aquí hay algo. –Mientras sus dedos se deslizaban por la página, unos pocos de los fragmentos empezaron a unirse, lo suficiente como para formar algunas palabras–. «Lo que... Pepys... vio... pero... nunca escribió... en su... libro infernal». –Retiró la mano–. ¿Pepys? ¿Es así?

—Se pronuncia «Pips» –dijo Gwen–. Farriner debe de referirse a Samuel Pepys, un personaje muy conocido en la época del Gran

Incendio. Los historiadores le llaman el «gran diarista». –Soltó un pequeño gruñido–. Yo lo llamo el «gran chismoso». A Pepys le encantaba meter las narices en los asuntos de la gente, y lo escribía todo en su diario. Incluido un relato muy detallado del Gran Incendio.

Jack asintió.

—Algo de lo que vio ese tal... Pips... es importante en la confesión del panadero.

—Curioso... Fíjate en que dice «vio», no «escribió» –le corrigió Gwen, levantando un dedo–. ¿Puedes leer algo más?

Jack volvió a intentarlo, pasando de nuevo los dedos por el texto. Nada más parecía tener sentido hasta que llegó a la última línea. Farriner debió de apretar más la pluma contra el papel al escribir sus últimas palabras. Jack pudo leerlas fácilmente:

—«El alcalde nos traicionó, el zapatero nos salvó y los cuervos guardaron el secreto». –Retiró las manos–. Parece un cuento de hadas; solo faltan el carnicero y el artesano. ¿Qué querrá decir?

—Ni idea. –La chica dio a Jack la linterna, enrolló cuidadosamente el pergamino y volvió a depositarlo en la boca de la estatua.

—Un momento. ¿No vamos a necesitar eso?

—Sección cuatro, regla veintidós: «Deja la Historia tal como la encuentres». La confesión nos ha indicado por dónde seguir la búsqueda; ya no la necesitamos. –Gwen fue hasta la parte central de la estatua del panadero–. Voy a necesitar tu ayuda con la tarta.

—«El pastel» –dijo Jack, solo por molestar. La ayudó a girar la tarta en la dirección opuesta y así cerraron lentamente la boca de

Farriner–. ¿La confesión nos ha dicho por dónde seguir? ¿Te refieres a la frase sobre Pepys?

—Aún mejor. –Los labios del panadero volvieron a sellarse y Gwen dio un paso atrás y se limpió las manos–. Sé dónde estaba Pepys cuando la escribió.

Para alivio de Jack, al salir de la iglesia, Gwen no le llevó a Pudding Lane. Le hizo subir una pequeña pendiente una manzana al oeste. Hasta que llegaron a la gran columna que había visto reflejada en el cristal azul del baño-escultura moderna, la del dragón oculto en el mural.

—Por si no lo habías adivinado, este es el monumento al Gran Incendio –dijo Gwen, deteniéndose en la punta de la plazoleta que rodeaba la construcción.

Jack hizo visera con la mano para mirar a la parte superior de la columna.

—¿No tendríamos que haber empezado por aquí?

—Es un monumento dedicado al fuego –dijo ella, encogiéndose de hombros–, erigido años después del suceso por aristócratas que usaron el dinero del rey para construir un laboratorio dedicado a sus hobbies científicos, en vez de un verdadero monumento conmemorativo.

Caminó por delante de él y se volvió para señalar una inscripción en latín.

—Según esto, Christopher Wren y Robert Hooke hicieron que esta torre tuviera 61,6 metros de altura para que su sombra tocara la panadería. Aunque ¿por qué exactamente 20,1? –Jack se encogió de hombros. Gwen le dedicó una sonrisa de sabihonda–. Porque querían meter dentro un péndulo de veinte metros, por eso. –Dio unos pasos hasta la punta este del pedestal–. Vamos; este no es nuestro destino.

Jack no se movió; no podía apartar la vista del Monumento. Entre el pedestal y la columna había una capa como de escombros. Debía de representar que la columna se levantaba sobre los restos de la antigua ciudad derruida. Pero, ante los ojos de Jack, los escombros parecieron cobrar vida y moverse. Pudo ver huesos: piernas, brazos, costillas, todos unos contra otros. Fragmentos redondos que Jack había tomado por piedras giraron lentamente hasta mostrar cuencas de ojos y mandíbulas rotas: se trataba de un montón de calaveras.

«Libéranos».

Jack parpadeó. La escultura volvió a su gastada pero más inocente forma original. Gwen le miró, preocupada.

—¿Vienes, Jack?

Él no había tocado nada: ni piedra, ni metal; nada de nada. Y aunque así hubiera sido, ¿no se suponía que los *flashes* mostraban sucesos reales? Gwen no había dicho nada sobre obras de arte que cobraran vida.

—Sí –contestó, con la garganta tan seca que apenas pudo pronunciar la palabra. Tragó saliva–. Voy.

Siguió a Gwen hasta la punta Este del pedestal y ella le condujo a una puerta que llevaba al interior del Monumento. Se sorprendió.

—¿No habías dicho que este no era nuestro destino?

—Paciencia, Jack –replicó ella, y le hizo entrar con un empujoncito–.

Una escalera de caracol ascendía hasta arriba del todo, siguiendo la pared interior de la columna. Jack se imaginó el péndulo de Hooke colgando en el medio. Entonces oyó un suave carraspeo. En la puerta de un pequeño despacho había una joven al lado de un cartel que decía: ENTRADA, 5£. Levantó las cejas, a la expectativa. Jack dijo al oído de Gwen:

—No llevo dinero.

Ella metió una mano en el bolsillo de la campera de Jack, sacó la tarjeta de platino y se la mostró a la empleada, que de inmediato se hizo a un lado y miró hacia delante como si no los viera. Gwen condujo a Jack al interior del despacho.

—¿No subimos la escalera?

Miró a la empleada mientras pasaba por su lado. Esta seguía haciendo como si no les viera, como si de repente se hubiera vuelto uno de esos soldados totalmente inmóviles que vigilan el palacio de Buckingham.

—No, no subimos –dijo Gwen, levantando con el pie una alfombra y dejando al descubierto una trampilla– ; bajamos.

# *Capítulo 24*

GWEN ENCENDIÓ LA LINTERNA mientras bajaban una corta escalera hasta una sala totalmente redonda, ancha como la gran columna.

—No exageraba cuando te dije que Wren y Hooke construyeron esto como un laboratorio –dijo, iluminando las paredes.

Unas estanterías talladas en la piedra conservaban restos polvorientos de experimentos de otra época: un juego de pesas de bronce, un microscopio de madera, unas pocas criaturas descomponiéndose encerradas en tarros amarillentos.

La chica atravesó la sala, dirigiendo el haz de luz al suelo, donde había tallas de ecuaciones y órbitas celestiales. Tocó un telescopio de latón pegado al techo en el centro de la cámara.

—Pusieron una lente en la bola de arriba, convirtiendo toda la columna en un gran telescopio. Hasta las escaleras tienen también otro propósito: cada escalón mide exactamente quince centímetros, lo que la convierte en una enorme regla. Hooke la usaba para medir la presión atmosférica a alturas específicas. –Al llegar a la pared opuesta, abrió una puerta de hierro baja, haciendo rechinar las bisagras–. Pero no tenemos tiempo para la visita completa; ya te he dicho que este no es nuestro destino. Más allá de la puerta, una hilera sin fin de débiles tubos fluorescentes iluminaba un túnel, dando el mínimo de fría luz azulada como para abrirse camino.

—Este túnel es uno de los muchos construidos a finales del siglo XVII –dijo Gwen mientras avanzaba a su ritmo habitual–. La Royal Society, la gente de Wren y Hooke, los usaban para moverse entre diferentes puntos de observación por todo Londres. En algunos de sus experimentos la velocidad era importante, y no querían molestarse en abrirse paso por entre la chusma del centro de la ciudad. Hoy los usamos para transportar materiales. Este nos va a llevar directo a All Hallows Barking.

Jack esperaba más detalle.

—Y eso es...

—La iglesia desde la que Pepys observó el incendio, claro. –Gwen asintió mirando hacia arriba, a los fluorescentes–. En el campanario.

Los dos siguieron en silencio, y Jack vio la textura del zumbido de las luces y el eco blanco de sus pasos.

—Gwen –dijo una vez reunió el coraje suficiente–, ¿alguna vez los Rastreadores...? –Titubeó, buscando la mejor manera de preguntarlo, pero no la encontró; por fin suspiró y siguió–: ¿Alguna vez se vuelven locos de tanto *flashear*, o de ver demasiadas cosas?

Ella rió.

—No seas ridículo.

El también rió, simulando despreocupación.

—Tienes razón, era una pregunta tonta.

Tras otro largo silencio, la chica inclinó la cabeza.

—Bueno, es cierto que algunos Rastreadores han sido bastante excéntricos; podrías llamarlos «inadaptados sociales». Y sí, uno o dos se volvieron «como cabras». –Hizo unas comillas con los dedos mientras decía estas últimas palabras–. Pero no hay más locos entre ellos que entre la gente normal.

Jack volvió la cabeza lentamente para mirarla, pero olvidó su disgusto al notar un ligero zumbido mezclado con el de las luces. Entrecerró los ojos.

—Nos están siguiendo... otra vez.

Se volvió y dio una palmada al aire, fallando al escarabajo del Relojero por milímetros. Este se precipitó sobre él, pero Jack no retrocedió; estaba harto de los bichos. Dio otro golpe al aire y esta vez acertó.

El impacto contra el metal le escoció la mano, pero hizo que el insecto saliera disparado unos dos metros hacia atrás. Ahí se quedó, cerca de los tubos fluorescentes, cargado de electricidad. Jack dio un paso adelante.

—¡Alto! –Del insecto metálico surgió la voz del Relojero. Jack se quedó quieto–. Oh, Jack el Afortunado –lo provocó el francés, con descaro–, estás perdiendo el tiempo otra vez. A mis pequeños amigos les gusta jugar contigo, pero tengo que advertirte que producen suficiente voltaje como para derribar a un adulto. –La voz se volvió todavía más amenazadora–. Como bien sabe el tío de la chica.

—Haz que este bicho se largue –le avisó Jack–. Voy a encontrar la brasa que quieres, pero no con tus escarabajos volando por encima de mí todo el rato.

El Relojero rió.

—Me temo que no tienes elección. Tengo que estar seguro de tus progresos. La presencia de mis amiguitos es... ¿cómo lo dirían ustedes los norteamericanos? Ah, *bien sür*: un mal necesario.

—No, no lo es. –Gwen habló con calma, primero mirando al suelo, después levantando la vista hasta el escarabajo y aflojándose la bufanda–. No es en absoluto necesario, ¿verdad? A menos que en realidad no tengas nada que ofrecer a cambio.

El insecto se volvió hacia ella y se dirigió a su lado del túnel, con un zumbido ominoso.

—Silencio, chica; no te estaba hablando a ti.

Gwen miró a Jack, sin dejar de aflojarse la bufanda.

—Solo nos sigue para quitarnos la brasa en cuanto la consigamos. Pero eso no le sería necesario en absoluto si de verdad tuviera prisionero a tu padre, ¿no? –Apoyó su mano en el hombro de Jack–. Lo siento, así es como lo veo yo.

Jack mantuvo la vista fija en el insecto mecánico y contuvo las lágrimas. No quería creer lo que le decía Gwen; no podía. Apenas hacía una hora que había recuperado a su padre, o al menos la idea de su padre; ahora no iba a abandonar así como así.

—Por favor -rogó al Relojero-. Dame alguna prueba de que mi padre está vivo y dejaré que tus escarabajos me sigan.

—No estás en posición de hacer exigencias -gruñó el Relojero-. Mis escarabajos van a observarte lo quieras o no.

Gwen se había sacado la bufanda y la tenía en las manos.

—No -dijo, y sin aviso previo, la usó como si fuera un látigo contra el insecto, que del impacto chocó contra la luz que tenía encima y cayó al suelo con una lluvia de chispas. Por su cuerpo danzaron arcos de luz púrpura y azul, hasta que por fin estalló en una bola de fuego.

—Ha sido más fácil de lo que pensaba -mascculló la chica, bajando la bufanda-.

Jack no podía creérselo.

—¿Cómo has...?

—Lana de yak del Tíbet. -Alisó la bufanda con la mano y volvió a enrollársela al cuello-. Es muy fuerte. Un regalo del tío Percy, que...

—No deberías haber hecho eso. -La voz volvió del Relojero, esta vez en estéreo. Dos escarabajos más asomaron por entre las cañerías oxidadas a ambos lados del túnel y se elevaron en el aire, acercándose a Gwen-. No puedo prometerte que vayas a sobrevivir a esto, *ma petite fille*. Mis amiguitos son muy... temperamentales. Y, la verdad, solo necesito al Rastreador.

Ambos insectos dispararon un rayo eléctrico azul, que convergió frente a las narices de Gwen con un «snap». Ella gritó y dio un paso atrás.

—¡No! –Jack empezó a correr hacia los escarabajos, pero el más cercano a él disparó otro rayo, que le alcanzó en pleno pecho. Cayó y empezó a temblar, mientras los dedos de sus manos se cerraban hasta formar dos garras rígidas que no podía controlar.

Para cuando consiguió volver a ver con claridad, Gwen luchaba por su vida, agitando la bufanda por encima de la cabeza y atacando con ella a los escarabajos que la sobrevolaban. No iba a poder aguantar mucho más. Entonces Jack vio una gran llave inglesa roja en el suelo, semioculta por las cañerías que seguían la base de la pared.

El primer escarabajo no lo vio venir. La herramienta lo golpeó con tanta fuerza que salió disparado cinco metros por el túnel y estalló al chocar contra el suelo. El segundo insecto no fue tan fácil; consiguió evitar tanto la llave inglesa como la bufanda, y no dejaba de disparar a Jack cada vez que podía. Con uno de sus rayos le hizo soltar la llave inglesa, que cayó al suelo.

—¡Concéntrate, Jack! –le gritó Gwen, que respiraba con dificultad–. Recuerda quién eres. Usa tus sentidos.

«Usa tus sentidos –pensó él–. Se dice fácil».

El escarabajo aprovechó su ventaja y volvió a atacar. Jack movió la cabeza justo a tiempo de evitar un rayo azul. Todo se volvió lento. La bufanda de Gwen serpenteó en el aire. Una onda de movimiento de treinta centímetros avanzó por la lana hasta precipitarse sobre el insecto. Las antenas de este se agitaron y sus alas se movieron; la luz que asomaba de su interior cambió ligeramente. Jack oyó cómo el ruido que hacían también sus diminutas alas cambiaba de tono y frecuencia. «Va a elevarse», pensó. Y un instante después el bicho hizo exactamente eso. «Va a girar a la izquierda». Y así fue. Jack sabía exactamente hacia dónde iba a moverse el insecto antes de que lo hiciera.

Se precipitó sobre la llave inglesa, rodó por el suelo y al levantarse la lanzó; sabía, solo por el ruido, que el insecto le había seguido. La herramienta alcanzó al escarabajo en un costado y lo hizo estrellarse contra una de las cañerías oxidadas. Del agujero empezó a salir un gas que pronto llenó el túnel del olor amarillo y verde de huevos podridos.

—¡Jack, no! -gritó Gwen, pero él ya había iniciado el siguiente ataque. Con media ala rota y dando tumbos, el escarabajo no pudo esquivarlo. Jack le dio de pleno, enviando al bicho azul y verde al otro lado del túnel, donde chocó contra otra cañería y cayó al suelo, estrellándose y quedándose boca arriba con las seis patas plateadas cerradas sobre el abdomen. Un *flash* de luz púrpura empezó a recorrer su cuerpo.

Gwen tiró a Jack del brazo.

—¡Corre, Jack, corre!

# *Capítulo 25*

**JACK NUNCA HABÍA VISTO** cómo se iniciaba un incendio; al menos no uno tan grande y tan rápido. Resultaba a la vez bello y espeluznante. Fue consciente del momento en que la nube de gas llegaba al escarabajo chispeante y del instante exacto de la ignición, aun cuando todo sucedió a sus espaldas. Vio en su mente un pequeño flash blanco y cómo se creaba una imposible flor de color azul y dorado. De su centro emergió una formación de cristales dividida en un millón de pedazos que salieron disparados en todas direcciones, cada uno de ellos buscando matarle. Gwen alcanzó la salida unos pasos más adelante. Golpeó la puerta de hierro con el hombro, tan fuerte que la hizo rebotar contra la pared. Se adentró y desapareció de la vista de Jack, pero en una fracción de segundo este se dio impulso y la siguió. Aparecieron en la estrecha orilla de un canal subterráneo con paredes de pequeños ladrillos. Temió que con el impulso caería a la corriente de agua, pero Gwen lo agarró, frenándolo y empujándole contra la pared.

Enseguida llegó el fuego, justo cuando la puerta volvía a cerrarse; el estallido la hizo saltar de las bisagras con un fortísimo «buum». Las llamas atravesaron el túnel y llegaron hasta los ladrillos de la pared opuesta. Y de repente todo acabó. Quedaron una nube de humo negro, el suave gorjeo de la puerta de hierro mientras se hundía en el agua y el dolor de cabeza de Jack.

—¿Dónde estamos? –murmuró, parpadeando para enfocar la vista.

—En las cloacas –contestó Gwen con la mayor naturalidad, como si fuera algo de lo que cualquier chica pudiera enorgullecerse.

¿Cloaca? Jack se llevó una mano a la nariz. Las cloacas podrían ser kryptonita para un Rastreador; pero él no olió nada más que los ladrillos quemados y un fuerte olor grisáceo que asoció con cuevas.

—¿En serio? –dijo, volviendo a bajar la mano–. No huele a cloaca.

—Es previctoriana. Hoy en día sirve para evitar que la ciudad se inunde, más que para transportar desperdicios. Londres tiene una enorme cantidad de ríos subterráneos, tanto naturales como artificiales. De hecho, antes, el Expreso del Ministerio los usaba. –Gwen se apartó de la pared y se tocó la cabeza–.

—Vaya, he perdido las orejeras. –Se apoyó en un lado y miró más allá de Jack, hacia los ennegrecidos restos de la entrada del túnel–. Esto ha sido de lo más emocionante, ¿eh?

—¿Emocionante? –Jack alucinó con la capacidad de Gwen para el eufemismo–. Casi nos matan. Necesitamos ayuda.

Ella se enrolló la bufanda en el cuello mientras echaba a caminar corriente arriba, volviendo a dejarle atrás.

—Pronto la vamos a tener, Jack –dijo por encima del hombro–. Vamos; aquí hay una escalera que nos va a dejar justo en Barking Tower. Estoy segura de que encontraremos las pistas que necesitamos para...

—Con lo de «ayuda» no me refería a eso, y lo sabes.

A Gwen le sobresaltó el tono serio de Jack. Se dio la vuelta lentamente.

—Hum... sí, claro...

—No hagas eso. –Fue hacia ella y la señaló con un dedo acusador–. Siempre haces eso. Finges que no has entendido la pregunta y contestas otra cosa. Estoy harto.

—Jack, tú...

Él la interrumpió; esta vez no se iba a ir de rositas hablando.

—Desde que te conozco he perseguido a un minidrón, he usado puertas secretas y pasajes ocultos, y he ido en un tren tipo Maglev de antes que se inventase el automóvil. Y tú con tu todopoderoso Ministerio, con Rastreadores e intendentes y guardas y... –levantó ambas manos ante Gwen– oficinistas. ¿Por qué, Gwen? ¿Por qué no vamos al cuartel general de los Rastreadores? ¿Por qué no pedimos ayuda en esa Fortaleza tuya? Solo somos niños.

—Pero no tenemos por qué comportarnos como niños. –Tiró de las puntas de la bufanda, esquivando la mirada de Jack–. Podemos solucionar esto solos, encontrar la brasa y acabar lo que empezaron tu padre y mi tío. Tú aprendes muy rápido, y yo sé todo lo que un intendente...

Jack perdió la paciencia del todo.

—¡Pero no eres intendente! –El tono agitó a Gwen, pero siguió sin mirarle. Él suspiró–. No quiero acabar ninguna misión ni ninguna caza del tesoro. No necesito demostrar que soy más que un niño; soy un niño, y quiero seguir siéndolo. Y quiero recuperar a mi padre, creas tú que es posible o no. Por lo que he visto, el Ministerio de Rastreadores puede ayudarme a encontrarlo. ¿Por qué no hemos recurrido a ellos? ¿Por qué, Gwen?

—Jack, si tan solo...

—¿¡Por qué!?

Ella pareció venirse abajo; soltó las puntas de la bufanda y cerró los puños.

—No podemos, ¿vale? –Por fin le miró; sus ojos azules estaban al borde de las lágrimas–. En realidad, eres tú quien no puede. Son las reglas; la sección trece.

Jack volvió a alzar los brazos, exasperado.

—OK, ya entiendo, el Ministerio es un gran secreto. No he hecho el juramento de silencio o lo que sea. Rompí la regla esa en cuanto entré en la Cámara. Pero creo que hemos pasado ese punto, ¿no? Así que ¿qué esperas? ¡Vamos!

—No sabes lo que estás pidiendo. –Gwen soltó una breve risita nerviosa–. La verdad es que no sabes nada de nada. Ni siquiera tu verdadero nombre.

Él miró al infinito.

—No soy idiota, Gwen. Me llamo John Buckles Tercero. Lo sabía mucho antes de conocerte. Es solo que no me gusta; es un nombre de nene tonto.

—Esa es la cuestión: no te llamas John Buckles Tercero ni Cuarto ni Quinto. –Sus pecas dieron el saltito más triste que Jack había visto hasta el momento–. Eres el decimotercero, Jack... el Buckles número trece. Y no es que rompieras las reglas de la sección trece: la sección trece eres tú.

# *Capítulo 26*

—**LA FAMILIA BUCKLES** lleva trabajando en el Ministerio de Rastreadores mucho más de dos generaciones. -Gwen se sentó en el borde del agua, con las botas colgando sobre esta-. Ya estaban ahí cuando el Ministerio fue creado, hace doce generaciones.

Detrás de ella, Jack caminaba en pequeños círculos con los brazos cruzados.

Bueno, ya lo capto, soy John Buckles Trece. Toda mi vida es una mentira. Ya ves: ahora todo es peor que hace un momento, y aún no he conseguido que me digas por qué no podemos pedir ayuda en el cuartel general de los Rastreadores.

—Te convendría rebajar un poco la hostilidad y dejarme acabar. -Le dirigió una dura mirada que a él le recordó a la señora Hudson.

Jack se detuvo y dejó caer los brazos a los lados.

—Lo siento.

—Así está mejor. –Gwen miró el agua y movió las piernas suavemente–. Como iba a decir, una de las primeras cosas que aprendió el Ministerio de Rastreadores es que en este mundo existen fuerzas que no comprendemos del todo. La gente habla de magia o suerte... –levantó la mirada hacia él– buena suerte, mala suerte... pero solo porque no tienen otra explicación.

—Mala suerte –repitió Jack mientras se sentaba a su lado–. Como el número trece. ¿Me estás diciendo que no podemos ir al Ministerio porque son supersticiosos?

—Son cautos, lo que es muy diferente. –Se echó hacia atrás, apoyada en las manos–. ¿Por qué crees que se considera mala suerte pasar por debajo de una escalera o romper un espejo?

—Porque podría caérsete la escalera en la cabeza o porque podrías cortarte con uno de los cristales rotos del espejo.

Gwen asintió vigorosamente.

—Y, a partir de ahí, vendría una desgracia tras otra. Añade la firme creencia de que tu alma queda atrapada en el espejo, o que la escalera representa un cadalso, y de repente resulta que estás maldito. No es solo superstición, Jack. Están las fuerzas naturales de la rotura del cristal y de la caída de la escalera, y también las fuerzas naturales de las emociones y la psicología. Lo mismo sucede con el número trece.

—No veo que el número trece rompa huesos.

—¿De verdad? La orden de capturar a los caballeros templarios fue emitida un viernes 13. Los cadalsos ingleses tenían trece escalones. –Gwen levantó ambas cejas–. Trajera o no mala suerte desde el principio, para cuando se fundó el Ministerio de Rastreadores ese número estaba rodeado por una fuerza impredecible. Los fundadores del Ministerio sabían que algo así no tiene que mezclarse con el rastreo.

—Así que dejaron fuera a toda una generación.

Ella se encogió de hombros, haciendo que la bufanda se elevara hasta cubrirle las orejas.

—Los hoteles y compañías aéreas de hoy usan la misma lógica: no hay pisos trece ni filas de asientos número trece. En 1726, el Ministerio añadió a su reglamento la sección trece: nunca se entrenaría a un rastreador de decimotercera generación, ni siquiera se les daría a conocer la existencia del Ministerio. Se separó a los que son como tú y se los dispersó por todo el planeta, donde no podrían causar ningún mal.

Jack cerró los ojos.

—Y por eso yo crecí en Estados Unidos...

—Y por eso no puedes ir al Ministerio de Rastreadores, no ahora. Si vas a la Fortaleza te detendrán y te encerrarán, Jack; eres demasiado peligroso.

—Un momento, ¿y qué hay del Expreso del Ministerio? Allí no nos molestó nadie.

—Jack, eso no tiene nada que ver. Los Ministerios Ancestrales a veces comparten información si conviene para la misión que les encomienda la Corona de proteger el Reino, pero en general van cada uno a lo suyo. La sección trece es una regla de los Rastreadores; a los Siniestros, Dragos y Tops no podría interesarles menos qué número de John Buckles seas. Y lo mismo sucede con los empleados de las áreas comunes, como las estaciones del Expreso del Ministerio.

—¿Y por qué los Dragos me miraban de aquella manera?

Gwen se levantó y se sacudió el polvo del abrigo.

—Quizá no les gusta tu cara –dijo mientras pasaba por su lado–. Esa mirada tuya de confusión constante te hace parecer un lerdo.·

Momentos más tarde, Jack se encontraba en una escalera, empujando con todas sus fuerzas para levantar la punta de una valla de hierro; esta emitió un fuerte crujido al salir de su sitio.

—¡Chisst! –le advirtió Gwen desde un escalón inferior–.Eso de ahí arriba es una iglesia. Seguro que el vicario ha oído la explosión de gas. ¿No te parece que si nos ve salir por esta alcantarilla va a sumar dos y dos? Tendríamos que pasarnos el resto del día dando explicaciones.

—Y eso es algo que a ti no te gusta nada, ¿no?

—Ja, ja. Tú a lo tuyo.

Jack trepó hasta el suelo de piedra en la base de una torre cuadrada de ladrillo y ayudó a subir a Gwen. Al arrastrar la tapa de la alcantarilla para volver a ponerla en su sitio, se le resbaló de entre los dedos y cayó con un fuerte «clang». Puso cara de culpable, y ella negó con la cabeza.

—Si es que no parece siquiera que te lo tomes en serio. Se dirigió hacia la frágil escalera de madera que trepaba por la torre y empezó a subir.

Las campanas iban creciendo de tamaño, desde ser como pelotas de béisbol en el primer nivel hasta una bola enorme, sola, arriba de todo. Gwen se detuvo en el nivel pelota de playa, al lado de un ventanal de cristal ahumado.

—¿Has oído hablar del cristal del Gran Incendio? –preguntó mientras recuperaba el aliento.

Jack negó con la cabeza.

—Creo que en Colorado no tenemos eso.

—Supongo que no. –Le dirigió su sonrisa de nerd y señaló con la cabeza hacia la ventana–. El Gran Incendio derritió los cristales en gran parte de Londres, convirtiéndolos en pequeñas masas informes verdes. Los fabricantes de ventanas las usaron para hacer decoraciones que conmemoraban el incendio, aunque la mayoría fueron destruidas más tarde, durante los bombardeos de la Segunda Guerra Mundial. –Señaló un par de paneles de colores en el centro del ventanal–. Solo quedan esos dos.

Jack tuvo que admitir que los paneles de cristal ahumado que le mostraba Gwen eran muy interesantes, fragmentos únicos de Historia usados en una iglesia en vez de tenerlos encerrados en un museo. Notó los rastros dejados por los minerales que habían dado color al cristal, así como las burbujas e imperfecciones. Extendió una mano para sentir su textura.

—Espera; no creo que debas...

Confusión. Más que confusión: caos absoluto. Jack recibió un collage de imágenes y sonidos, todos ellos atrapados en un plano bidimensional, igual que el panel de cristal que había tocado. *Flashes*, sombras, sirenas, murmullos... La misma cacofonía horrible que había sentido aquella mañana, pero multiplicada por cien y aún más entremezclada y confusa. El dolor amenazaba con hacerle estallar la cabeza. Intentó apartar la mano para detener todo eso, pero no pudo; en vez de tirar, instintivamente empujó.

El plano bidimensional se partió, cayendo en centenares de trozos de cristal brillante y revelando la terrible escena que había detrás: Londres ardía. Columnas de fuego viviente se elevaban quince, veinte, treinta metros en el aire, rugiendo como trenes de carga. Hombres y mujeres corrían por todas partes, algunos cargando con bebés, buscando una ruta de escape que no existía. Algunos se rendían, se detenían y miraban arriba, como hipnotizados por las llamas. Iban a morir calcinados; Jack lo sabía porque sentía el calor en su rostro y su pecho, más intenso con cada segundo que pasaba.

Una bola de fuego naranja cruzó el cielo y aterrizó en un edificio de ladrillo cercano; atravesó la pared como si fuera brea. No se estaba a salvo en ningún lugar. Uno de los hombres hipnotizados se volvió y miró en dirección a Jack, inexpresivo, con la cara ennegrecida. Extendió una mano como si fuese a hablar, y entonces toda su forma cambió de ciudadano ennegrecido a sombra fantasmal. El espectro soltó un grito silencioso y se hundió en los adoquines, dejando ver tras él una bola de fuego que se acercaba. Jack no podía correr ni apartarse del camino del misil; ni siquiera podía gritar.

—Jack, te dije que no lo tocaras.

La bola de fuego había desaparecido; Jack miraba de nuevo el inocente cristal de colores, con sus burbujas y sus marcas. Gwen lo tenía agarrado por la muñeca. Era ella quien le había apartado la mano del cristal, él no había sido capaz. Intentó decirle que había hecho una especie de *flash*, pero sus labios no quisieron moverse y de su boca no salió ningún sonido, ni siquiera un gruñido.

La visión había acabado, pero Jack seguía sin poder hablar.

# *Capítulo 27*

**JACK INTENTÓ** una y otra vez despegar los labios, pero no pudo; apenas conseguía soltar algún gruñido. Agarró de la muñeca a Gwen y la apretó fuerte, con sus ojos abiertos de par en par por el pánico.

—¡Ay! ¡Eso duele! –se lamentó ella en un susurro. Soltó la mano y agarró a su compañero por los hombros–. Cálmate, Jack. Tienes que respirar y apartar todo eso de tu mente.

¿Cómo podía esperar ella que se calmase? Le dedicó una mirada de enojo y un gruñido, cosa que en cierta forma era un progreso.

—Te avisé que no lo tocaras.

—¡No me avisaste! –Él mismo se sorprendió por el repentino y ruidoso regreso de su voz, y se tapó la boca con una mano. Gwen se la retiró suavemente.

—Respira hondo. Ya estás bien. –Se apartó y cruzó los brazos–. Bueno, entonces, ¿qué hemos aprendido de esta experiencia?

—Que sigues ocultándome cosas.

—Ya empezamos. –Gwen levantó los brazos–. Todo es siempre culpa mía, ¿eh? Eres igual que la señora Hudson. –Se alejó, mirando otra vez las escaleras–. Lo que deberías haber aprendido es que un Rastreador nunca tiene que *flashear* con cristal. Nunca.

—¿Ah, no? ¿Y yo cómo tenía que saber eso?

Los viejos escalones de madera chirriaron por el peso de Jack mientras este seguía a Gwen.

—No sabía que era posible *flashear* con el cristal; ni siquiera es un mineral. –Jack hizo una pausa antes de dar el siguiente paso, pensando en lo que acababa de decir–. ¿O es que sí lo es?

—Claro que es un mineral. ¿Qué es lo que les enseñan en las escuelas de Estados Unidos? –Gwen lo miró por encima del hombro–. El cristal está formado por minerales que han sido... alterados. Los silicatos han sido corrompidos, fundidos en una masa amorfa, así que no graban, sino que reflejan. El cristal transmite al Rastreador un reflejo de lo que sea que lleva dentro, solo que ampliado y mezclado, convertido en un caos.

Gwen se quedó en silencio mientras subían los dos últimos tramos, pasada la campana más grande. Jack alucinaba con su reacción. ¿Por qué estaba siendo tan dura con él?

—No era ruido aleatorio –empezó a decir; quería contarle lo que de verdad había visto, pero ella volvió a arremeter contra él sin dejarle acabar la frase–.

—Por supuesto que era ruido: una fuerte y confusa mezcla que ha afectado a tu delicado cerebro de Rastreador. Más de uno ha entrado en coma *flasheando* con gemas falsas u obsidiana. –Los escalones acababan al principio de una escalera de mano, recta, bajo una trampilla de madera. Mientras Jack se acercaba, ella le apuntó con un dedo–. No vuelvas a hacerlo.

—He visto el fuego, Gwen.

—No sabes lo que has visto. –Abrió la trampilla, revelando un domo de cobre, que ya estaba verde por el tiempo–. Supéralo ya y volvamos al trabajo.

Una fuerte brisa sopló de oeste a este por la cúpula que coronaba el campanario; Jack tuvo que taparse las orejas con su gorra. La cúpula se abría en balcones a los cuatro puntos cardinales, ofreciendo espectaculares vistas de la ciudad. Cada uno tenía una sucesión de paneles grabados bajo la barandilla. El cerebro de Jack se centró de inmediato en la frase DÍA UNO DEL GRAN INCENDIO en el panel al sur.

Se acercó a estudiarlo.

*Septiembre. 1666.*
*2° (Día del Señor). Jane nos despertó sobre las tres de la mañana para decirnos que había un gran incendio... No me pareció muy urgente, así que volvimos a la cama a dormir... A ratos Jane viene y me dice que ha oído que ya han ardido más de trescientas casas... que ahora está consumiendo toda Fish-Street, al lado del puente de Londres.*

—¿Es el diario de Pepys? Gwen se colocó detrás suyo.

—Sí, no es la Constitución, ¿verdad? Sigue leyendo. Estos paneles cuentan la historia del incendio y añaden relatos de otros testigos, aparte de los fragmentos del diario de Pepys. Quizá nos indiquen lo que Pepys «vio pero nunca escribió».

Jack volvió a fijarse en la placa del DÍA UNO.

Mientras Pepys dormía, los vecinos se reunieron en Pudding Lane para combatir el fuego que consumía la panadería. Según un abogado local, el alcalde Lord Bloodworth estaba allí, pero rechazó los ruegos de la gente para que convocara a las fuerzas de la ciudad.

«Bah –dijo–, una mujer podría apagarlo».

—Se ve que el alcalde no fue de mucha ayuda.

—Sí. –Gwen leyó la siguiente columna–: Pepys fue más tarde a ver a Bloodworth y le comunicó la orden del rey de hacer un cortafuegos derribando edificios. Dice que el alcalde se lamentó como si fuera «una mujer a punto de desmayarse», porque el fuego iba más rápido que sus hombres. Al final Bloodworth se rindió y volvió a sus apartamentos, bien lejos, en Covent Garden.

—¿Puede ser esa la traición de la que se quejaba Farriner en su confesión?

—Quizá, pero esto parece más ineptitud que otra cosa. –Gwen pasó un dedo por una nota al margen–. Según esto, la primera valoración del alcalde podía considerarse hasta razonable. En Londres, los incendios eran frecuentes y Bloodworth había ordenado el año anterior hacer fogatas en los barrios bajos, en un intento de que el humo consumiese lo que fuera que causaba la plaga. Sus fogatas habían ardido día y noche en las partes de la ciudad donde había más madera y el riesgo de incendio era mayor, y apenas hubo unos pocos fuegos menores.

—Eso me hace preguntarme por qué este fuego, iniciado en un edificio de ladrillo, fue tan diferente. –Jack avanzó rápido por el texto, hasta llegar a la descripción del incendio que hacía el propio Pepys unas horas después de que hubiera empezado–:

> *Bajé a la orilla y me subí a una barca... Con el rostro al viento, este casi ardía en una lluvia de gotas de fuego... Las iglesias, las casas: todo incendiado, ardiendo a la vez, y el horrible ruido de las llamas y el crepitar de las ruinas de los edificios...*

Seguía la descripción de otro testigo. Era una entrada en el diario de un amigo de Pepys llamado John Evelyn, que había estado viendo el incendio desde la orilla sur del río.

> *Oh, miserable y calamitoso espectáculo... El ruido y crepitar y trueno de las impetuosas llamas. Los gritos de mujeres y niños... invadían el aire como una horrible tormenta.*

Al otro lado de la cúpula, Gwen leyó en voz alta el panel del norte:

*«Día tres: Las piedras de St. Paul volaban como granadas, el plomo derretido formaba una corriente que descendía por las calles». —Miró por encima del hombro a Jack—. Aquí Evelyn, el amigo de Pepys, describe cómo el techo de plomo de la catedral se derritió, cayó a la calle y avanzó por Ludgate Hill como si fuera lava. Otros testimonios dicen haber visto bolas de fuego volando por encima de los tejados. Creyeron que era un ataque de los franceses.*

—¿Y por qué iban a pensar eso?

—Era el Londres de la Restauración –dijo Gwen, encogiéndose de hombros–. O sea, la restauración de la monarquía después de la fallida Commonwealth de Cromwell. Inglaterra acababa de sobrevivir a una brutal guerra civil. Los tiburones europeos nadaban dando vueltas a su alrededor. Algunos londinenses hasta creían que el hermano del rey, el duque de York, simpatizaba con los franceses... y no era una mala teoría, teniendo en cuenta que más tarde invadiría Inglaterra con un ejército de franceses. –Volvió a los paneles–: Algunos testigos dijeron que habían capturado a franceses sospechosos del sabotaje y los entregaron al magistrado jefe, que era el propio duque de York, solo para que esos sospechosos acabaron desapareciendo misteriosamente del país.

—Bolas de fuego –murmuró Jack–. Eso es lo que vi en el cristal. Pero no parecía que nadie las lanzara. Eran algo... no natural.

—Jack, lo que viste fue... Él suspiró.

—Confuso, sí. Pero sé lo que vi: piedra sólida explotando, bolas de fuego que atravesaban el ladrillo, enormes columnas de fuego. Nada de ese fuego había sido provocado por el hombre; era... alimentado... por alguna clase de fuerza.

La chica le miró a los ojos, y él vio que por fin le creía.

Los dos dijeron lo que pensaban a la vez:

—La brasa.

Gwen se apoyó en el oxidado pasamanos de cobre y miró la ciudad.

—Si la brasa es lo que incendió Londres hace tantos años, ¿qué crees que pretende hacer ahora con ella el Relojero?

# *Capítulo 28*

—LO QUE VIO PEPYS... –Gwen fue al balcón oeste y las entradas del cuarto día–. Pepys no pudo haber visto si la brasa había iniciado el fuego, no estaba nada cerca de la panadería; pero sí vio algo, y es de lo que Farriner quiere advertimos. Si no fue el principio del incendio...

—...habrá sido el final.

Jack fue donde estaba ella y leyó el primer panel. Pepys describía el momento en el que subió a Barking Tower, la misma en la que ellos dos se encontraban ahora.

> *5.° (Miércoles). ...Subí al campanario de Barking. donde vi la más triste desolación que nunca antes haya contemplado... El fuego se había adueñado de todo lo que yo alcanzaba a ver.*

Este es el último grupo de paneles, y el fuego aún no se acaba –dijo Jack, levantando la vista. Desde ese balcón podía ver la brasa dorada en la cima del Monumento, a setecientos metros–. Según Pepys, las llamas seguían igual de fuertes y avanzaban hacia el Este, en contra del viento, engullendo la ciudad entera.

—Quizá. –Gwen examinó la siguiente columna de texto–. Pero escucha lo que dice Evelyn unas horas después: «Pero fue voluntad de Dios, contraria a todo lo que cabía esperar, que el miércoles hacia las cuatro o cinco de la tarde el viento decayera, y con él, en un instante, también el fuego».

Jack se inclinó hacia delante para leer por sí mismo las palabras: «En un instante». Y, tras la cita de Evelyn, la narración de Pepys pasaba de repente del desastre a la esperanza:

*Me encontré aquí con los señores Young y Whistler ... y me dieron buenas esperanzas de que el fuego se había detenido en nuestro extremo: ellos y yo bajamos a la ciudad y vimos Janchurch-Streete, Gracious Streete y Lombard-Streete reducidas a cenizas.*

Gwen se apartó de los paneles y frunció el ceño.

—Samuel Pepys sube a esta torre el cuarto día y ve toda la ciudad en llamas, las cuales avanzan contra el viento hasta Barking Tower. Y entonces, unas horas después, Evelyn ve que el fuego para de repente. A la vez, Pepys camina por entre las cenizas de Lombard Street, en plena zona cero. ¿Cómo es que un área de tres kilómetros invadida por llamas apocalípticas, bolas de fuego y azufre estallando vuelve tan de repente a la normalidad?

—Alguien lo contuvo. -Jack se incorporó–. Alguien se hizo con el control de la brasa.

—Y nosotros sabemos quién fue ese alguien, ¿eh? «El zapatero nos salvó». Eso decía la confesión de Farriner. El zapatero tiene que haber sido quien tomó control de la brasa, y Pepys debió de haberle visto. -Señaló al suelo–. Desde aquí mismo. -Gwen se agarró al pasamanos de cobre, saltó y aterrizó ágilmente en el estrecho borde al otro lado.

—¿Qué haces?

Ella se soltó una mano de la barandilla y rebuscó en un bolsillo.

—Tienes que *flashear*, Jack.

—Sí, puedo hacerlo desde este lado del pasamanos.

—No estoy pensando en el cobre. La memoria del metal es muy corta, ¿recuerdas? Como mucho, unas semanas. Y, además, esta cúpula fue añadida después de la Segunda Guerra Mundial. -Sacó la mano del bolsillo: llevaba un gran destornillador–. Tenemos que llegar a los ladrillos de debajo.

Jack sintió que la brisa era un poco más fuerte que antes. Se sentó sobre el pasamanos y pasó una pierna y después la otra. El borde tenía una anchura de poco más de medio metro. Desde su altura, de unos seis pisos, veía pasar a transeúntes y docenas de coches. Con solo que uno de ellos mirase hacia arriba, viera a los dos niños locos y diese la alarma, Gwen no tendría más opción que retirarse. Pero nadie miraba arriba. Jack se apretó contra el pasamanos.

—No veo ningún tornillo.

—Yo tampoco.

La chica metió la punta plana del destornillador en la juntura entre dos largas placas de cobre y tiró, usando la herramienta como palanca. El viejo metal chirrió. Tras unos cuantos agónicos chirridos más, había conseguido levantarla varios centímetros.

—Es más que suficiente –señaló Jack–; ya puedo meter la mano. Puedes dejar de destrozar la iglesia.

—Ah. Bien. –Gwen cesó su ataque y volvió a saltar el pasamanos, dejando a Jack solo en el borde–. Me daba miedo estar ahí fuera.

El borde de la placa doblada parecía tan afilado que Jack pensó que su mano se le quedaría ahí atrapada aunque todo el resto de él se cayera al vacío. Pero no veía otra forma de conseguir la información que necesitaban. Respiró hondo.

—¡Espera!

Jack retiró la mano, sorprendido; el cobre le rasgó la piel de los nudillos.

—¿Qué?

—Tengo que avisarte que el ladrillo es... diferente. El *flasheo* puede dar un poco de miedo.

—Ya estoy bastante asustado, Gwen. –Jack miró al infinito y volvió a introducir la mano. Se detuvo con la palma un milímetro por encima del ladrillo–. Ejem, para entendernos: ¿a qué te refieres con «dar un poco de miedo»?

Gwen arrugó la nariz.

—El ladrillo es curioso. No es como las otras piedras. Es como un conglomerado de piedras, una combinación. A Jack no le sonó bien la palabra «combinación»; sonaba parecida a «condenación».

—¿Quieres decir que es como el cristal?

—No, es otra cosa. Contiene docenas de minerales diferentes, y sus recuerdos no siempre encajan. Puede resultar un poco caótico. La cuestión principal es que no te asustes.

Jack la miró: estaba a punto de dejarse invadir el cerebro por vaya a saber qué, arrodillado en un bordillo de medio metro, a seis pisos de altura de una calle llena de gente, y acababa de enterarse de que *flashear* con el material inadecuado podía quitarle el habla o ponerlo en coma.

—«No te asustes», claro. –Se encogió de hombros y dejó que su piel tocara el ladrillo–.

Las formas parecieron partirse y volver a juntarse, como trozos de un jarrón roto unidos a toda prisa. Los sonidos le llegaban como si fueran cien grabaciones diferentes, todas al revés. Reconoció una de ellas: sonaba como un aullido extraño e inconsistente, pero era la misma sirena antiaérea que había oído en Pudding Lane.

Un edificio al otro lado de la calle estalló en una nube de humo negro y gris, amenazando con hacerle perder el equilibrio. Si se caía en la visión, ¿caería de la torre de verdad? ¿O simplemente no volvería a despertar nunca más? Con *flash* o sin *flash*, estar ahí colgado en mitad de un bombardeo no parecía buena idea. Entonces recordó su empujón desesperado durante el caos del cristal, el que lo había conducido al incendio.

Valía la pena intentarlo.

Otra explosión. Una forma saltó desde la calle. Durante el fragmento de segundo en que Jack enfocó la sombra, esta resultó ser un coche negro que avanzaba hacia él. Empujó con fuerza.

La sensación de caer, combinada con el hecho de estar precariamente colgado de la torre, casi fue más de lo que Jack podía resistir. Pero enseguida se detuvo; seguía arrodillado en el borde. Sintió la fuerza del impacto del aterrizaje, pero a la vez algo tiraba de él hacia la torre. El empujón había funcionado; supo que se había adentrado más en la visión porque esta se había vuelto aún más fragmentada. «Combinación» ni siquiera empezaba a describir aquello.

El edificio de ladrillo que había estallado al otro lado de la calle había desaparecido, sustituido por una pared de llamas negras que danzaban con un espasmódico ritmo *staccato*. Un enorme lago de fuego de obsidiana se extendía hasta allá donde llegaba su vista. Le pareció extrañamente bello y, desde luego, más pacífico que la zona de guerra de la que acababa de huir. No había gritos ni sirenas aulladoras, solo el sordo y distorsionado rugido del infierno.

Una forma se acercó al fuego. Al enfocarla, Jack vio la imagen de un hombre que avanzaba decidido, directo hacia la pared de llamas. Alzó un objeto ante sí, manteniéndolo allí como si fuera una reliquia religiosa. Para sorpresa de Jack, las llamas se abrieron. El hombre siguió avanzando por el túnel dentro del fuego, que se cerró tras él.

La calle volvió a quedar en silencio. Jack esperó a que sucediera algo, pero no pasó nada. Ojalá tuviera un mando para las visiones que le permitiera hacer avance rápido o rebobinado. Y entonces se le ocurrió que sí, que era posible.

Si empujar le hacía adentrarse más en la memoria del ladrillo, quizás alejarse pudiera hacer lo contrario. Intentó apartar ligeramente la mano del ladrillo. Nada. No podía moverse ni afectar al *flash*. Jack quiso gritar de frustración, pero tampoco fue capaz. Solo podía soltarse, relajarse y volver a intentarlo. Tras tomarse un momento para abrir sus sentidos tal y como le había enseñado Gwen, se concentró de nuevo en el gesto de apartarse del ladrillo, esta vez de forma más mental que física.

Funcionó. Demasiado bien.

La mente de Jack avanzó por la memoria del ladrillo, hacia el recuerdo del bombardeo, justo hasta el momento en el que lo había dejado. El coche que se precipitaba sobre él estaba a unos centímetros.

—¡Aaaah!

Día. Brisa. Una calle llena de gente que ignoraba sus lamentos. Jack colgaba del borde, con su mano fuera de la ranura que le había abierto Gwen.

—¡Ayúdame!

—¿Qué crees que estoy haciendo? -gruñó ella, que lo tenía agarrado por el cuello de su chaqueta-. Igual podrías dejar de quejarte y hacer algo tú también.

Jack se balanceó hacia el pasamanos de cobre y se agarró con fuerza sin dejar de mirar el tráfico de debajo.

—Ha sido...

—¿Genial?

—No.

—¿Maravilloso?

—No; ha sido...

—¿Alucinante?

—Aterrador. –La miró fijamente–. Iba a decir «aterrador». Y tú sabías que yo iba a perder todo contacto con la realidad. Tenías que haberme agarrado del cuello desde el principio.

Gwen le dedicó otro saltito de sus pecas.

—Eso he hecho.

Mientras ella hablaba, Jack se fijó en una mancha marrón rojiza en la calle. Un hombre con un abrigo de terciopelo corría hacia una entrada del subterráneo en mitad de la plaza. Otro hombre, vestido todo de negro, le seguía.

# *Capítulo 29*

—¡TENEMOS QUE AYUDARLO! Jack corría por la abarrotada calle, esquivando los coches e intentando que no le afectara el indignado coro de bocinazos.

Gwen le seguía muy de cerca.

—¿A quién? No he visto...

Una moto le pegó un bocinazo y ella se detuvo; tuvo que ponerse de puntillas para que le pasara por un lado sin derribarla.

—Era papá, y le seguía el Relojero. Te lo juro –dijo Jack sin aliento, mientras subía los escalones hasta la plaza de dos en dos.

Cuando llegó arriba corrió hacia la entrada del subte. Enseguida se encontró con un muro de molinetes. Mientras se apoyaba en uno para saltar por encima, vio una mancha de negro delante.

El Relojero -tenía que ser él- desaparecía por un túnel en el que ponía DISTRICT LINE. Jack saltó y lo siguió, pero chocó contra un hombre grueso que había entrado por el molinete de al lado. Jack rebotó contra él y cayó al suelo.

—¡Cuidado, chico!

Se puso en pie y pasó por el lado del señor AltoyFurioso, pero había perdido un tiempo precioso. Al llegar al túnel no vio rastro de su padre o su torturador entre el gentío que avanzaba por el estrecho pasillo. Por suerte, no había otros túneles, así que solo podían haber seguido adelante.

La voz de Gwen pidiendo disculpas a la gente le siguió mientras se abría paso por entre los pasajeros a codazos y golpes de hombro. Vio un ascensor delante que hacía de cuello de botella para los viajeros, pero las escaleras de al lado estaban vacías. Jack se precipitó hacia la barandilla y sus dedos resbalaron por el hierro mientras bajaba.

Vio al hombre de marrón rojizo: corría por entre la gente, apenas unos pasos por delante del Relojero, por una hilera de arcos que llevaban a los andenes de ambos lados. El hombre se volvió para lanzar una mirada a su enemigo y, por primera vez desde que estaba en Londres, vio el rostro de su padre.

—¡Papá, soy yo!

Ninguno de los dos hombres le miró. Doblaron a la derecha en el último arco, hacia el andén Este. Jack hizo lo propio menos de tres segundos más tarde. Se detuvo al borde de las vías para recuperar el aliento, y examinó frenético la hilera de pasajeros que esperaban. Su padre y el Relojero habían vuelto a desaparecer.

—Jack, tienes que parar. –Gwen apareció a su lado, exhausta–. Estás comportándote como un loco, llamando demasiado la atención.

Él no contestó. ¿Qué le importaba llamar la atención ahora que había encontrado a su padre? Corrió por entre la hilera de sorprendidos pasajeros, mirando sus rostros.

—¡Papá! ¡John Buck...!

Perdió el equilibrio.

El dolor invadió sus costillas al golpearse contra las vías del subterráneo. Intentó soltar un bufido, pero el impacto había vaciado de aire sus pulmones. La gente que había en el andén le gritaba que se levantara. Un instante después, Gwen estaba arrodillada encima de él, ofreciéndole una mano.

—¡No toques el raíl central! ¡Cerrarías el circuito y te electrocutarías!

Él asintió, aún incapaz de responder. Mientras intentaba ponerse en pie con mucho cuidado, apareció una luz en el túnel, junto a los ruidos de un tren que se acercaba. Los gritos por encima de él se hicieron más insistentes.

—¡Sal de ahí ahora mismo!

Gwen se tumbó boca abajo en el suelo para alcanzar a Jack con su brazo. Él, a la luz del tren, vio algo más: una figura oscura mucho más cerca de él que el propio tren. La figura se detuvo durante medio segundo y se fundió con la pared del túnel.

Jack se levantó y corrió tras él.

La pared del andén desapareció. La gente que gritaba quedó atrás. Jack estaba en mitad del túnel, solo con el tren que se acercaba. Sus costillas se quejaban, pero no se detuvo. No tenía alternativa: o allí había una puerta o iba a morir.

La brillante luz blanca y un ruido ensordecedor se lo tragaron. Volaron chispas mientras el conductor echaba el freno. Entonces Jack la vio: una palanca grasienta en una pared negra vacía.

Al tirar de esta se abrió una puerta y vio el principio de una escalera muy pronunciada y de apariencia frágil. El resto estaba completamente a oscuras. Se apoyó contra la pared para no caerse hacia delante. El tren, con sus frenos rugiendo, pasó por su lado como desafiándole a resbalar y ser aplastado. Por fin Jack consiguió recuperar el equilibrio, entró, dejando que la puerta se cerrara detrás de él, y avanzó hacia la oscuridad.

Descendió tres largos tramos de escaleras. Iba ganando confianza y velocidad a medida que bajaba. A pesar de la oscuridad total, sabía lo que tenía por delante. Podía leer los ecos azul traslúcido de sus propios pasos a medida que rebotaban por las paredes y la escalera. Vio una puerta al fondo, con la palanca destacada en azul fosforescente, y la movió, esperando encontrarse con John Buckles al otro lado.

Ahí estaba. Y también el Relojero.

De un tubo de bronce que asomaba por una manga del francés salió un chorro de fuego, que hizo que el padre de Jack se apretara contra una pared de baldosas amarillas. La persecución los había llevado hasta un andén abandonado, iluminado por unas pocas luces de emergencia sobre las vías. Había viejos periódicos en el suelo; algunos estaban ardiendo.

—No la tengo -dijo el padre de Jack-.

En cuanto su espalda tocó la pared volvió a adelantarse para esquivar al Relojero, pero otro chorro de llamas lanzado por este le obligó a retroceder.

—¡Basta! -gritó Jack-. ¡Déjale en paz!

El francés no se volvió; ni siquiera pareció notar la presencia de Jack.

—¿Qué clase de idiota te crees que soy, Buckles? He ganado. Tú has perdido. Acéptalo. Entrégame la brasa y te dejaré vivir. -Dio otro paso adelante, apuntándole con el lanzallamas-. Y, si no, la tomaré de entre tus cenizas. Después recuperaré el amplificador que me robaste, y la gente de Londres pagará por fin por sus crímenes.

En ese momento, Jack vio cómo su padre entrecerraba los ojos y apretaba la mandíbula. Conocía aquella expresión; era la misma que le había dirigido a Sadie una vez en que ella le tenía arrinconado en un videojuego; la misma que cuando se acercaba a un cruce con el semáforo en amarillo. John Buckles bajó los hombros para atacar e inmediatamente desapareció tras una cortina de llamas.

—¡No! -gritó Jack, y corrió, totalmente confuso.

El Relojero también se había esfumado, dejando apenas unos fríos periódicos chamuscados y unas baldosas ennegrecidas. Su padre no había dejado rastro.

Jack se dejó caer de rodillas en el andén vacío y lloró.

# *Capítulo 30*

**UNA LUZ BLANCA** azulada bañó a Jack. Se puso en pie de un salto y se volvió, puños arriba.

—Soy Gwen, Jack. –Apuntó la linterna hacia su propio rostro mientras la puerta de la escalera se cerraba tras ella–. Solo soy Gwen. Te acuerdas de mí, ¿verdad?

Jack bajó los puños y se limpió las mejillas con las mangas; no quería que ella viera sus lágrimas.

—Ha matado a mi padre –dijo, intentando no perder los nervios–. El Relojero tenía un lanzallamas... ¡Un lanzallamas!

Ella se acercó lentamente, confusa, con el ceño fruncido, mirándole a los ojos como si él fuera un puzle que tuviera que resolver.

—¿Qué parte es la que no has entendido, Gwen? Mi padre estaba aquí mismo. He visto cómo el Relojero lo mataba con un lanzallamas y se esfumaba. –Otra lágrima rodó por sus mejillas, pero enseguida se la limpió–. He vuelto a perderle.

Gwen, ya a su lado, iluminó la pared requemada.

—Has *flasheado*.

—¿Qué? –Jack parpadeó, pensando en por qué ella había dicho algo así–. No. Los he visto. Y tú también. Los hemos perseguido, Gwen. No puede haber sido un *flash*.

—En realidad han sido varios. Jack, lo que has visto no era real. –Se puso en cuclillas y examinó los diarios ennegrecidos–. Bueno, sí, era real, pero no ha sucedido hoy.

Recogió un diario y sopló suavemente el borde quemado, haciendo que unos trocitos negros salieran volando.

—¿Lo ves? Nada está rojo, no queda rastro de calor. Este diario lleva frío veinticuatro horas o más. –Lo dejó caer–. Piensa, Jack: ¿dónde tenías las manos cuando viste a tu padre desde la torre?

Él no estaba seguro de si quería creerle o no. Cerró los ojos y recordó el momento en que había visto a su padre corriendo por la calle. En un extremo del recuerdo vio su propia mano sujetándose fuerte al pasamanos del balcón. Puso cara de resignación.

—Sí, ya lo captas. Y cada vez que los has visto estabas tocando otros metales, ¿verdad?

Jack recordó la persecución. Estaba el molinete de aluminio que había saltado, la barandilla de la escalera, las vías del metro. Cuando vio la pelea tenía ambas manos en la barra de la puerta. Por eso el Relojero y su padre habían desaparecido en cuanto él corrió al andén: al soltar la barra había cesado la imagen. Jack soltó un largo suspiro.

—¿Y qué hay del tren?

—Esa es la parte complicada, ¿no? El metro pasa cada dos minutos. Puede que hayas visto un tren en tu *flash*, pero aquel con el que has estado jugando era tan real como tú y yo. Y eso significa que tenemos que largarnos de aquí. –Gwen le agarró de un codo y le condujo hacia unas escaleras de ladrillo al fondo del andén–. No puedes tirarte delante de un tren y esperar que a la gente le parezca bien. Las autoridades van a llegar enseguida. Vamos.

—¿Conoces otro camino a la superficie?

Al llegar a lo alto de las escaleras, Gwen tiró de él hacia la izquierda, por otro túnel.

—No vamos a la superficie, sino a los archivos del Ministerio a buscar el diario de tu padre. Hemos estado siguiéndole los pasos todo el tiempo, Jack. Tendremos que saltarnos un trozo si queremos encontrar la brasa antes de que se acabe el plazo del Relojero.

La brasa. Solo el nombre ya le daba a Jack ganas de gritar. Aceleró el paso y adelantó a Gwen, cerrándole el camino al llegar a la siguiente intersección.

—Se acabó, Gwen. Mi padre está muerto, tal como dijiste. Olvídate de la brasa y llévame con mi hermana.

—No, no ha acabado en absoluto. –Los ojos se le iluminaron más que en todo el resto del día–. Ahora tenemos más esperanzas que nunca. ¿No lo ves? Tu *flash* ha demostrado que yo estaba equivocada, que tu padre no murió en la Torre de Londres. Si salió vivo de allí, ¿por qué no también de esto?

—Pero el lanzallamas... Nadie podría... Ella pegó una patada en el suelo.

—¡Nada de «peros», Jack! Decidiste mantener la esperanza de que tu padre estuviera vivo contra toda evidencia, contra todo lo que yo te decía. Ahora soy yo la que no va a renunciar a la esperanza. –Lo adelantó por su lado y siguió por el pasaje–. ¿Vienes o qué?

Jack la miró alejarse, moviendo la linterna a un lado y otro, arriba y abajo del túnel. Suspiró. Gwen le había hecho la misma pregunta un montón de veces, y en ninguna de ellas él había tenido elección.

Para cuando la alcanzó, ella se había detenido ante una vieja caseta de venta de billetes e intentaba apartar los restos de un estante de revistas que había apoyado contra la pared.

—Esta es la Mark Lane Station –gruñó mientras empujaba–. Cerrada desde el 67, aunque nunca llegaron a sellar la entrada.

—¿Y tú quieres acabar el trabajo por ellos y bloquearla con ese estante?

Gwen no dejaba de empujar.

—No... Quiero despejar la entrada del subte. –El estante soltó un largo chirrido al rendirse y deslizarse hacia el lado, dejando al descubierto una entrada baja, con un arco, en la pared. La chica se limpió las manos de polvo y sonrió–. Esta entrada. Es una vieja línea del Expreso del Ministerio.

Al otro lado encontró un gran interruptor eléctrico. Lo empujó y este soltó unas chispas y se puso en marcha. El estante volvió a su lugar, encerrándolos.

—¿Y ahora qué? -preguntó Jack en la oscuridad.

Gwen no se alteró y volvió a cogerle del codo de su brazo enrojecido.

—Espera...

Como siguiendo sus órdenes, unos tubos fluorescentes verdes parpadearon y se encendieron, revelando una estación que no se parecía a ninguna de las que él había visto antes. Tras los viejos molinetes no había vías, solo cinco herrumbrosos vagones cilíndricos. Cada uno de ellos estaba suspendido sobre un estanque de agua negra, y orientado en una dirección diferente.

—¿Recambios para el Maglev? Gwen rió.

—Para nada. -Saltó por encima de los molinetes se inspeccionó los estanques, pasando de uno a otro–. Lo creas o no, estos vagones son de mucho antes de que existiera el Ministerio de Rastreadores. El Expreso del Ministerio los usó hasta bien entrado el siglo xx, aunque el Maglev no fuera estrenado hasta los tiempos de Tesla.

Jack saltó los molinetes y la siguió.

—¿Nikola Tesla trabajó para los Ministerios?

—En absoluto. -Parecía haber encontrado el estanque que buscaba. Dio un golpecito al vagón de encima con la linterna y creó un «pong» musical que resonó por toda la estación–. Tesla no tuvo ninguna relación con los Ministerios Ancestrales, pero eso no evitó que los Siniestros le copiaran sus inventos.

Jack fue a su lado y le dedicó una mirada desconfiada.

Ella se encogió de hombros.

—¿Qué pasa? Ya te dije que son unos tramposos.

Gwen hizo que Jack se moviera a un lado y tiró de una palanca oxidada en el vagón. Esto hizo que la puerta cayera y se estrellara contra el borde del estanque. El impacto hizo que se levantara una nube de polvo. Jack vio a través del polvo que, en realidad, la puerta hacía a la vez de escalera hacia el interior del vagón. Gwen le hizo un gesto con la cabeza: «Sube».

Jack se sentó en un banco forrado de cuero, tan viejo que casi parecía madera.

Gwen le ofreció una tira con una hebilla en la punta y señaló con la cabeza hacia la otra mitad, que se encontraba en el asiento al lado de Jack.

—Te conviene ajustarte el cinturón de seguridad.

Jack hizo lo que le decían, aunque no veía para qué.

En el Maglev no habían necesitado cinturón. Y ese vagón, por antiguo que fuera, no parecía muy diferente. Se lo ajustó fuerte y miró a Gwen, que hacía lo propio.

—¿Y para qué son estos cinturones?

Ella agarró una palanca en forma de T que colgaba del techo.

—Para esto.

Tiró con fuerza y todas las puertas-escaleras se cerraron con un gran estruendo, mientras el vagón descendía por la plataforma y se sumergía en el agua negra del estanque.

# Capítulo 31

**JACK HUNDIÓ LOS DEDOS** en el cuero. El agua pasaba por las ventanillas que había a ambos lados del vagón cilíndrico.

—¿Qué has hecho?

—Tranquilo -dijo Gwen, imperturbable–. Este medio de transporte es de lo más seguro.

—Claro. Y lo más seguro de todo es que la gravedad nos mande directo al fondo. -Jack recorrió el vagón con los ojos; no vio ninguna clase de tanque o sistema de ventilación–¿No vamos a necesitar oxígeno?

Ella negó con la cabeza.

—Tenemos tanto como necesitamos en el propio vagón. A los lados de la visual de Jack apareció un brillo verdoso que iluminó los ladrillos cubiertos de algas que pasaban por las ventanillas. Se quitó el cinturón y fue dando tumbos hasta la ventana más cercana, para intentar averiguar de dónde venía el brillo.

—Bacterias bioluminiscentes en el exterior del vagón –dijo Gwen, apagando la linterna y dejando que el brillo la envolviera–, activadas por el movimiento en el agua.

Fue con Jack hasta la ventanilla y, justo entonces, apareció a la vista un túnel totalmente redondo. El vagón entró por la abertura, siguiendo la corriente e iluminando los ladrillos a su paso.

—¿Ves? Los marcos de hierro de las ventanillas están recubiertos por ellas, como si fueran farolas. Cuanto más rápido vamos, más brillan.

Dentro del tubo, la corriente se volvió más veloz y pronto se encontraron en el centro, con las verdes luces bacterianas iluminando anillos en las paredes del túnel y haciendo que el viaje resultara de una extraña belleza. Gwen sonrió a Jack y le guiñó un ojo. Él asintió e intentó relajarse y contemplar el espectáculo. Casi lo estaba disfrutando cuando sintió el agua helada en sus zapatillas.

—¡Gwen! ¡El suelo!

Solo les llevó un momento determinar por dónde entraba el agua. Concentrados en las ventanillas, ninguno de los dos se había molestado en comprobar la puerta. Una corriente entraba a través del aislamiento de la base y había más agua en la zona de los asientos. Jack miró por la ventanilla delantera. El brillo bioluminiscente que se reflejaba en los ladrillos era más fuerte abajo a la izquierda. La pared estaba ligeramente más cerca; el antiguo vagón de subte acuático ya no circulaba por el centro exacto del túnel.

—Nos estamos desviando. –Jack ocupó su asiento y se ató el

cinturón de seguridad–. Y estamos perdiendo altitud.

Gwen se sentó a su lado, no tan tranquila como antes.

—Es un viaje corto. La corriente que rodea el cilindro actuará como colchón y evitará que nos vayamos al fondo. –Se mordisqueó el labio inferior mientras miraba el agua que entraba.

—Seguro.

Jack y Gwen miraron cómo el vagón se iba alejando del centro. Más adelante, él vio un disco azul claro, el final del túnel.

—Ya casi hemos llegado –dijo ella, ajustándose el cinturón–. Estos vagones usan un sistema de lastre para ascender a la superficie. En cuanto lleguemos a la salida lo soltará y flotaremos hacia arriba.

Jack no estaba tan seguro.

—Eso asumiendo que el vagón no se haya vuelto demasiado pesado con toda esta agua. –Sintió que el frío le llegaba a los tobillos–. Tendríamos que soltar el lastre ya.

—No. Si lo soltamos demasiado pronto ascenderemos al techo del túnel y...

El golpe los sacudió hacia un lado: el vagón acuático acababa de tocar el fondo. Oyeron el horrible chirrido del hierro contra el ladrillo mojado, mientras el tren se detenía y las luces verdes se iban apagando. La parte frontal llegó a salir del túnel mientras que la trasera chocaba con el borde; un poco menos de la mitad del vehículo había quedado al descubierto. Un remache saltó y un nuevo chorro de agua emergió desde el suelo. Jack empezó a desatarse el cinturón. Gwen le puso una mano en el hombro.

—Aún no. Cuando nos liberemos, el viaje hacia arriba puede

ser... emocionante.

Jack le dirigió una mirada severa.

—Ya sabes lo que pienso sobre las cosas emocionantes.

—Por eso será mejor que no te quites el cinturón. –Señaló hacia las rodillas de él–. La palanca para soltar los pesos está detrás de tus piernas, bajo el asiento. Tira de ella.

Se acurrucó en el asiento y palpó hasta encontrar la palanca en forma de T, que asomaba de un hueco situado en la parte de abajo del mismo. Tiró de ella. No sucedió nada. El nivel del agua seguía subiendo y le helaba las piernas. Si no salían enseguida, el peso del agua iba a mantenerlos en el fondo, soltaran lastre o no.

—¡Dale, Jack, tira!

Este contó mentalmente hasta tres, reunió todas sus fuerzas y tiró.

Se quedó con la palanca en la mano.

Dos fuertes «dangs» resonaron por el vagón al soltarse los pesos en ambos extremos. La parte frontal, liberada del túnel, empezó a ascender, enviando todo el agua hacia atrás. Avanzaron lentamente, entre grandes chirridos de la parte trasera al arrastrarse por los ladrillos, hasta que el techo del cilindro se golpeó contra el borde del túnel. El vagón se detuvo, atascado.

# *Capítulo 32*

—**TENEMOS QUE HACER** que se mueva.

Gwen golpeaba violentamente la pared desde su asiento. Jack se le unió y sincronizó sus movimientos con los de ella, pero el vagón seguía atascado en mitad de la salida del túnel, inclinado varios grados y con la punta delantera hacia arriba.

A través de la ventanilla frontal vio cómo se formaban relucientes ondas en la superficie, a poco más de cinco metros por encima de ellos. Podrían subir nadando sin problemas, pero la escotilla estaba bloqueada por el túnel.

—¡Espera! –Gwen agarró a Jack por el hombro, haciéndole detenerse–. Esto no nos está llevando a ninguna parte. –Se quedó mirando varios segundos al agua que se había acumulado en la parte trasera; entonces chasqueó los dedos–. OK, ya lo tengo. Vamos al frente tan rápido como podamos.

Se quitó el cinturón y dirigió gestos frenéticos a Jack para que hiciera lo propio. Al principio él no entendió el plan, pero en cuanto ambos estuvieron en la parte delantera, la punta del vagón descendió, golpeándose contra el borde del túnel y rebotando hacia delante.

—¡Otra vez! –gritó Gwen, tirando de Jack.

Subieron y bajaron dentro del agua helada, mientras la punta del vagón chocaba contra el túnel un poco más arriba. El agua seguía entrando. La parte trasera estaba llena del todo.

—¡No es suficiente! –gritó Jack de bajada.

—Sí. ¡Una vez más!

Volvieron a descender hacia el agua helada y subieron de nuevo. Esta vez el chirrido siguió después de que la parte delantera se elevase una vez más.

El vagón avanzó. Luego el ruido se detuvo y el vagón quedó en posición vertical. Jack se agarró al extremo superior del asiento y lanzó un brazo alrededor de Gwen mientras subían a la superficie. La ventanilla delantera y la mayor parte del vagón quedaron por encima del agua.

El vagón volvió a zambullirse en el agua, y los dos chicos se sintieron como un par de medias en un lavarropas gigante.

Por fin, se toparon con un obstáculo invisible y fueron a parar a tierra.

Gwen se puso de pie y tiró de una palanca, que hizo que la escotilla se abriese y cayera.

Jack siguió a la chica hasta un embarcadero hecho enteramente de granito rojo. Se inclinó, combatiendo las náuseas e intentando recuperar el equilibrio. Cuando por fin miró hacia arriba, casi volvió a caerse de la impresión.

Un antiguo barco se elevaba por encima de ellos, haciendo que su transporte cilíndrico pareciera enano. De los lados asomaban dos hileras de cañones, y el más alto de los tres mástiles medía unos treinta metros. Por un momento, Jack dudó de si no estaba *flasheando* de nuevo por accidente y se encontraba en tiempos de piratas y bucaneros, hasta que sintió que Gwen lo agarraba del brazo y le hacía avanzar.

—El Dragón Rojo –susurró Gwen–. Buque insignia de la Honorable Compañía de las Indias Orientales. No te quedes mirando embobado, Jack; eso es tan americano... No se encontraban en un puerto exterior, como Jack había pensado al principio por el barco y la luz del sol. Tras el enorme estanque donde se hallaba el barco había una gigantesca sala. Las paredes estaban llenas de estatuas de toda clase y materiales. Unas columnas de granito se elevaban como gigantescos baobabs, y las copas se unían en el techo para formar un entramado de piedra roja y cristal esmerilado blanco.

—Una sucesión de trampillas hacen que entre la luz por los cristales –susurró Gwen, tirando de la barbilla de Jack para que dejara de mirar hacia arriba mientras caminaban–. Capturan luz desde todos los ángulos para crear la ilusión de que estamos en la superficie.

—¿O sea que seguimos bajo tierra?

—Más o menos. Estamos por encima del nivel del Támesis, pero dentro de la cara Noreste de Ludgate Hill, al Oeste del ayuntamiento y por debajo de la Bolsa de Londres. Esta es la verdadera sede, Jack, el cuartel general del Ministerio de Gremios.

Fueron más allá del estanque donde se encontraba el Dragón Rojo, dejando huellas en el suelo, y Jack observó que había pequeños grupos de Tops repartidos por la sala, y que todos se habían vuelto para mirarlos a ellos. Cuando se movían, la luz mostraba líneas de color en sus abrigos totalmente negros. Parecía que los Tops se juntaran de acuerdo a sus colores.

—¿Es que son equipos o algo así? –Gwen arrugó la nariz.

—Gremios, Jack. Cada color representa uno. Por eso también nos referimos a los gremios como «colores». En Londres hay montones. Si preguntas a los Tops, todo conocimiento, todo servicio, toda habilidad, todo en general, tiene un precio. Y ellos siempre están ahí, bajo la superficie, para gestionar el dinero y asegurarse de que al menos una parte vaya a parar a sus arcas.

Jack asintió sabiamente, como si entendiera la explicación.

—¿Y aquí están todos los gremios?

—Ni de lejos. El Gremio de Ladrones tiene prohibida la entrada aquí por razones obvias. Algunos otros, como el Gremio de Magos, se mantienen demasiado en secreto como para venir. Al Gremio de Artesanos, especialmente, no le gusta nada relacionarse.

Jack le dedicó una mirada de reojo. Gwen le devolvió un saltito de pecas.

En la sala, las miradas de los Tops iban pasando de curiosas a hostiles.

—¿Sabrán que soy un trece? ¿Se permite a los Rastreadores estar aquí?

—Ya te lo he dicho, no les importa qué número de John Buckles seas. Y tampoco es que vayamos a quedarnos a tomar el té. –Gwen echó una mirada a su reloj–. Aunque es casi la hora. –Dirigió la mirada a la otra punta de la sala–. Los archivos de los Ministerios Ancestrales están en la sala de al lado, y más allá hay una estación del Expreso del Ministerio. Simplemente hemos entrado por, digamos, la puerta trasera. Los Tops lo tolerarán; nos lo deben.

Dadas las miradas asesinas que les dedicaban, Jack no estaba tan seguro.

—Hum... ¿Y qué es exactamente lo que nos deben?

—Bueno, están en deuda con los Rastreadores en general. –Gwen inclinó la cabeza hacia el Dragón Rojo–. Ese barco estuvo doscientos años en el fondo del mar. Adivina quiénes lo recuperaron.

A pesar de lo que decía, Gwen mantenía un ritmo que decía a Jack que quería salir de ahí cuanto antes. Ojalá no tuvieran que darse tanta prisa, pensó él; las estatuas gigantes eran demasiado increíbles como para pasar de largo sin mirarlas bien: figuras épicas en piedra o metal que hacían toda clase de cosas, desde armar barcos hasta tejer cestas.

Una en particular le llamó la atención. Se sintió atraído hacia ella, quizá porque era la única que tenía partes en movimiento. Un grupo de engranajes de cobre en el pedestal hacía mover las agujas del dial central a los pies de una gigantesca estatua dorada del Padre Tiempo. También le llamó la atención otra cosa: unas letras en movimiento que formaban una frase que no acababa de entender. Al pasar junto a la estatua, Jack se detuvo un momento. Tiró de la bufanda de Gwen, haciéndola retroceder como si fuera una correa de perro.

—¡Eh! –exclamó Gwen–. ¡Vale, casi he hecho que nos ahoguemos, pero no es razón para que me estrangules!

Él juntó los labios y señaló con la cabeza hacia la estatua. Los engranajes estaban a punto de hacer que un grupo de letras plateadas quedaran alineadas. Gwen se volvió para mirar justo cuando estas se detenían y se ponían en su sitio. Mientras leía las palabras en voz alta, su tono pasó de susurro molesto a completa incredulidad: «Excelentísima Compañía de... Relojeros».

# *Capítulo 33*

—ES UNA COINCIDENCIA. Tiene que serlo. –Gwen se volvió hacia la salida–. Nuestro Relojero es francés.

Jack no se movió. Había más. «Bloodworth». Ese nombre le daba vueltas en la cabeza. Sentía que debía estar en alguna parte por ahí. En el pedestal, los engranajes estaban delicadamente decorados: lunas que daban vueltas alrededor de estrellas, barcos que navegaban olas de cobre, un gato que perseguía a un ratón por unas escaleras. Cuando el felino llegó abajo, los escalones se abrieron y entre las dos mitades apareció una lente, que amplió una columna de nombres. Jack reconoció no uno, sino dos. Volvió a tirar de la bufanda de Gwen, que abrió los ojos de par en par, molesta.

—Vale, ahora estás siendo muy desagradable.

—¿Qué significa «CIO CL»?

Ella le miró, intrigada, mientras se volvía a poner bien la bufanda, y señaló con la cabeza al barco que había al otro lado de la sala.

—CIO es la Compañía de las Indias Orientales, el mismo grupo que tenía el Dragón Rojo.Y CL es la Compañía del Levante. Una mandaba barcos a Asia y la otra comerciaba por el Mediterráneo, pero tenían muchos inversores en común, los mismos que habían financiado bastantes gremios.

Jack oyó unos susurros tras ellos. No necesitó mirar atrás para saber que unos Tops enfadados se acercaban. Los ignoró y, cuando la lente volvió a pasar por encima de los nombres, se los señaló a Gwen.

—Se ve que entre los inversores estaban nuestros dos principales sospechosos de iniciar el incendio: el duque de York y lord Bloodworth.

—¿Ah, sí? –Pareció genuinamente sorprendida. Se acercó y leyó el texto sobre los nombres–. MAESTROS CIO CL. –Se puso en pie con un suspiro–. Bien hecho, Jack.

Él se encogió de hombros.

—¿Por qué? ¿Qué tienen que ver esos dos con el Relojero?

—Quizás nada. Quizás todo. –Se mordisqueó el labio durante un largo segundo y miró a los Tops que se acercaban. Entonces se puso en marcha repentinamente–. Hora de irnos; ya no somos bienvenidos aquí.

Gwen condujo a Jack hasta unas puertas de níquel que se parecían a todas las puertas de ascensores de todos los edificios de oficinas que Jack había visto en su vida. Ella sacó la tarjeta de platino del bolsillo de él, la pasó por encima de un disco en la pared y se la devolvió. Se encendió una luz roja sobre las puertas.

—¿Qué pasa con los nombres? -susurró Jack-. Se te ha ocurrido algo, ¿verdad?

—Más tarde. -Gwen volvió a mirar a los Tops, que no avanzaban ni retrocedían-. Ahora tengo que hablarte del Archivo. El lugar en el que vamos a entrar es muy antiguo, literalmente ancestral. Fue una fortaleza de los Dragos, que más que construirlo lo tallaron. Allí las reglas son diferentes.

—¿Reglas? ¿Como la de «el silencio es oro» del Expreso del Ministerio?

Ella miró al infinito.

—No, no esa clase de reglas.

Con un suave timbre, la luz se volvió verde y las puertas se abrieron. Jack entró sin dejar de mirar a Gwen. Descubrió que no había ascensor... ni suelo. Estaban ante un gigantesco hueco delimitado por estanterías de al menos quince metros de circunferencia.

Gwen lo agarró por el cuello antes de que él cayera.

—¿Es que siempre tienes que hacer lo mismo?

Jack no pudo pensar en una réplica: unas suaves luces amarillentas bajaron a la vista; eran linternas que colgaban de la góndola abierta de un globo aerostático esférico. El fuego de un quemador frenaba el descenso del globo, y la cubierta quedó a la altura del suelo, a los pies de Jack.

Una mujer rubia con anteojos oscuros, botas de taco alto y falda al viento se dirigió a los dos chicos:

—Cuidado con el hueco, por favor. –Abrió la portezuela, sacó de su abrigo un par de barritas envueltas en aluminio dorado y se las ofreció a Gwen–. ¿Quieren comer algo durante el viaje?

Sí, gracias.

Gwen agarró las barritas y le dio una a Jack. Él la abrió; no se había dado cuenta hasta entonces del hambre que tenía. Le decepcionó ver que se trataba de la misma pasta de chocolate, nuez, ginseng y marisco que Gwen le había ofrecido en el Expreso de Ministerio.

—¿A la Colección de los Rastreadores? ¿Tu amigo te acompaña?

La mujer rubia volvió a alejarse, de vuelta a su puesto original, mirando todo el rato hacia el frente. Un gato posado sobre una pila de libros la siguió con una mirada de aburrimiento.

—¿«Amigo»?

Gwen dedicó una mirada interrogadora a Jack, que se encogió de hombros: estaba en un globo aerostático dentro de un pozo imposible con paredes cubiertas de libros, ¿qué iba a saber él? Gwen se dirigió a la rubia:

—Hum, no; aún no. Primero necesitamos la lista de los candidatos a Maestros del Gremio de Relojeros del siglo XVII, por favor.

—El Gremio de Relojeros. –La mujer tiró de varias cuerdas doradas que colgaban por encima de su cabeza–. Abajo, pues.

Un chorro de gas salió de un costado del globo, haciéndolos descender lentamente por el pozo. Por mucho que lo intentara, Jack no conseguía ver el fondo de ningún modo. La única luz existente era la que provenía de las linternas de la propia góndola, y no había balcones o pasillos, solo inacabables estantes de piedra con alguna puerta de vez en cuando.

—¿Estás disfrutando de tu primera visita al Archivo, John Buckles?

Él miró intrigado a la rubia.

—¿Cómo sabes...? Eres ciega.

Gwen se golpeó la frente con una palma.

—¡Por favor, Jack!

—¿Te llaman Jack? Eso es nuevo. –Una ceja se alzó por encima de sus anteojos negros–. Que alguien sea ciego, Jack, no quiere decir que no pueda ver. Tú deberías saberlo mejor que nadie.

—¿Eres Rastreadora?

—No. Tampoco soy Siniestra, Top o Drago. Soy la Archivista de los Ministerios Ancestrales; no puedo mostrar favoritismos. –Sonrió–. Aunque eso no quiere decir que no tenga mis preferidos.

El gato maulló descontento al detenerse la góndola frente a los estantes. La Archivista agarró un grueso libro y pasó los dedos por la cubierta.

—Excelentísima Compañía de Relojeros: 1601 a 1700 . –Sopesó el tomo antes de entregárselo a Gwen–. Parece que pasaron muchas cosas ese siglo.

Jack apenas la oyó. Examinaba la extraña piedra del pozo, tenía su nariz a centímetros de una media columna decorativa tallada entre los estantes. Creyó ver, por debajo de la pulida superficie, vetas de gris oscuro y azul medianoche. Al mover la cabeza, corrientes de rojo opalino parecieron devolverle la mirada.

—Prueba si quieres –le dijo Gwen mientras abría el libro en su regazo–. La brasa «dragonita». Ningún rastreador ha conseguido hacer el menor flash con ella.

Con o sin permiso de Gwen, Jack hubiera tocado la roca igualmente. Tenía que hacerlo. Puso la mano sobre una media columna entre estantes, cerró los ojos y pidió mentalmente a la piedra que le revelara sus secretos. Intentó empujar, tirar, todo lo que había aprendido hasta el momento, pero no consiguió flashear. Apenas notó una curiosa sensación de calidez en su brazo. Cuando retiró la mano vio que la Archivista le observaba; o, al menos, los anteojos oscuros miraban en su dirección por primera vez.

—Esto es nuevo –dijo, y volvió a dirigir su ciega vista hacia delante.

La Archivista pisó ligeramente un pedal y el globo ascendió un poco, lo que le permitió alcanzar otro libro.

—Tu padre me pidió el mismo listado del Gremio de Relojeros hace cuatro días. –Entregó el segundo tomo a Jack–. Y también me pidió este.

—Manifiestos de la Honorable Compañía del Levante: 1661 a 1670. –Jack alzó la mirada hacia la Archivista–. ¿Y qué buscaba mi padre en estos manifiestos de carga?

—No lo dijo. Tu padre y Percy no hablaban de este caso.

—Oh. –Jack se quedó mirándola. Quería preguntarle algo más, pero no estaba seguro de si debía. Por fin, bajó los ojos–. ¿Dijo... dijo algo de mí?

—No, Jack, lo siento. –La mujer tiró de una de las cuerdas doradas, abriendo el quemador, y el globo comenzó a ascender lentamente por el pozo, hacia el lado opuesto–. Me temo que tu padre tampoco hablaba nunca de ti.

Se produjo un incómodo silencio; Jack entendió que era por su pregunta. Buscó una manera de cambiar de tema. Se fijó en el gato.

—Me... me gusta su gato.

—No es mío. –La Archivista pasó de una expresión sombría a una ligeramente molesta–. Venía con el Archivo.

El animal levantó la cabeza y movió la cola, demostrando que el desprecio era mutuo. Jack no sabía si había conseguido mejorar o empeorar los ánimos.

—Bueno, pues es bonito. –Dejó los manifiestos sobre la pila de libros y le acarició la cabeza–.

Gwen apartó la vista de su libro.

—Yo no haría eso. Es muy temperamental. –El gato ronroneó satisfecho y ella frunció el ceño–. Bueno, lo es cuando intento acariciarlo yo.

—¿Cómo se llama?

La Archivista soltó un leve gruñido de desprecio.

—Monstruo, bicho peludo, molestia... Intento no llamarlo.

—¡Lo tengo! –Gwen levantó un dedo y volvió a posarlo en una página llena de delicada caligrafía–. Robert Hubert: él es la conexión entre el Gran Incendio y el Gremio de Relojeros.

El gato saltó al suelo para dar un paseo por la góndola y dejó docenas de finos pelos en la mano de Jack. Se los limpió en la chaqueta.

—Hubert. Me suena.

—Porque te lo mencioné antes: el francés que confesó haber provocado el incendio. –Gwen apoyó el libro abierto en el regazo para que Jack pudiera verlo–. Parece ser que los inversores a veces reclutaban extranjeros para los gremios; sangre nueva y todo eso. Les ofrecían pasaje en buques mercantes y los mandaban a buscar materiales exóticos y cosas así, con los que realizar una obra, una pieza. Si esta era aceptada, el candidato era nombrado Maestro y su patrocinador se quedaba con una parte de sus futuros beneficios.

—Entonces ¿Hubert era un relojero francés que quería entrar en el Gremio?

—Un pendulier, Jack, igual que ese chiflado que tiene secuestrado a tu padre. –Señaló una entrada hacia el centro de la página–. Mira, aquí está: a Robert Hubert le financiaron un viaje en el Marigold, que partía de Estambul llevando una obra llamada *Aeterna Flamma*.

A la Archivista se le escapó una risita.

—¿Qué? –preguntaron los dos chicos a la vez–.

Creo que el título es un juego de palabras; al menos, para un relojero obsesionado con el tiempo. –Pisó el pedal y el quemador lanzó una llama de fuego azul–. En latín, Aeterna flamma significa «llama eterna».

# *Capítulo 34*

**EL CÍRCULO DE LUZ** de las lámparas de la góndola se elevó por la pared de libros del pozo, pasando por las puertas de níquel que daban al cuartel general de los Tops. O tras entradas que conducían al Expreso del Ministerio. Jack se apoyó en la barandilla y vio aún otra puerta en la oscuridad, muy por encima de ellos; o al menos había una rendija de luz amarillenta .

El gato volvió a subirse a la pila de libros, desplegando sus garras sobre los manifiestos. Jack lo acarició de nuevo entre las orejas y volvió a su asiento.

—El reloj se llamaba «Llama eterna» –dijo mientras se limpiaba los pelos de gato de la mano en sus vaqueros–.

—¿Y si la brasa era parte de este? Como si fuera una pila.

Gwen posó ambas manos en el libro abierto.

—Eso significaría que Hubert sabía cómo controlarlo.

—Quizás, pero no muy bien. Sabemos que confesó haber causado el incendio. Quizás el poder de la brasa se le escapó de las manos. Creo que nuestro Relojero es un admirador que intenta acabar la obra de Hubert.

—De acuerdo con lo del Relojero -Gwen se apoyó contra la barandilla de la góndola-, pero no con lo de Hubert. Te olvidas del más famoso de los misterios que rodean su confesión.

A Jack le daba rabia que ella siempre supiera más que él y lo demostrara a la mínima ocasión.

—Será famoso en tu país. -Se cruzó de brazos-. Dale, suéltalo.

Gwen le dedicó una sonrisa sabihonda.

—Hubert fue exonerado tras su muerte, eso lo sabe todo el mundo. Unos días después de que lo colgaran y le arrancaran las extremidades, el capitán del barco que lo había traído a Londres presentó nuevas pruebas. Un poco tardías, desde luego, pero muy convincentes. -Señaló la fecha en que el Marigold había atracado en Londres-. El barco de Hubert había llegado el 4 de septiembre de 1666, dos días después de que hubiera comenzado el incendio.

—Si Hubert llegó a Londres cuando el fuego ya había empezado, ¿cómo pudo haberlo causado él?

—Exacto. -Gwen cerró el libro de golpe, sobresaltando al gato, que se sentó y se la quedó mirando y agitando la cola-. Por eso tu padre necesitaba los manifiestos.

Se levantó y fue a agarrar el primer libro de la pila donde estaba el gato; este maulló y le lanzó un zarpazo, haciéndole apartar la mano.

Jack estaba seguro de que Gwen se había saltado algo.

—Espera; no estoy seguro de seguirte.

—Intenta prestar atención, Jack. –La chica no dejaba de mirar fijamente al gato, como si intentara demostrarle quién mandaba ahí–. La Compañía del Levante comerciaba regularmente con Estambul y tenía varios barcos en esa ruta. ¿Y si Hubert ya hubiera enviado su obra a su patrocinador? ¿Y si el reloj con la brasa llegó antes que el francés?

—¡Claro! Eso explicaría por qué se sentía responsable de un incendio que no podía haber provocado. Si queremos encontrar la brasa tenemos que averiguar quién fue el patrocinador. –Juntó los labios; por fin lo entendía–. En el manifiesto del Marigold tiene que decirlo.

—Exacto. –Gwen asintió e intentó volver a agarrar los libros. El gato puso las orejas bien rectas y le hizo apartar la mano con un zarpazo. Ella se detuvo, respiró hondo y forzó una sonrisa–. Gato liiindo...

Sin dejar de mirarla, el animal apretó una pata contra la cubierta del libro. En cuanto la chica volvió a mover los dedos, él lo empujó hacia fuera de la pila, hasta que quedó a centímetros del hueco entre los postes de la barandilla. Le dedicó un maullido amenazador.

—No serás capaz.

El gato levantó la cabeza y las orejas, y retiró la pata del libro.

—Claro que no serás capaz. Eres un gatito bueno, solo estabas jugando. –Gwen se incorporó e hizo como si hubiera perdido el interés–. Yo también. –Hizo como si fuera a darse la vuelta, y entonces extendió rápidamente el brazo para agarrar el libro. Fue un gran error.

La garra del gato llegó primero; dio un golpe al libro que lo hizo salir volando por entre los postes de la barandilla, mucho antes de que los dedos de Gwen pudieran alcanzarlo. El tomo desapareció en la oscuridad infinita de abajo. Jack no lo oyó llegar al fondo.

—¡Gato malo! –Gwen pegó una patada en el suelo, haciendo saltar al gato, que maulló y se ocultó entre las piernas de Jack. La Archivista suspiró.

—¿Ven ustedes lo que tengo que aguantar? Es el segundo libro que destroza esta semana. –Tiró con fuerza de una de las cuerdas, deteniendo el ascenso del globo–. Pierde libros, deja infinidad de pelos en los asientos... Hace tres días usó un manuscrito del siglo XV de Edward de Norwich para rascarse el lomo.

—¿Pelos? –preguntó Gwen, mirando hacia el asiento en el que había estado sentada.

La góndola se chocó contra la dragonita y se quedó a la altura de la puerta que Jack había visto desde abajo. Sobre esta, un cartel indicaba: COLECCIÓN PRIVADA DEL MINISTERIO DE RASTREADORES. Gwen le abrió la portezuela de la góndola y Jack empujó la puerta hacia dentro.

Una enorme silueta apareció en el marco.

—Uy diablos, mira quiénes están aquí. Si no me manda la señora Hudson a ver qué ha pasado con el dron en la Cámara, y voy y me encuentro con el culpable.

# *Capítulo 35*

VER A AQUEL ENORME CHICO de dieciséis años que había conocido en la Cámara hizo que Jack deseara salir corriendo. Pero entonces se le ocurrió algo: en un solo día se había enfrentado a explosiones de gas, bolas de fuego y fantasmas; había sobrevivido al ataque de un vagón de subterráneo. Shaw ya no le daba miedo. Decidió dedicarle su voz más amenazante:

—¿Dónde está mi hermana?

—¿Dónde está el objeto?

—Jack no lo agarró. -Gwen entró como un toro en la sala, dirigiéndose hacia una gran mesa de nogal en el centro–. Me está ayudando a encontrar al hombre que se lo quedó, un loco que se hace llamar «el Relojero».

Shaw la siguió.

—Pos a mí me ha parecío que...

—Te equivocas.

Al verse de repente a solas con la Archivista, Jack murmuró un avergonzado «gracias» y corrió hacia los demás. Luego entró en una pequeña biblioteca de tres pisos. En las cuatro esquinas, unas escaleras de caracol llevaban a un pasillo con barandilla que rodeaba la sala y permitía el acceso a los libros de más arriba.

—Sadie –le insistió Jack a Shaw–. ¿Dónde está? Este se dio la vuelta e hizo detenerse a Jack.

—Tu hermana todavía está en la Cámara y no deja de decir que su hermano mayor va a rescatar a su papá. No puede salir porque toas las puertas siguen cerradas gracias a ti.

—Si la Cámara sigue sellada, ¿qué haces tú aquí?

—Como las computadoras están fritas, la señora Hudson ha dicho que alguien saliera por el conducto del aire a buscar el inventario en papel, aquí en el Archivo, para ver qué se ha llevado el dron. –Soltó un bufido–. Yo era el único lo bastante pequeño como para pasar por el tubo.

—¿«Pequeño»?

Jack miró a un lado, buscando a Gwen, que estaba muy ocupada sirviéndose un té y leyendo un libro abierto al lado de la bandeja de servicio. Miró a Jack y asintió, antes de dejar su taza en el plato.

—OK. –Jack volvió a concentrarse en Shaw–. ¿Y qué es lo que había robado?

—El Globo de Nerón. –Gwen se adelantó a la respuesta–. Según esta descripción, era una esfera de cristal granulado, engarzado en un metal azul verdoso.

—Azul verdoso –dijo Jack–. Como los escarabajos. Las gruesas cejas de Shaw se unieron en el centro.

—Como el que tú trajiste a la Cámara, ¿eh?

—Ya te lo dicho, no era mío. –Jack señaló el libro–. ¿Quién escribió esa entrada?

—Pos resulta que fu tu querido y difunto padre –contestó el guarda con una sonrisa–.

La irónica referencia a su padre le sentó a Jack como una bofetada. Se contuvo de decir nada y se dirigió hacia la mesa. Gwen tomó un sorbo de té y siguió leyendo:

—John Buckles Doce consignó el Globo al Archivo hace dos semanas. Según dice aquí, él y tío Percy lo habían liberado en una residencia privada de Calais.

—Hum... ¿«Liberado»? –Jack apoyó ambas manos en el escritorio.

—Robado, Jack. ¿O es que creías que el Ministerio encuentra los artefactos más peligrosos del mundo tirados en cuevas? –Bajó su taza–. La mayoría de las veces ya han sido descubiertos antes y han cambiado de manos unas cuantas veces. Si un artefacto no puede ser comprado, las reglas permiten hacerse con ellos mediante métodos más... encubiertos. –Apartó el libro y abrió otro–.

—¡Eh, deja eso! –Shaw se colocó ante Gwen, con su enorme figura y su expresión de gárgola–. Esa es mi investigación. Me ha costado siglos encontrarlo entre todos estos librotes.

—¿«Tu investigación»? –Las pecas de Gwen se alinearon en lo que pareció un gesto irónico–. Si al menos supieras cómo se escribe «investigación», quizá te tomaría en serio. –Apoyó una palma abierta en el pecho de Shaw y lo empujó hacia atrás–. Nosotros somos los profesionales; mantente alejado y déjanos trabajar.

—Profesionales –murmuró Shaw–, y un bledo.

—Pero no se movió del lugar a donde Gwen lo había empujado.

Jack captó un leve sonido; miró arriba y vio al gato en el pasillo del segundo nivel, su peluda cola se asomaba por entre la barandilla de hierro.

—A la Archivista se le ha perdido el gato –dijo sin pensar–.

—Estará desconsolada. –Gwen levantó con mucho cuidado una página amarillenta, miró el otro lado y volvió a bajarla–. Este texto dice que el Globo había sido un arma en la antigua Roma. La estatua llamada El Coloso de Nerón mostraba al emperador sosteniéndola en su mano izquierda, y estaba tallada de forma que pareciera que… –Miró fijamente a Jack– estrellas, o llamaradas, salían disparadas de ella en todas direcciones.

Jack no se lo tragó; no sabría de Historia británica, pero todos los niños americanos tenían que estudiar la de Roma.

—El Coloso de Nerón desapareció hace mil años. Nadie sabe qué pinta tenía, ¿cómo iba a saber entonces el Ministerio lo que sostenía en su mano izquierda? –Tanto Gwen corno Shaw le dirigieron al unísono una mirada de resignación–. A menos, claro, que un Rastreador la encontrara...

Gwen le dedicó una caída de pecas.

—Concretamente, tu abuelo. La encontró dentro de una de las siete colinas de Roma. -Devolvió la vista al texto y siguió hablando a través de su taza–. Según parece, en una cueva. -Tras pasar la página y leer un trozo, se aclaró la garganta–. Nerón, el emperador loco, usó el Globo para destruir Roma. Trescientos cuarenta años más tarde, un aparato de igual descripción apareció en Constantinopla, justo antes de que también esa ciudad quedara convertida en cenizas.

—Constantinopla -repitió Jack lentamente–. ¿Eso no es...?

—Estambul. Justo. La misma ciudad donde Robert Hubert creó su reloj Llama eterna.

—Pero el Globo no puede ser la brasa; el Relojero ya lo tiene.

—No, no puede serlo. -Gwen se apartó de la mesa y volvió a los estantes– En su entrada, tu padre postula que el Globo de Nerón necesita una fuente de energía y sugiere organizar una expedición para encontrarla. -Dejó la taza en la bandeja–. Esa fuente de energía tiene que ser la brasa. Apuesto a que Robert Hubert la separó del Globo de Nerón y la usó en su reloj.

—Y lo envió a Londres -añadió Jack–, donde lord Bloodworth o el duque de York no supieron cómo controlarlo, o lo usaron a propósito e incendiaron cinco sextas partes de la ciudad. Pero, si la brasa quemó la ciudad por sí sola, ¿para qué necesita el Relojero el Globo?

Jack se había quedado sin ideas. Su mente volvía una y otra vez al enfrentamiento entre su padre y el Relojero. Cerró los ojos, intentando recordar la visión.

Recuperaré el amplificador que me robaste, y la gente de Londres pagará por fin por sus crímenes.

— ¡El amplificador! –Jack lo repitió en voz alta y detuvo la visión antes de que llegara a su horrible final–. El Relojero acusó a mi padre de robarle un «amplificador». Creo que se refería al Globo de Nerón. Quizá se dedique a magnificar los efectos de la brasa .

—Exponencialmente, según parece. –Gwen dio un golpecito al libro–. Este texto nos dice que Nerón usó el Globo para quemar la antigua Roma, una ciudad con más de un millón de habitantes y que ocupaba un área siete veces más grande que la antigua Londres. Un incendio de ese tamaño podría quemar todos los barrios de la capital, desde Kensington al Canary Wharf, con Buckingham en el epicentro.

—¿Quemar Buckingham? –La cara de Shaw se había vuelto blanca, como si por fin hubiera comprendido la gravedad de la situación. Se hundió en un sillón de cuero al lado de la mesa–. Si en Roma eran un millón, ¿cuánta gente vive en los barrios de Londres?

Gwen cerró el libro y juntó las manos sobre la cubierta.

—Tres millones y medio.

# *Capítulo 36*

—**NO PODEMOS PERMITIR** que el Relojero se haga con la brasa. –Jack miró a Gwen desde la otra punta del escritorio–. Pero, entonces, ¿cómo vamos a rescatar a mi...?

La chica lo interrumpió con una mirada en la que sus ojos saltaban de él a Shaw. Jack comprendió lo que intentaba decirle: el guarda no tenía que saber que planeaban cambiar la fuente de poder del Globo por su padre, y menos ahora que Shaw había entendido lo que la brasa podía llegar a hacer.

Gwen se apartó del escritorio e indicó a Jack que la siguiera.

—Ya se nos ocurrirá; pero primero tenemos que encontrar ese maldito objeto. Para eso necesitaremos el diario de tu padre.

Lo condujo hasta un pequeño armarito al fondo de la biblioteca, que no tenía nada de especial excepto una esfera de bronce montada encima.

Jack esperaba que, al abrir ella las puertas, aparecerían más estantes con libros. Pero lo que vio parecía una máquina de escribir antigua con varias cosas a su alrededor: una rueda metálica pegada a una esfera de cristal, una caja de latón que contenía viales llenos de un líquido amarillo, y montones de tubos de cobre y cables.

—La verdad es que no sé dónde están guardados los diarios. A fin de cuentas, solo soy una aprendiz. -Tiró de un taburete bajo el aparato e indicó con un gesto a Jack que se sentara-. Pero esto lo encontrará por nosotros. Lo llamamos «Encuentramático» y fue inventado en 1749 por William Watson, el primer científico que transmitió datos mediante electricidad. Hubiera sustituido a los catálogos de ficheros doscientos años antes de las computadoras, si no hubiera sido por un pequeño incidente en la biblioteca de la Royal Society.

—¿Incidente?

Jack miró la máquina de escribir y levantó con cuidado el papel negro que iba saliendo de esta. Leyó las últimas líneas, que contenían expresiones como «paraguas rompen nubes» y «rubí del Príncipe Negro» escritas en tinta plateada. Tres de las cuatro líneas más recientes eran intentos fallidos de escribir «Globo de Nerón», solo la última vez era correcta.

—¿Lo has escrito tú? -preguntó, mirando a Shaw-. El grandulón le miró desde su silla.

—Tú calla.

Gwen dio varias vueltas a la rueda, haciendo girar la esfera de cristal contra una gamuza. Tras unas cuantas vueltas, el líquido amarillo de los viales empezó a burbujear. A Jack se le pusieron los pelos de punta.

—Teclea «John Buckles» -dijo Gwen, soltando la rueda y dando un paso atrás-. O mejor «John Buckles Doce», si no nos saldrían demasiados resultados.

Jack hizo lo que le decían y pulsó con cuidado las teclas redondas de marfil. Cada una de ellas hacía que se levantara un pequeño martillo que golpeaba en el papel y dejaba impresa una letra plateada. Al acabar, cuando iba a pulsar con el meñique la tecla de retorno, Gwen se lo impidió.

—Un momento, por favor. -Entonces se dio la vuelta y gritó-: ¡Listo!

Shaw soltó un gruñido.

—Estamos solos aquí, Gwen. -Pero, justo mientras lo decía, el gato saltó del segundo piso y aterrizó en la alfombra con un golpe-.

—Para eso tenemos reglas. -Gwen se ocultó tras la espalda de Jack y gritó-. ¡Bien, adelante!

Jack pulsó la tecla de retorno mientras se preguntaba por qué de repente se sentía como un escudo humano. El carro de la máquina se deslizó hasta el principio de la línea y el papel avanzó hacia arriba. El nuevo resultado se alineó con un par de pequeñas esferas de cobre a ambos lados de la página. No sucedió nada. El líquido amarillo dejó de burbujear. Gwen apretó el brazo de Jack.

—Espera...

Jack casi saltó del taburete al ver cómo una chispa danzaba sobre el papel, dibujando las letras. Cuatro gruesos relámpagos salieron de la esfera encima del armarito, conectando con otras más pequeñas que asomaban de los estantes. El gato levantó la cabeza y las orejas, siguiendo los rayos de electricidad a medida que avanzaban por los lomos de los libros. Por fin, se abrió un armario con una puerta de cristal y de esta asomó un librito, que al caer quedó sobre una bandeja de cobre.

Gwen corrió a agarrar el diario; aunque Jack notó que estaba ansiosa por consultarlo, le permitió que fuese él quien lo retirara de la bandeja. Lo primero que notó al hojearlo fue lo detallado de los dibujos. Jack no tenía ni idea de que a su padre se le diera bien lo artístico y, sin embargo, allí había espadas y catedrales, gárgolas, ángeles, mapas de pasajes por entre montañas, castillos y cañones, cada uno con una X que marcaba algún punto misterioso.

Se dio cuenta de que a Gwen se le acababa la paciencia, así que pasó las páginas hasta llegar a las últimas entradas. El diagrama de un triángulo ocupaba una página doble, tres líneas que conectaban tres dibujos. A la izquierda había un viejo reloj de pie con lo que parecían llamas que se elevaban a los lados, y a la derecha una esfera con hoyuelos que solo podía ser el Globo de Nerón. Encima de la punta del triángulo había algo que parecía un sol. Originalmente decía encima «El Corazón», pero el padre de Jack lo había tachado y escrito «La brasa ».

—Estuvo cerca, ¿eh? –dijo Gwen, mirando por encima del hombro de Jack–.

—No he visto el reloj en ninguno de mis flashes. Quizás lo haya encontrado papá.

Gwen soltó un suspiro involuntario y dio una palmadita en el brazo amoratado de Jack.

—¿Qué? -Shaw se volvió, conectando su mirada con la de Gwen–. ¿Qué te ha dicho?

—Nada, nada. -Ella miró a Jack y puso cara de «¿en qué estabas pensando?»–. Se cayó y sucedió de repente.

—No es solo un trece -murmuró Shaw para sí mismo-, sino un trece que ya sabe flashear–. Apuntó a Jack con su ancha barbilla. Al Ministerio eso le va a interesar, ya te digo.

Gwen volvió a darle a Jack un golpe en el brazo mientras los dos volvían al escritorio con el libro. Estaba claro que él le había dado a Shaw información que no debía pero, mientras este siguiera escuchándolos, no podía preguntarle a Gwen por qué eso era tan importante. Decidió dejarlo estar de momento y colocó el diario en la mesa. En la siguiente página había más notas manuscritas, pero el dorso estaba en blanco. Hojeó el resto del diario: también estaba en blanco.

—Esta es la última entrada.

—«Sospechosos del Gran Incendio» – dijo Gwen, leyendo la línea superior.

# *Capítulo 37*

**JOHN BUCKLES HABÍA ANOTADO** tres sospechosos en la última entrada de su diario: Thomas Farriner, el panadero; James, duque de York, el hermano del rey; y Thomas Bloodworth, el lord alcalde.

Junto al nombre del panadero había añadido «demasiado obvio» al margen. En las notas bajo el nombre del duque, el padre de Jack mencionaba que los historiadores lo consideraban un tirano y citaba evidencias de que había invertido en varios candidatos franceses para los gremios, aunque Hubert no era uno de ellos.

Las notas también mencionaban las mismas acusaciones que Jack y Gwen habían visto en la Barking Tower, testimonios de individuos que afirmaban que habían entregado al duque a varios saboteadores franceses, de los cuales ya no había vuelto a saberse nada.

—Pinta mal para el duque –dijo Jack, arrugando la frente ante la página–. Pero mira lo que papá escribió al margen.

Gwen también arrugó su nariz.

—«No concluyente». –Jack apoyó la barbilla en las manos y suspiró–.

—Estamos obteniendo más preguntas que respuestas.

—Fijó la vista en la única nota bajo el nombre de Bloodworth, que le pareció aún menos útil.

En vez de algo tipo «Lo hizo Bloodworth, la brasa está oculta en su sótano», su padre había escrito un número muy largo.

—¿Y esto qué diablos significa? –preguntó, dando golpecitos al texto con un dedo–.

Gwen abrió el interior de la cubierta y mostró a Jack otro grupo de cifras.

—Se me ocurrió que podría ser un número de referencia, como este, que sirviera para encontrar un libro dentro de la colección... pero son demasiados dígitos.

Ambos se quedaron mirando el número durante varios segundos, hasta que Gwen se incorporó de repente.

—A menos que... –Corrió al Encuentramático y dio vueltas a la rueda–. ¡Listo!

El gato volvió a saltar y miró a Gwen exasperado, pero ella estaba demasiado concentrada como para darse cuenta. Tecleó algo y pulsó la tecla de retorno.

Jack agachó la cabeza mientras los rayos blancos invadían la biblioteca, iluminando los estantes con su electricidad. Un grueso libro asomó en el tercer nivel.

— ¡No es solo un número de referencia! –exclamó Gwen, devolviendo el diario al escritorio mientras corría a la escalera de caracol más cercana–. Era un número de referencia más un número de página.

Jack dudó mientras intentaba procesar la información. Entonces también él se echó a correr y pasó por el lado de Shaw, hacia otra escalera de caracol más cercana al libro. Él, Gwen y el gato lo alcanzaron al mismo tiempo. El título en el lomo decía Relato de curiosidades sobre los alcaldes de Londres, por Joseph Fowler VI, 1845.

Gwen no mostró nada de su anterior paciencia: agarró el libro de la bandeja de cobre y empezó a pasar las páginas.

—Doscientos veinticuatro, doscientos veinticuatro... –repetía mientras hojeaba el libro–. Esos eran los tres últimos dígitos del número de tu padre.

Cuando llegó por fin a ella, se veía de forma muy clara que alguien ya había marcado antes la página doscientos veinticuatro. Era el principio de un capítulo titulado «Thomas Bloodworth, 1665-1666». Encima del texto había un retrato en blanco y negro de un hombre orondo con expresión muy seria y una larga peluca llena de rulos. Gwen caminó por el estrecho pasillo mientras leía. Sin querer pisó al gato, que se había tumbado en el suelo en mitad del camino.

—Hay varios trozos subrayados. –Al llegar a la escalera se dio la vuelta y dirigió a Jack una mirada de disgusto–. ¡Con birome! ¿Sabes lo antiguo que es este libro?

—¿Qué es lo que dice, Gwen?

—Ah, sí. –Fue hacia él con la nariz enterrada de nuevo en el libro–. Lord Bloodworth hizo unas cuantas cosas curiosas en sus tiempos. En 1665 se hizo instalar una cabina de cristal en su despacho de Londres. Temía que la gente de clase baja contagiara la plaga, así que se sentaba dentro de la cabina cada vez que uno de ellos iba a verle.

—Una cabina de cristal... –Jack puso cara de duda–. Me parece que en esto papá se agarró a un clavo ardiendo.

Estaba trazando el perfil del sospechoso. –Se detuvo ante Jack, con los dos pies juntos–. Eso es hacer bien el trabajo de detective. –Se dio la vuelta y siguió caminando–. Bloodworth también hizo que grupos de matones echaran a los pobres de la ciudad e hizo montar esas fogatas sobre las que leímos en la Barking Tower, pues creía que el humo combatiría la plaga. Otra de sus brillantes ideas fue ordenar la matanza de ochenta mil gatos.

—¿Gatos?

El animal bajó las orejas y pareció suspirar.

—Sí, ya lo sé –dijo Gwen, que esta vez sí vio al gato mientras caminaba–. Y ese error hizo que la población de ratas aumentara, con lo que seguramente la plaga fue mucho peor.

Jack estaba perdiendo la paciencia. Las cabinas de cristal y los gatos muertos estaban muy bien, pero lo que él deseaba era una pista.

—¿Dice algo sobre el artefacto o sobre Robert Hubert?

—No exactamente. Pero el autor sí menciona que Bloodworth patrocinó a varios candidatos extranjeros al Gremio. Le interesaban los tejedores de cestas, los fabricantes de armas y los...

—Relojeros.

—Cómo no. Y también está esto.

Gwen dio la vuelta al libro para que Jack pudiera verlo y señaló la última frase del capítulo. El padre de él la había rodeado dos veces en un círculo.

> *Lord Bloodworth despreciaba a los pobres, y a menudo comentaba que ellos habían traído la plaga a la ciudad, provocando que su trabajo de alcalde perdiera toda dignidad.*

Así que a Bloodworth no le gustaba el populacho.

Jack se encogió de hombros, rechazando aquella información. "Eso es circunstancial", dijo.

—En realidad no son más que rumores. –Gwen cerró el libro con un «bump» que dio el tema por zanjado–. Pero Farriner dijo: «El alcalde nos traicionó»; eso tiene que significar que Bloodworth es el hombre que buscamos.

—A menos que el panadero solo lo hubiera escrito para indicar que echaba la culpa al alcalde por haber rechazado ayudarle durante el incendio. –Jack suspiró y miró su reloj. La tarde estaba pasando demasiado rápido–. Debemos tomar una decisión; no tenemos tiempo de investigar a Bloodworth y al duque de York.

—*Pa* mí que mejor el duque de York –intervino Shaw desde abajo, mientras pasaba las páginas del diario–. Joé, entre lo de ser amigote de los franceses y que los sospechosos desaparecieran, así como así... Este asunto me intriga un montón.

Los dos chicos -y el gato- se volvieron para mirar al guarda, sorprendidos.

—No se pensaban que estaba prestando atención, ¿eh? -Soltó un gruñido como de cerdito, se recostó en el sillón de cuero y se puso las manos detrás de la cabeza, hasta hacer que su chaqueta de tweed casi reventara–. Y además, qué pasa con el alcalde, apareciendo tan rápido en la panadería. Eso es como volver a la escena del crimen, ¿ajá?

Una pieza del puzzle, que había estado flotando en la mente de Jack, de repente encajó.

—La escena del crimen -dijo en voz baja. Se volvió hacia Gwen–. Necesito un mapa de Londres, uno que nos muestre cómo era la ciudad el día anterior al incendio.

# *Capítulo 38*

—ESPERA.

La Archivista adelantó una mano abierta e impidió que Shaw se subiese a la góndola. Hizo señas para que Gwen y Jack pasaran primero. El gato recuperó su atalaya sobre la pila de libros. Cuando por fin pudo entrar el guarda, el globo descendió por sí solo, sin necesidad de añadir lastre.

—Jack tiene que ver el Mapa –dijo Gwen mientras se acomodaba en los asientos de la góndola.

La Archivista asintió como si supiera a qué mapa se refería exactamente la chica, aunque Jack no se imaginaba cómo. Gwen no había dado más explicaciones.

—Uno del siglo XVII –añadió él, por si acaso.

—Tranquilo, Jack. –Las pecas de Gwen formaron una sonrisa–.

Ya sabe qué mapa necesitas.

Las puertas como de ascensor del Expreso del Ministerio y la sede del Gremio se mostraron a la luz de las linternas mientras el globo pasaba ante ellas. También iluminaron los espacios vacíos en la estantería, donde habían reposado el viejo libro del Gremio de Relojeros y los manifiestos de los barcos. Siguieron descendiendo.

Gwen bajó la voz:

—Entramos en la sección dedicada al Ministerio de Secretos. Bajo estos estantes se encuentran los registros más antiguos del Archivo, los del Ministerio de Dragones. Si estaban cerca de la sección del Ministerio de Dragones, eso quería decir que también estaban próximos al fondo. Pero incluso entonces Jack no podía ver dónde acababa el pozo. Se moría por saber lo que había abajo.

—Si estamos cerca –propuso–, ¿por qué no bajamos al fondo y recuperamos los manifiestos? –No se molestó en susurrar, por lo que se ganó una dura mirada de Gwen––.

—Eso no sería buena idea –dijo la Archivista–. No todos los misterios pueden ser resueltos, Jack.

Hasta ella bajó la voz, cosa que a Jack le resultó especialmente inquietante.

Como para añadir dramatismo al aviso, de la negrura se elevó un rugido sordo. Jack se apartó de la barandilla y miró a Gwen con los ojos abiertos de par en par, pero ella estaba distraída mirándose las uñas y mordisqueándose el labio inferior.

Antes de que Jack pudiera hacer más preguntas, la Archivista pisó su pedal y la góndola se detuvo contra la pared. Donde él esperaba ver una puerta, se encontró con una placa de dragonita.

—Ejem –susurró; quería mostrarse amable con la pobre ciega, pero no se le ocurría cómo expresar su preocupación–. Creo que se ha equivocado.

Con gesto grácil, la Archivista se volvió en su asiento y extendió una mano hasta tocar la placa. Para sorpresa de Jack, la dragonita se desmaterializó, mostrando una puerta hecha enteramente de mármol azul muy oscuro.

—Magia –susurró, y su boca se adelantó a su cerebro–. La Archivista resopló.

—No seas absurdo. –Tiró de la puerta y la abrió–. Por favor, cuidado con el hueco.

Jack fue el primero en pasar por la puerta para adentrarse en una pequeña cámara. Las paredes estaban cubiertas de estantes tallados en el mismo mármol azul oscuro, vacíos como los nichos en la tumba del panadero. Del centro de la habitación colgaba un sencillo candelabro de hierro; sus susurrantes llamas de gas proyectaban un círculo de luz amarilla sobre lo que Jack supuso que debía de ser el Mapa.

Se encontraba sobre lo que parecía más una gran caja de cobre que una mesa para un mapa, sin patas, cada uno de sus lados formado por placas metálicas unidas por pequeñas bisagras. En la parte de arriba, sobre otras placas de cobre, se mostraba un detallado modelo de Londres, incluido el río que serpenteaba por el centro.

—Creo que esto te va a gustar.

Gwen pasó por su lado camino de la mesa de mapas, seguida por Shaw y la Archivista, que había dejado el globo esperando fuera.

Cerraba la comitiva el gato, que pasó de largo del Mapa y desapareció por un pasaje más allá, entre las sombras.

—¿Adónde...?

—Creo que ahí tiene su caja de arena –contestó la Archivista antes de que Jack pudiera acabar la pregunta–.

—¿El gato tiene su caja de arena en la sección del Ministerio de Secretos?

—¿Dónde si no?

Gwen condujo a Jack al otro lado de la mesa, donde había cuatro engranajes de tamaño decreciente. En una esquina, grabadas entre un par de dragones, se leían las palabras LONDRES: DE 1066 AL PRESENTE, junto a un contador móvil que indicaba las 19.00 P.M. del 20 de marzo de 1413.

—«Al presente» –leyó Jack en voz alta y clara, como si eso fuera a ayudarle a entenderlo–. ¿Cómo puede ser que un mapa cubra un período indefinido de tiempo?

—Al 2 de septiembre de 1666 a medianoche, por favor.

Gwen apartó a Jack mientras la Archivista movía el mayor de los engranajes y hacía avanzar los años. Dentro de la mesa giraron cientos, quizás miles, de engranajes más. La ciudad avanzó rápidamente por el tiempo.

Las placas se movieron, doblándose hacia dentro y volviendo a desplegarse con formas nuevas. Hileras de casas se hundían mientras otras aparecían sobre campos vacíos. El Támesis de cobre se agitó. Después, mientras la Archivista iba moviendo cada engranaje sucesivo, el ritmo de los cambios disminuyó. El contador se detuvo en las 0.00 A.M. del 2 de septiembre de 1666 con un último clic.

Jack dio una vuelta alrededor de la mesa.

—¿Esto es Londres justo antes del incendio? Gwen asintió.

Las calles estaban repletas de edificios sin orden ni concierto. Las casas habían crecido de manera considerable hasta casi unirse; sus pisos superiores y sus techos, arqueados, se tocaban y convertían los callejones en cuevas. Las casillas pobres se pegaban a los edificios como hongos, cerrando el paso en calles enteras. Al oeste de Pudding Lane, donde más apretado estaba todo, una única puerta estrecha llevaba a una zona de casillas que ocupaba varios kilómetros cuadrados, con un laberinto de callejones y plazoletas interiores. Era imposible escapar de un lugar así durante el incendio.

Gwen se apoyó en el hombro de Jack.

—Lo llamaban Little Tyburn, por el cadalso de las afueras de las murallas de la ciudad. Allí no se aplicaba la ley. Las paredes de madera mantenían fuera a las autoridades y dentro, a decenas de miles de la gente más pobre de la ciudad.

—¿Y dónde está Covent Garden, el barrio en el que vivía Bloodworth?

—¿Por qué?

Jack casi sonrió; a Gwen aún no se le había ocurrido la respuesta.

—Tú dime dónde está.

Ella se movió alrededor del mapa hasta situarse a una cierta distancia de Little Tyburn, donde el Támesis gira al sur. Señaló un grupo de calles bien ordenadas, rodeadas de casas altas.

—Aquí.

Jack pasó la mirada de un barrio al otro, observando la distancia y la creciente cantidad de casillas que entorpecían cada vez más el paso a medida que uno se acercaba a la casa del panadero.

—¿Cómo pudo Bloodworth llegar tan rápido al incendio? –preguntó, caminando lentamente alrededor del Mapa–. A un mensajero le hubiera llevado una hora atravesar todo ese lío, y al menos otra más para arrastrar a nuestro alcalde hasta Pudding Lane.

En la cara de Gwen se vio que ella empezaba a entenderle.

—Bloodworth se encontraba allí bastante antes de que el fuego se propagara a las casas cercanas. Tuvo que haber estado presente durante los primeros minutos. Pero eso no es posible, a menos que...

Jack se detuvo al lado de Shaw.

—El alcalde no volvió a la escena del crimen –dijo, dándole al guarda una palmada en la espalda tan fuerte como se atrevió–; no volvió porque nunca se fue.

# *Capítulo 39*

**GWEN MIRÓ A JACK** desde el otro lado de la mesa, con expresión triste y los brazos a los lados.

—¿Qué pasa? Lo he deducido; creía que estarías impresionada.

Las pecas de ella se elevaron, aunque no lo suficiente como para formar una sonrisa, ni siquiera una pasajera.

—Sí, lo estoy... más o menos. Es solo que... ya sabes... tú eres el Rastreador. Tú te dedicas a las observaciones; yo soy la que hace las deducciones, al menos las importantes. Es nuestro sistema de trabajo, ¿no?

Él arrugó la frente.

—Solo nos conocemos desde hace seis horas; no tenemos ningún sistema de trabajo.

—Pero si tú empiezas a hacer las grandes deducciones, ¿qué hago yo?

El cabezón de Shaw miraba al uno y a la otra, con la boca entreabierta.

¿Ustedes dos están piraos? ¿No recuerdan que hay tres millones y medio de vidas en juego?

—Sí, claro. –Gwen pasó una mano sobre Covent Garden–. Así pues, Bloodworth patrocina a un relojero francés que quiere entrar en el gremio de Londres, esperando que comparta con él las ganancias que obtenga. Es entonces cuando le llega el trabajo de prueba del relojero: un reloj que funciona con una increíble fuente de calor. Y tiene una inspiración. –Avanzó hasta Little Tyburn–. Ve una manera de acabar con la plaga que está arruinando su carrera, algo mejor que matar gatos u ordenar que hagan fogatas y esperar que alguna de ellas se descontrole.

—Es medianoche. No hay nadie cerca –intervino Jack, siguiendo el razonamiento de ella–. Bloodworth aprovecha el momento y tira el objeto por la ventana, hacia los hornos, liberando la brasa de donde fuera que Hubert la hubiera metido para contenerla.

Gwen le miró fijamente; estaba claro que no le había perdonado por haber hecho la gran deducción en primer lugar.

—Pero –añadió ella– la brasa es más poderosa de lo que Bloodworth cree. El fuego quema primero las casillas y sigue hasta incendiar cinco sextas partes de la ciudad. –Asintió lentamente–. Así fue como la brasa llegó a la panadería. –Entonces frunció el ceño y volvió a mirar el Mapa–. Pero ¿adónde fue desde allí?

—¡El zapatero! –exclamó Jack–. «El zapatero nos salvó». Sabemos que Farriner tenía razón en lo del alcalde; quizá también la tuviera en cuanto al zapatero. Si el alcalde inició el incendio con la brasa, el zapatero pudo haberlo solucionado recuperando el control sobre ella. –Extendió los brazos–. Tenemos que encontrar al zapatero. Cuando lo consigamos, encontraremos la brasa .

Gwen se quedó con la boca abierta.

—Has vuelto a hacerlo. ¡No lo hagas más! –Le dedicó una larga y severa mirada, y después se volvió hacia la Archivista–. Adelanta hasta el final del incendio, por favor.

La mujer asintió, asió el engranaje de las horas y lo hizo avanzar lentamente. Al principio, el único movimiento fue el de las placas del Támesis siguiendo la corriente. Entonces la panadería se vino abajo, desde el centro del techo hacia fuera. Después los edificios que la rodeaban; más tarde los que rodeaban a estos, y así. El fuego se extendía como la plaga que Bloodworth había intentado detener.

Jack se inclinó sobre el barrio de Little Tyburn para ver mejor mientras los clics se sucedían. Primero desaparecieron las vallas, como si el fuego pretendiera rodear a sus víctimas. Mientras él miraba, los reflejos del cobre se convirtieron en el parpadeo de las llamas. Vio sombras que corrían de un lado a otro huyendo del fuego por el laberinto.

—¿Jack?

Parpadeó y se incorporó de golpe. Las llamas habían desaparecido, sustituidas por brillante cobre engrasado. El modelo de la ciudad se había convertido en un erial. Miró los rostros de los demás, recuperó la compostura y fijó la vista en Gwen.

— ¿Cuánta gente dijiste que murió en el incendio?

—Jack, no sé cómo va a ayudarnos eso...

—Tú contesta.

—Seis –interrumpió Shaw–. Eso lo sabe tol mundo. Menos de los que murieron por accidente cayéndose del Monumento. –Dedicó a Jack una de sus sonrisas de gárgola–. Eso es lo que llaman una ironía.

Gwen negó con la cabeza.

—La cifra oficial de muertes y el censo que hicieron unos años más tarde no concuerdan. El censo era de inmuebles, o sea, de apartamentos y casas, más que de personas. Pero entre setenta y cien mil pobres habían desaparecido. Ese es el mayor misterio del Gran Incendio.

—O su mayor secreto –añadió Jack–.

Algo parecido a una sonrisa se formó en las comisuras de los labios de la Archivista.

—No hay gran diferencia entre ambas cosas, ¿eh, Jack? Gwen se aclaró la garganta.

—Volvamos a la brasa, ¿vale? Asumamos que nuestro zapatero detuvo el fuego. Para contener la brasa, antes tendría que haber conseguido de Bloodworth la pieza del reloj de Hubert que lo mantenía bajo control, ¿no?

Estaba claro que ella ya tenía la respuesta a esa pregunta.

—Eso parece.

—Pues claro. Bloodworth y el zapatero tuvieron que encontrarse después de que se iniciara el fuego y antes de que acabara.

Jack observó el erial de cobre.

—Entonces ¿dónde pudieron haberse encontrado mientras Londres ardía? ¿Adónde iría un aristócrata esnob a buscar refugio del fuego?

—¡Oh! –Gwen se echó hacia atrás como si la mesa de cobre le hubiera dado un shock eléctrico–. ¡Lo tengo! «Los cuervos guardaron el secreto». ¿Cómo no lo he visto antes? –Miró de Jack a Shaw, luego al Archivista y de vuelta a Jack–. «Los cuervos guardaron el secreto». Los famosos moradores del infame castillo que visitan tanto los aristócratas esnobs como los comunes. –Dio un golpe a Jack en su dolorido brazo–. Y ahora quién hace las grandes deducciones, ¿eh?

Jack apretó los dientes y se frotó el brazo. No lo terminaba de entender. Y, a juzgar por la expresión en la cara de Shaw, él estaba igualmente a oscuras.

—¿Qué moradores, Gwen? ¿Qué castillo? El rostro de ella era casi de aturdimiento.

—Los cuervos, Jack, en el único castillo que se encuentra en el interior de la ciudad.

# Capítulo 40

**JACK HUBIERA PREFERIDO** quitarse de encima a Shaw, pero Gwen parecía pensar que era mejor tenerlo a mano. A pesar de los gestos inconfundibles de Jack, Gwen lo invitó a unirse a ellos, con el argumento de que la señora Hudson preferiría que Shaw siguiese el rastro del Globo de Nerón y la brasa, en vez de volver al Gabinete de los Objetos Perdidos a informar.

Los tres tomaron el Expreso del Ministerio desde el Archivo hasta la estación de transbordo de granito negro cerca de Pudding Lane, y luego a otra pequeña estación donde él aún no había estado. Allí, los tres se apretaron en un ascensor circular, Jack aplastado contra Shaw; el traje de tweed de este estaba un poco sudado y húmedo.

—¿No podías haber tomado el siguiente ascensor? –le preguntó Jack, ladeando la cabeza primero y luego mirando hacia arriba para ver el rostro del guarda.

—Te calles. Este es un ascensor del Ministerio. Un trece no debería ni entrar en el edificio.

Jack suspiró.

—Sí, eso he oído.

Un momento más tarde, salieron a una plaza de piedra por una estructura circular de ladrillo. Allá, en pleno interior de la ciudad, se elevaban los muros de una fortaleza. Jack se ajustó el gorro para proteger sus oídos del aire frío.

—La Torre de Londres. ¿Este es el castillo con los cuervos?

—Desde el reinado de Carlos II. –Gwen le dedicó un saltito de pecas triunfante–. El mismo que era rey durante el Gran Incendio.

La chica los condujo hasta una larga plaza que iba desde la fortaleza hasta el Támesis, cuyas barandillas de acero estaban decoradas con guirnaldas iluminadas y lazos. Caía la noche y apenas unos pocos se atrevían con el viento y el frío, e iban demasiado en la suya como para fijarse en los tres chicos. Gwen los condujo hasta un vendedor callejero de comida y su humeante carrito, que estaba apostado bajo la sombra de un árbol cuya copa se adentraba en el foso de la Torre; era el único árbol sin guirnaldas.

—¿Garrapiñadas, querida?

Gwen chascó los dedos dos veces a Jack; este entendió que le pedía la tarjeta de platino. Jack se la dio y Gwen se la entregó al vendedor, que la examinó, levantó una ceja mirando a Jack, se encogió de hombros y retiró el carrito, revelando una escalera oculta.

—Y también unas garrapiñadas –contestó Gwen mientras le daba un billete doblado.

El vendedor agradeció llevándose un dedo a su gorro de lana.

—Muchas gracias, querida.

Le dio a cada uno un vaso de cartón con garrapiñadas. El olor a caramelo y canela flotó por el cerebro de Jack como tiras de rojo vivo con motas doradas.

Descendieron por la escalera hasta una pared baja, que estaba entre el foso seco repleto de hierbas y un canal de agua que pasaba por debajo de la plaza. El agua seguía hasta la Torre a través de un arco bloqueado por una reja. Sobre el arco, un pequeño cartel indicaba TRAITOR'S GATE.

—¿Y por qué se llama «puerta de los traidores»? –susurró Jack, mientras Gwen les indicaba con un gesto que se dirigieran a una puerta negra al otro lado–.

—Porque los condenados entraban a la Torre por aquí. –Tras pasar todos por la puerta, ella la cerró, haciendo que dejara de entrar la luz de la plaza–. Ya sabes, los prisioneros a los que iban a cortar la cabeza.

—Genial.

Jack se alejó de las paredes de piedra. Gwen los condujo hasta otra escalera, esta vez de subida, y desde ahí pasaron varias puertas quejumbrosas y pasillos de adoquín, hasta emerger por fin en un gran patio interior. Unas casetas de madera y cemento se alineaban a lo largo de los muros defensivos, entre las que había varias torretas de piedra. Jack tuvo la sensación de haber entrado en un pueblo de otro siglo. Y sí, parecía un pueblo con verdaderos residentes. Vio que había luces encendidas en varias ventanas.

—Hablen en voz baja y no se aparten de las sombras. –Gwen ocultó la barbilla en su bufanda mientras los conducía por el borde de un patio–. Los guardas reales viven aquí. No les haría gracia encontrarse con tres niños sueltos por el patio.

En mitad del silencio que siguió, algo sonó dentro del saco de tweed de Shaw. Jack esperaba que sacara algún aparato anacrónico de bronce con tubos de vacío y cables de cobre, pero se trataba de un smartphone. Les mostró a la señora Hudson en la pantalla, que miraba como a la cámara con desagrado. Sobre su foto se leía OBJETOS PERDIDOS.

—Ya deben de haber conseguido abrir la Cámara –murmuró el guarda mientras levantaba su gran pulgar para contestar.

—¡No lo hagas! –Gwen intentó arrebatarle el teléfono, pero Shaw no se dejó. Este siguió sonando–.

—¿Por qué no? Estamos cerca del Relojero ese, ¿no? Es hora de llamar a los profesionales. –Volvió la vista hacia Jack–. Además, es hora de que aquí Número Trece se enfrente a los hechos, ¿no?

—¿«Los hechos»?

A Jack no le gustó cómo había sonado eso. Gwen le había dicho que en el Ministerio lo retendrían, pero ¿qué más harían? Y los ingleses son los expertos mundiales en comportarse de forma «civilizada», ¿no? Entonces se le ocurrió por qué Gwen le había golpeado en el brazo cuando estaban en el Archivo. Jack había dado a entender delante de Shaw que podía flashear mucho antes de que le tocara por edad. En el Ministerio querrían saber cómo era eso posible. ¿Y cómo lo averiguarían? ¿Mediante torturas, experimentos?

—¿Qué hechos?

Shaw juntó los labios hasta formar una expresión de lo más desagradable.

—Ya verás. –Tocó la pantalla para responder la llamada de la señora Hudson, pero el teléfono ya había dejado de sonar. Había ido a parar al buzón de voz–. No pasa *ná*, la vuelvo a llamar y listos.

—Por favor, Shaw, no se trata solo de Jack; necesitamos la brasa para salvar a su padre.

—¿Qué necesitan lo qué?

Gwen entrecerró los labios, conteniéndose de dar más explicaciones. Pero no pudo resistir la presión y lo soltó todo: el padre de Jack, el Relojero, el canje a medianoche.

—Serás un héroe –dijo por fin, tras recobrar el aliento–. Piensa: salvas la vida a un Rastreador y recuperas un par de artefactos muy, muy peligrosos. Incluso el Ministro te asciende. Pero no puedes decir nada sobre Jack, aún no.

Shaw se volvió a guardar lentamente el móvil y dirigió la mirada a Jack.

—Millones de vidas, señor Trece: Buckingham. Ahí es *na*. Tendrás un plan o algo, ¿no?

—Bueno... yo... –Jack miró a Gwen. Ella asintió vigorosamente e hizo como si estuviera estirando el cuello cuando el guarda la miró a ella. Jack se aclaró la garganta–. Por supuesto que tengo un plan. Soy un Rastreador, ¿no?

Shaw se lo quedó mirando un momento más y después vació el vaso de maníes dentro de su boca, masticándolos ruidosamente.

—OK, señor Rastreador, de acuerdo. ¿Adónde vamos ahora?

—Pues... ejem... -Jack vio que Gwen hacía unos sutiles aleteos con los brazos-. Seguimos a los cuervos, claro.

Echó un vistazo al patio; había un montón de terreno que cubrir, todo lleno de rincones que examinar.

—Pero, ¿dónde están?

—Normalmente, aquí mismo. -Gwen señaló con la cabeza una percha de madera en el césped, al otro lado de un monumento conmemorativo con una almohada de cristal en el centro-. Este es el patio donde se les cortaba la cabeza a los condenados. A los cuervos les gustaba el espectáculo.

Shaw hizo un ruido de cerdito.

—Y a los fantasmas.

—No seas ridículo; en la Torre no hay fantasmas. Una sombra fugaz llamó la atención a Jack; un movimiento de la luz tras un árbol pelado en un rincón del césped.

—Yo no estaría tan seguro.

# *Capítulo 41*

**JACK CORRIÓ DELANTE** de los otros y tiró el vaso de cartón a una papelera. Frunció el ceño ante su propia tontería: le venían siguiendo espectros desde Pudding Lane; habían aparecido en el Monumento, en la Barking Tower y en el Archivo. Y ahora, cuando tenía la oportunidad de huir a toda velocidad de un fantasma, había decidido perseguirlo. Gwen lo atrapó al llegar al árbol.

—¿Qué has visto?

—Dame un segundo. –El frío le dificultaba pensar y ver. Una nuble blanca lo envolvía todo. Soltó un largo suspiro y esperó a que emergieran fragmentos de información de entre la neblina.

Era una hoja marchita al viento por entre los adoquines: no el movimiento que había visto.

Unas iniciales talladas en el árbol: amor adolescente inmortalizado de forma poco cívica.

Una sombra en una puerta a su derecha: humana, sin importancia.

«Libéranos».

Jack miró inmediatamente hacia la puerta, pero la sombra había desaparecido. Era una puerta de madera con bordes de hierro y estaba entreabierta. Fue hacia ella a toda prisa por los adoquines.

—No creo que los cuervos ingresen a las torres -protestó Gwen mientras Jack pasaba por su lado-.

Se arrodilló en la oscuridad y recogió una pluma negra, que mostró a los demás en su palma abierta.

—¿Tú crees?

—La has visto en la oscuridad, ¿no? -preguntó Shaw, mirando la pluma con ojos tuertos-.

Jack empujó la puerta, abriéndola, y se dispuso a entrar.

—No exactamente.

Ante ellos se abría una sala vacía con techo abovedado, iluminada por las luces de la ciudad que se filtraban por las rendijas abiertas para disparar flechas. Antes de que Jack pudiera preguntarse qué hacer ahora, oyó el eco de un aleteo que llegaba de una escalera de caracol a su izquierda. La subió corriendo.

Tras dar una vuelta entera hacia arriba, vio una línea de luz proyectada en los escalones que tenía delante y que debía de provenir de otra ranura para flechas tras la siguiente vuelta. Se detuvo a recuperar el aliento, extendiendo un brazo para evitar que Gwen lo adelantara. Dentro de la luz creció una sombra, alta y bien definida, con la forma reconocible de una cabeza y hombros.

—Dime que tú también ves eso –susurró, agarrando a Gwen por una manga.

Ella asintió en silencio.

Siguieron subiendo, ahora con mucha cautela y apoyándose en la pared interior. Ambos soltaron a la vez un bufido de alivio: su fantasma era un cuervo. El pájaro negro estaba posado delante de una de las ranuras, proyectando su sombra fantasmal en la escalera. Los miró con sus ojos negros brillantes y ladeó la cabeza, como intentando comprender una pregunta que los chicos aún no le habían formulado.

—¡Has encontrao uno! –bufó Shaw, que había subido tras ellos y se había quedado sin resuello–.

El ave salió por la ventana, batiendo las alas.

—Bien hecho –rezongó Gwen, dándole una palmada en el brazo.

—Eso no está bien. –Shaw se quedó mirando cómo se alejaba el pájaro– *Tol* mundo sabe que los cuervos de la Torre no vuelan. Los cuidadores les cortan las puntas de las alas pa que no se larguen.

—Sí que pueden volar –le discutió Gwen–, aunque solo distancias cortas. –Se volvió para bajar la escalera–. Si nos damos prisa, podemos seguirlo.

Más luz iluminó la escalera desde arriba, y Jack percibió un muy ligero movimiento, como antes en el árbol.

—Arriba –dijo, tomando a Gwen por una manga–.

Tenemos que ir arriba.

Un arco al final de la escalera los llevó a otra sala, grande y vacía. Vieron unos huecos donde en otros tiempos debía de haber habido muebles, y una chimenea alta y anodina. Jack tembló; de repente sintió como si su chaqueta ya no le protegiera del aire frío.

—¿No íbamos a perseguir al pajarraco? –preguntó Shaw–. ¿Qué hacemos aquí arriba?

Jack siguió el contorno de la sala, pasando una mano por la pared; en las piedras que la formaban había un montón de palabras talladas, que parecían más arte clásico que pintadas.

—¿Quién hizo esto?

—La joven lady Jane Grey, por ejemplo –contestó Gwen mientras miraba uno de los nombres escritos–, no mucho antes de que el verdugo acabara con su vida en el patio de abajo. Muchos lores y damas esperaron su turno aquí, mantenidos a todo trapo hasta el momento de su muerte.

Shaw se cruzó de brazos.

—Y por eso aquí hay tantos fantasmas.

—Lores y damas –susurró Jack–. Esos no son los fantasmas que busco.

Un murmullo le hizo mirar hacia la chimenea y la sombra bajo la repisa se convirtió en una silueta que lo señalaba. «Ha llegado el momento. Libéranos». Entonces se convirtió en una nubecilla de humo y desapareció por el hueco de la chimenea.

No necesitó preguntar a Gwen si ella había visto el espectro: ella también había estado mirando la chimenea, pero no había reaccionado en absoluto. Corrió hasta el punto donde había desaparecido el fantasma. ¿Qué era lo que quería que viera?

Cenizas: restos de fuegos desde hacía media docena de siglos.

La huella de una mano entre el negro: muy antigua, apenas visible.

Una corriente de aire: un silbido en el viento, hilos de gris claro que danzaban en su mente; estaba claro que no entraba por la chimenea.

Jack recorrió la pared con una mano, a apenas milímetros de tocar la piedra, hasta que encontró la corriente de aire.

—Ayúdame –pidió a Gwen– apoyando un hombro en los ladrillos.

Ella no discutió y se colocó ante la chimenea para ayudarle; pero no fue hasta que Shaw, sin proponérselo, apoyó una mano en los ladrillos que todo un fragmento de pared se corrió, para revelar una puerta oculta que rascó contra las piedras del suelo. Siguiendo la corriente de aire, sin esperar a que se abriera del todo, Jack entró.

# *Capítulo 42*

**LA PUERTA OCULTA** en la chimenea daba a un rincón oculto de las murallas. Era un espacio triangular entre la torre que acababan de subir y una construcción de madera sobre la muralla original de la fortaleza.

—Estamos detrás de la Casa de la Reina –dijo Gwen, tocando un soporte de madera.

La estructura se apoyaba en las almenas que en su tiempo protegían a los arqueros. Gwen miró hacia la chimenea abierta.

Ese pasaje debe de haber estado aquí desde antes de que construyeran la Casa de la Reina. ¿Crees que los prisioneros reales lo conocerían?

Shaw estaba a su lado, mirando por encima de las almenas la larga caída hasta el callejón de adoquín que iba de la muralla exterior a la interior de la Torre de Londres.

—No les hubiera servido pa ná. Aunque tuvieran una cuerda pa descolgarse, les quedaría la segunda muralla. Creo que esto era un pasillo pal torturador, para que pasara sin que los lores y damas tuvieran que verle.

—Silencio –le indicó Jack, llevándose un dedo a los labios–.

—¿Mande lo qué?

—Que te calles, Shaw.

Oyó un ruido como de rascar, leve pero muy claro. Jack ignoró la mirada de enfado de Shaw y fue hacia el otro lado de la larga construcción de madera para examinarla. Un humo negro se elevaba por encima de las almenas, sin que el viento lo afectara; se desplazó a un lado y se quedó quieto, flotando en el aire. Jack se subió al parapeto de piedra para seguirlo. Gwen le agarró por la pernera de sus vaqueros.

—¿Qué haces?

—Quiere que lo siga. Tú no tienes por qué venir.

—¿Quién quiere que lo sigas? –Miró alrededor de Jack como buscando algo con impaciencia–. ¡Oh! ¡Has encontrado al cuervo!

—No es un cuervo, es otra cosa.

Jack le apartó la mano y de un paso largo superó el primer hueco entre las almenas, con la cabeza apoyada contra la pared de la Casa de la Reina. El frío viento le golpeaba e intentaba hacerle caer. El humo se mantenía fuera de su alcance; cada vez que Jack se acercaba, este se alejaba un poco más.

—¿Adónde me llevas?

—No te está llevando a ninguna parte, Jack; solo es un pájaro. Tendríamos que volver y buscar al resto de los cuervos.

Jack no podía volverse a mirar, pero por la proximidad de la voz de Gwen supo que le había seguido sobre las almenas.

—Ya te lo he dicho, no es un cuervo. –Habló al viento–. Quiere que lo siga.

Sintió la mano de ella sobre la suya.

—Entonces voy contigo.

—*Pos* yo me quedo aquí, ¿les parece bien? –dijo Shaw desde el pasaje–. A vigilar y to eso, y para llamar a la funeraria cuando ustedes se caigan y se maten.

Jack estaba tan concentrado en seguir el humo negro que no vio la chimenea que se interponía en su camino hasta que casi la tuvo delante. Había sido construida aprovechando uno de los huecos entre las almenas, de forma que sus ladrillos salían más allá de la piedra e impedían el paso. El humo negro se quedó suspendido encima.

—No lo hagas –suspiró Jack–; por favor, eso no. El humo flotó al otro lado y desapareció.

—Pues claro, faltaría más.

—¿Qué? –preguntó Gwen, detrás de él.

Jack se dio cuenta de que su propio cuerpo impedía que ella viera la chimenea que les cerraba el paso.

—Nada. Solo que el camino se va a poner un poco complicado.

—¡Como si no lo fuera ya!

Jack no podía avanzar más. Alargó el cuello para ver más allá de los ladrillos: la chimenea no medía más de un metro de ancho. Podía conseguirlo. Quizás.

Agarrarse al otro lado le resultó más fácil de lo esperado; demasiado fácil. Pero, una vez colgado como una araña, con un pie y una mano en cada lado de la chimenea, no pudo seguir. Echó un vistazo a los adoquines de abajo y fue como si el mundo entero se pusiera a girar a su alrededor. Apoyó la cabeza contra los fríos ladrillos y cerró los ojos.

—Jack, no estoy muy segura de esto –dijo Gwen, que acababa de alcanzar el extremo del saliente detrás de él.

—Yo tampoco.

Rogó por encontrar algo en lo que apoyarse al otro lado. Pero no había pared: su mano no tocó más que aire. Y cayó.

—¡Jack!

—Estoy bien.

Al otro lado de la chimenea había una especie de nicho, el hueco de una de las ventanas de la Casa de la Reina. Jack había ido a parar a la ventana por casualidad. Mientras se quedaba en el resquicio y se sacudía el polvo con las manos, vio que la ventana estaba entreabierta. El humo negro desapareció dentro.

Jack volvió la cabeza hacia Gwen.

—Dale, apóyate en mí. –La agarró del brazo y tiró hacia sí para ayudarla a superar la chimenea. Fue a parar directamente a sus brazos.

—¡Oh! -Gwen le miró a los ojos mientras él la dejaba en la repisa–. Hum...

Jack se dio la vuelta enseguida para entrar por la ventana, confiando en que dentro estaría lo bastante oscuro como para que ella no viera lo rojo que se había puesto.

—Ven, entra aquí.

—Vale. -Gwen bajó los brazos a los lados–. Sigamos adelante.

Jack llegó a un desván con vigas inclinadas y suelo de madera, que iba de lado a lado de la Casa de la Reina, formando un gran salón. Estrechos rayos de luz entraban por las ventanas. Oyó un leve golpecito en la oscuridad.

—¿Hola?

«Libéranos».

Había varios objetos repartidos por el lugar: grandes cuadros, viejos juguetes, muebles antiguos cubiertos con sábanas blancas. Jack dio un paso en la dirección del sonido y chocó contra un caballito de madera, que crujió al empezar a balancearse.

—Intenta no romper nada, ¿si? -susurró Gwen, que apareció de repente tras él–. Aquí hay cinco siglos de Historia real. -Le agarró de la mano mientras seguían avanzando–. ¿Qué es ese ruido?

—Un fantasma.

—Los fantasmas no existen, Jack.

Él se detuvo y agarró un poco más fuerte la mano de Gwen.

—¿Ah, no? ¿Y eso qué es?

Ante ellos, en un ancho espacio oscuro entre los rayos de luz que entraban por las ventanas se encontraba la silueta negra. «Ahora, Jack. Libéranos». Se hundió en el suelo.

Gwen se soltó la mano.

—Solo es un cuervo, tonto.

Jack observó el punto donde había desaparecido el espectro. Ella tenía razón: allí estaba el mismo gran cuervo de la torre. ¿Cómo no lo había visto antes? El pájaro picoteaba la plancha de madera a sus pies, y el ruido que hacía era el que había oído antes. Al acercarse Jack, el animal dio un paso atrás, y miró con su cabeza a un lado y otro. Cinco cuervos más emergieron de entre las sombras y se le unieron, formando un semicírculo alrededor de la plancha y mirándola muy intensamente.

En la visión de Jack, el suelo pareció elevarse, permitiéndole ver mejor cada una de las planchas de madera. La plancha del centro, la que picoteaba el cuervo, era diferente. La separación entre esta y las colindantes era mayor que en las otras, y los clavos en sus extremos eran de cabeza cuadrada, mientras que todos los demás de la sala eran redondos. Sin mirar a Gwen, Jack levantó una mano y chascó los dedos.

—Pásame el destornillador.

—¿Qué? ¿Para qué?

—Por favor, Gwen.

Ella lo hizo, y Jack lo hundió en el suelo para levantar la plancha. Esta se levantó un centímetro con un fuerte crujido. Gwen suspiró. Él miró atrás y frunció el ceño.

—Dime en qué es diferente esto de lo que hiciste tú en la Barking Tower.

Ella se quedó sin respuesta. Tras dos nuevos intentos, la plancha se soltó del todo. Jack la apartó cuidadosamente a un lado. El agujero que había debajo era más hondo de lo que esperaba; no conseguía ver qué había dentro. Mientras metía la mano puso cara de «ojalá no toque hueso o grasientas cenizas humanas». Y no: lo que tocó fue una bolsita de tela.

Seis cuervos siguieron atentamente a Jack mientras él sacaba la bolsa y la llevaba hacia la luz. Sobre la tela roja flotaba una pequeña nube de humo negro. «Libéranos».

Miró a Gwen. Ella no veía el humo. Tampoco había oído el susurro. Pero sí reconocía la preocupación en la cara de Jack.

—Nada de fantasmas, Jack –susurró, sin apartar la vista de la bolsa de tela–; solo respuestas.

Los dos se sentaron en el suelo de madera. Jack abrió el envoltorio y uno de los objetos que contenía cayó sonoramente: era un gran medallón con una cadena de oro y un zafiro del tamaño de una nuez en el centro.

—Ya te dije que no era cosa de fantasmas.

Gwen agarró el collar. El medallón con la joya se movió a un lado y otro, brillando a la luz.

—Y te equivocabas.

Jack le mostró otro objeto de la bolsa, un grueso montón de hojas encuadernadas en cuero blando. Leyó en voz alta el título de la cubierta: Gran Incendio de 1666. Recuento de Fallecidos.

# Capítulo 43

JACK HOJEÓ con cuidado las páginas amarillentas.

—Nombres. Son todo nombres.

Se detuvo a mitad del libro y examinó las primeras entradas de la página abierta.

*Fryght, Anne*
*Fuller, Geoffrey*
*Matilda (esposa)*
*Hija desconocida (niña)*
*Fynch, Henry*
*William (hijo)*
*Hijo desconocido*

Y así seguía, columna tras columna, familia tras familia. En algunos de los nombres no se mencionaba más que una dirección y una profesión: artesano, herrero, curtidor, etcétera.

—Hay cientos de páginas –susurró Gwen, señalando con la linterna–, cada una con cinco columnas. Debe de haber decenas de miles de nombres. El número oficial de muertos estaba muy equivocado.

—O muy manipulado. –Jack siguió pasando páginas–. ¿Por qué no fueron encontrados los cuerpos?

—Quedaron incinerados. Se convirtieron en ceniza junto con todo lo demás. Y más importante: ¿quién elaboró esta lista? –Gwen bajó la mirada–. Mira la última página. En el siglo XVII los autores firmaban al final, no al principio.

Jack abrió el libro por la contracubierta. Tras los nombres de la última página encontró un texto críptico:

> *Recopilado por un zapatero anónimo y un humilde panadero. Elaborado para que los fallecidos puedan ser recordados algún día. Mantenido en secreto a petición de nuestro Rey. Que Dios se apiade de todos nosotros.*

Jack negó con la cabeza.

—Anónimo. Perfecto. ¿Y ahora, cómo vamos a encontrar al zapatero?

—¿Y qué tiene que ver este medallón con la lista?

Gwen sostuvo el disco con la joya en su palma abierta y dejó que la cadena de oro colgase por entre sus dedos. No puede ser la brasa.

—O sí... ¿Está caliente o algo? –Extendió una mano hacia el zafiro. En cuanto sus dedos tocaron la fría y dura joya, su cuerpo cayó, atravesando el suelo.

Había aprendido a reconocer los flashes. Aterrizó de pie, en la ventana abierta del desván, viendo cómo un muro de llamas se tragaba la ciudad. El olor negro y requemado de los escombros ardientes invadió su olfato. Podía ver con todo detalle desde la suciedad en las almenas hasta la textura del humo que se elevaba en la distancia. Al igual que los adoquines de Pudding Lane, el zafiro le había transportado a un pasado lejano. Pero esta vez no se trataba de sombras; lo veía todo tan nítido y definido como si realmente estuviera allí.

Sin pensarlo o desearlo, apartó la vista de la ventana. Estaba atento al zafiro, y este colgaba del cuello de alguien. Dos guardas vestidos de rojo y azul se acercaron; entre ambos llevaban a otro hombre, que arrastraba los pies. Lo tiraron contra las planchas de madera y este se arrodilló, a la vez que se arreglaba los negros rizos de la peluca. Jack reconoció su rostro gracias al libro de la biblioteca de los Rastreadores. Si hubiera podido hablar, habría pronunciado su nombre con disgusto: Bloodworth.

—Fue él, señor. –Un segundo hombre hincó una rodilla en el suelo al lado del alcalde. Jack lo reconoció de inmediato. Lo pronunciado de los surcos en el rostro de Thomas Farriner le hacían parecerse mucho a la estatua que cubría su tumba–. Mi criada le vio tirar esa maldita cosa por mi ventana. Ella no se atrevía a salir de casa por el temor que tenía a la maldad en los ojos de él, y finalmente murió por su culpa, como tantas otras víctimas de su brujería diabólica.

Bloodworth miró con disgusto al panadero y abrió la boca para replicar algo, pero se vio interrumpido por una voz tranquila y que desprendía autoridad; parecía salir del propio Jack.

—¿Qué es exactamente lo que has hecho, lord alcalde? ¿Y cómo piensas detenerlo?

La ira desapareció de la cara de Bloodworth y fue sustituida por el pánico.

—He acabado con la plaga, Majestad. He librado a mi ciudad de ella. Pero ahora no sé cómo detener las llamas. La joya del reloj las está controlando; no son llamas naturales.

El alcalde metió una mano en su capa, lo que hizo que los guardas se acercaran un paso más, pero lo que sacó no era un arma: se trataba de una caja azul y verde con una gran ventanilla de cristal en la tapa.

—Este era el corazón del reloj, Majestad. Contenía la joya infernal... la brasa... que causó el fuego. La propia caja tiene la capacidad de hacer que el fuego se retire. Intenté volver a buscarla, pero... -bajó la vista al suelo- el calor... la tormenta incesante de humo y chispas... Es peor que cualquier tempestad que puedas imaginar. Ningún hombre podría abrirse paso por entre todo ello.

Farriner se levantó de repente, sus ojos abiertos de par en par.

—Yo conozco a alguien que sí puede. Es bien conocido en Little Tyburn, Majestad, por su gran habilidad para rastrear objetos perdidos e incluso niños. Delen la caja del señor alcalde y podrá seguir el rastro de la tal Llama. Ambos hombres se quedaron en silencio durante unos segundos. Entonces volvió la voz autoritaria, que Jack supo pertenecía al rey:

—Dime el nombre de ese cazador, Farriner, para que pueda mandar hombres a buscarlo a los refugios de Moorfields.

—No tiene nombre propio, alteza. Y no es cazador. Es un huérfano que adoptó la profesión de zapatero. Siempre decía que las hebillas de latón en un buen par de botas eran lo único que podía brillar en Little Tyburn. –El panadero se encogió de hombros–. Por ello es conocido como Johnny Buckles[1].

1 Buckles: «hebillas» en inglés. (N. del T.)

## *Capítulo 44*

JOHNNY BUCKLES.

Jack se quedó con la boca abierta al oír el nombre de su antepasado. El zapatero que llevaba todo el día buscando era el primero de los Buckles. La Historia unía al panadero, Thomas Farriner, y a la familia del propio Jack. La revelación casi cortó su conexión con el zafiro. Brilló una luz blanca que oscureció la chispa. Sintió una sensación ya conocida de elevación, de abandono del pasado. Pero no quería, aún no.

Jack empujó y se concentró, intentando mantenerse en el siglo XVII. Necesitaba ver más. Quería contemplar el rostro del zapatero. Su mente gritó. El resplandor se volvió un muro de luz completamente blanca que lo cubría todo. Estaba perdiendo el contacto.

El esfuerzo por mantenerse allí le hizo tensar cada músculo de su cuerpo, el real, el que Jack había dejado atrás. Un grito distante le sobresaltó; no era su propia voz, pero le resultaba conocida. No pudo concentrarse en ella; tenía que seguir luchando. Y entonces, de repente, la brillante luz desapareció, al igual que el alcalde y el panadero.

Jack estaba de vuelta en la sala del desván, pero aún en pie. El olor del humo seguía impregnando el aire. Un hombre con una chaqueta de cuero larga, lleno de ceniza, se había arrodillado ante él. Mechones de sus sucios cabellos morenos colgaban y cubrían su ajado rostro.

—Bien -dijo la autoritaria voz del rey Carlos-, el fuego ha disminuido. Debes de haber encontrado lo que te mandé a buscar.

El joven levantó el rostro y Jack hubiera gritado de haber podido. El zapatero era una versión más joven de su padre, o quizás una versión más mayor de sí mismo. Sin mediar palabra, Johnny Buckles sacó la caja azul y verde del lord alcalde de su abrigo y se la ofreció al rey.

—No abras la caja, Majestad. La joya se alimenta del aire y cobra vida con el fuego. Una vez suelta, es casi imposible volver a controlarla.

Jack vio que su ancestro tenía las manos vendadas. Los bordes de su abrigo no estaban solo ennegrecidos, sino chamuscados. Recuperar la brasa había tenido un coste. Una mano cubierta de anillos apareció en la periferia de la visión de Jack y se hizo con la caja.

—¿Abrirla? No quiero ni sostenerla. Esta Llama es un enorme

peligro para manos ambiciosas. Tú, zapatero, tendrás que hacerte cargo de ella. Esconde la joya donde hasta a ti mismo te costaría recuperarla.

El zapatero hizo una reverencia y se dio la vuelta para irse, pero el rey le ordenó detenerse.

—Espera. Un servicio como el que me has hecho merece una recompensa.

La visión pareció agitarse. Jack pensó que volvía a perder el control, pero enseguida se dio cuenta de que el zafiro estaba en movimiento. Pronto el medallón colgó del cuello del zapatero. Jack vio a un hombre al que podría haber confundido con el capitán Garfio, con una peluca negra de pequeños rizos y un fino mostacho de puntas elevadas. Pero los bordes dorados del abrigo del rey estaban chamuscados y sus codos ennegrecidos. Hasta él se había enfrentado a las llamas.

El rey hizo un gesto a alguien fuera de la vista de Jack, quizás un guarda. La entrevista estaba por concluir.

—Pronto te llamaré, joven... Buckles. La Corona precisa de un buen Rastreador. Mientras, no hablarás de esta Llama, o de la relación del lord alcalde con el incendio. Con la última guerra civil y el tesoro perdido en esta desgracia, estamos muy debilitados. Los rumores de que tenemos en nuestras manos un arma peligrosa y de una terrible atrocidad cometida por un aristócrata envalentonarían a nuestros enemigos exteriores e interiores. Inglaterra no sobreviviría.

El grito que Jack había oído antes volvió a traspasar su visión. Perdió el control y empezó a ascender a gran velocidad, mientras el volumen de la exclamación no cesaba de crecer. Entonces se encontró de vuelta, sentado en la oscuridad con Gwen, tomado de la mano de ella, y con los labios de la chica abiertos en un chillido:

—¡Eh! ¡No tan fuerte! ¡Esa cosa pincha! Jack también sintió dolor; retiró la mano.

—Eres un Rastreador -dijo Gwen mientras se masajeaba su propia mano–. Sé que no necesitas apretar tanto para ver si algo está caliente o no.

Jack miró la huella que había dejado el medallón en su palma.

—La he visto. He visto la verdadera Llama. Estaba aquí mismo; la tuve a centímetros de mí.

—Has flasheado. -Asintió Gwen–. Eso lo explica todo, aunque sigo enfadada. Bueno, más o menos. ¿Qué has visto?

Jack volvió a envolver el libro en la tela roja.

—Sé por qué estos nombres se han mantenido en secreto durante tanto tiempo.

—Para tapar el escándalo de un aristócrata que cometió asesinatos en masa, claro. Eso ya lo he deducido yo sola. -Gwen se puso en pie y ofreció una mano a Jack, pero de repente la retiró–. Esta vez ten la gentileza de apretar menos, ¿OK?

—No voy a flashear con tus dedos, Gwen.

—Ya. Está bien. -Volvió a ofrecerle la mano–. ¿Y qué hay del zapatero? ¿Has visto adónde se llevó la brasa ?

—No exactamente, pero he visto y oído lo suficiente.

Jack se dejó ayudar a levantarse. Agarró el medallón por la cadena y lo metió cuidadosamente en la bolsa de tela.

—¿Y bien? -Gwen esperaba una explicación más detallada-.

Él fue hacia la ventana y miró las luces del Londres moderno.

—La brasa está escondida en el único lugar al que es totalmente imposible que yo vaya.

# *Capítulo 45*

—JOHNNY BUCKLES pudo haber enterrado la brasa en el bosque al sur del Támesis –argumentó Gwen, cruzando las piernas en el asiento del metro–. O en una cueva en las Highlands escocesas. O, por qué no, sacarla del país.

—No lo hizo. Quería tenerla cerca.

Jack miró el reflejo de ambos en la ventanilla redonda. Era como un espejo de feria; parecía que ambos tuvieran dos cabezas, una encima de la otra, como el rey y la reina de un extraño mazo de naipes.

—El rey Carlos le había encargado mantener a salvo la brasa. La debió de esconder en algún lugar donde pudiera vigilarla.

El vagón estaba vacío salvo por los tres chicos y avanzaba lentamente hacia el Oeste, con un montón de molestas paradas por el camino. El Expreso del Ministerio habría sido más rápido, pero Gwen insistió en que resultaría demasiado peligroso. Usar los recursos de los Ministerios Ancestrales no había ofrecido peligro mientras la Cámara estaba incomunicada; los otros Ministerios no podían distinguir a un Rastreador de otro. Pero ahora que se había solucionado la situación de la Cámara, seguro que tenían bien vigilado el Expreso del Ministerio.

Lo último que necesitaban los tres chicos era que los guardas supieran que se dirigían al Ministerio de Rastreadores: la Sección Trece iba a colarse en la mismísima Fortaleza.

El tren aminoró la marcha y la voz PuertaGiratoriaSubte habló en su insufrible tono calmo: «Esta es... Great Portland Street. Cambie de andén para los transbordos con las líneas... Metropolitan ... y... Hammersmith. Por favor, cuidado con el hueco». Las puertas se abrieron. Jack miró a Gwen para ver si tenían que bajarse o no; ella aún no le había dicho dónde estaba exactamente la Fortaleza.

Gwen negó y dejó que las puertas se cerrasen.

—¿Qué piensas hacer con el libro de nombres? -preguntó a Jack mientras el movimiento del tren al reemprender la marcha la hacía irse de un lado a otro en su asiento.

—No estoy seguro.

Jack había devuelto el libro y el medallón a su escondrijo bajo la plancha de madera del suelo, mientras los cuervos le dedicaban lo que a él le pareció miradas de desaprobación. Aunque quisiera dar a conocer los nombres, nadie iba a creer en la palabra de un niño americano. Lo mejor que podía hacer para satisfacer a los espectros era dar la pista de forma anónima a un arqueólogo adecuado.

—¿Quién soy yo para revelar un secreto tan grande? Claro que, por otro lado, esos fantasmas están muy ansiosos porque sus nombres salgan a la luz...

—Tú no has visto ningún fantasma, Jack.

—Pos igual va a ser que sí –los interrumpió Shaw, cuyo corpachón desbordaba su asiento–. Me juego lo que sea a que un Trece atrae a toda clase de males.

Gwen dirigió al guarda una mirada asesina.

—Vio un cuervo, Shaw. Yo también lo vi.

Jack frunció el ceño.

—No estoy hablando de la Torre. Bueno, sí, pero... –Miró a Shaw; no quería hablar de lo demás delante de él. Por supuesto, este ya sabía que podía ver campos de datos y flashear antes de lo que le tocaba por edad; ¿por qué no añadir la comunicación con los muertos a su lista de faltas de la sección trece? Suspiró–. El fantasma de la Torre no es el primero que he visto hoy.

Mientras el guarda escuchaba con mal disimulado desinterés, Jack le habló a Gwen de los espectros de los adoquines y los esqueletos del Monumento, del hombre al que había visto en la ventana de cristal ahumado y de la gente a la que vio en el Mapa.

—Llevo todo el día viendo fantasmas. Todos querían que encontrara ese libro.

Ella seguía sin estar convencida.

—En todo lo que he leído sobre Rastreadores, nunca he encontrado una sola mención a que vean u oigan fantasmas.

—Pero yo vi...

—Visiones, Jack, eso es todo. Imágenes en tu cabeza. –Levantó la vista para mirar el plano de estaciones de metro de encima de la ventanilla, recorriendo la lista con los ojos–. En Pudding Lane tocaste cenizas del Gran Incendio. En el Monumento tocaste huesos en la escultura desgastada por el tiempo. En la Torre viste un cuervo y oíste el viento que se colaba por los resquicios de la puerta secreta. –Bajó la cabeza para mirarle a los ojos–. Los fantasmas eran manifestaciones de tu subconsciente, Jack. Todos ellos. Tu subconsciente reconoció las pistas y las unió, formando visiones que ayudaran al resto de tu cerebro a entender la situación.

Jack volvió a su extraño reflejo de dos cabezas e intentó decidir qué era peor: la maldición de ver muertos o la de un subconsciente con vida propia.

—Si nada de eso ha sido real, ¿cómo voy a saber qué hacer con los nombres?

—Pero sí que lo sabes, ¿verdad? –Gwen posó una mano en la rodilla de Jack–. Si es tu subconsciente el que te proporcionó las visiones, es que ya lo has decidido; lo único que te falta es aceptarlo.

—¿Ese fantasma tuyo es el que te ha dicho que encontraremos la brasa en la Fortaleza? –preguntó Shaw, cruzando los brazos y arrugando el tweed–. No me quejo, ¿eh? Tu lugar está en la Fortaleza... permanentemente. –Se inclinó hacia delante y juntó sus dos pobladas cejas–.

—No; eso lo tengo clarísimo. –Jack se volvió hacia Gwen y frunció el ceño–. Pero aún no sé dónde está la Fortaleza.

Gwen se mordisqueó el labio y miró las puertas mientras el vagón empezaba a aminorar la marcha.

—Aún estamos a tiempo de dar la vuelta, Jack. Shaw tiene razón: si entramos ahí, puede que tú nunca vuelvas a salir. Y eso no ayudaría en nada a tu padre, ¿no? Y, además, ¿cómo puedes estar tan seguro de que el primer John Buckles escondió la brasa en la sede del Ministerio?

—Porque eso es lo que yo hubiera hecho. Ella asintió.

—Pues entonces hemos llegado.

Mientras el tren entraba en una estación, Jack vio por la ventanilla un mural que le resultó conocido: un perro de aspecto lobuno atacaba a un hombre aterrorizado mientras otros dos corrían a ayudar; uno de ellos llevaba un sombrero hongo. La voz PuertaGiratoriaSubte hizo su sereno anuncio: «Esta es... Baker Street».

# Capítulo 46

—¿LA FORTALEZA está bajo el Gabinete de los Objetos Perdidos? –Jack intentó contener su ira mientras seguía a Gwen por las escaleras que salían de la estación–. ¿Por qué no me lo habías dicho?

—Sí que te lo dije, Jack. Te dije que el Gabinete de los Objetos Perdidos es la punta del iceberg que es el Ministerio de Rastreadores, ¿recuerdas? No es culpa mía si no lo interpretaste literalmente.

Jack no podía creer que Gwen intentase culparle a él.

—Sabías que el Ministerio me apresaría si yo averiguaba lo de mi familia. Me dijiste que no podía ir a la Fortaleza. Pero yo ya había estado dentro, ¿no? En la Cámara. Y fuiste tú quien me hizo entrar. ¿Cuál era tu plan, Gwen?, ¿detenerme y conseguir una recompensa o algo?

—Como si repartiesen muchas. –Shaw soltó uno de sus gruñidos de cerdito y se situó en los peldaños detrás de Jack, como para asegurarse de que no fuera a dar la vuelta y salir corriendo. Gwen llegó al final de las escaleras y fue hacia los molinetes.

—La señora Hudson habría averiguado que eres un Trece en cuanto rellenases el formulario. Te habría echado sin explicarte nada. –Se detuvo ante la barrera–. Estabas muy cerca de averiguar la verdad, pero también de salir por la puerta sin llegar a saber nunca quién eras.

—¿La verdad? –La voz de Jack retumbó en la estación–. ¿Qué verdad? ¿Que mi vida se habría acabado en cuanto entrase por la gran puerta de metal, o que tú querías un compañero cautivo para jugar a la intendente? –Un poli del subterráneo, sentado en un taburete, levantó la vista de su diario con preocupación; Jack bajó la voz hasta un leve gruñido–. ¿Qué creías que pasaría, Gwen?

—¿Pensabas que tú y yo formaríamos una especie de equipo? ¿Que vendrías a contarme misterios al calabozo donde yo estaría enterrado y los resolveríamos juntos? ¡Qué divertido para ti!

El poli volvió a su lectura. Sin nada más que el *Times* entre él y Jack, este saltó por encima del molinete y salió a toda velocidad hacia Baker Street.

Caminó por la acera hacia la Oficina de los Objetos Perdidos. No tenía ningún gran plan: su ADN abriría la puerta a la Cámara, que ahora sabía que estaba en el primer piso de la Fortaleza; pero habría un ejército de otros como Shaw esperándole al otro lado. Quizás pudiera esquivarlos, o quizás no. Al menos allí encontraría a Sadie.

—¡Espera!

Gwen corría tras él. Jack podía verla sin darse la vuelta, por el eco de cada pisada, por el susurro de su bufanda, una sombra que se acercaba por entre la blanca neblina del frío. Ella había despertado partes de los sentidos de Jack que ahora él ya no podía apagar. No sabía si eso era bueno o malo. Y también sabía desde el principio que Gwen le había ocultado información, aunque no se le había ocurrido que pudiera haberle estado traicionando desde el principio.

—Jack, para. –Gwen llegó a su lado, casi sin aliento–. No puedes entrar por ahí. No vas a dar más de tres pasos después de cruzar la puerta, y lo sabes.

Él siguió caminando, negándose a mirarla, a dos edificios del Gabinete de los Objetos Perdidos.

—Lo siento, ¿está bien? ¿Es eso lo que querías oír? Te he usado, Jack, y lo siento mucho. Siempre he querido ser más, hacer más que rellenar formularios. Y entonces apareciste tú, con esa imposible pinta de Rastreador, y.… y...

—¿Y qué? –Se detuvo a pocos centímetros de la vidriera de la Oficina de los Objetos Perdidos.

Gwen se encogió de hombros y bajó la vista.

—Bueno, todo era demasiado para una chica como yo. –Soltó un largo bufido–. Creí que tu ADN me permitiría acceder a las computadoras de arriba y así obtendría respuestas sobre mi tío, e ignoré las consecuencias para ti y tu hermana. –Se quedó en silencio durante unos momentos. Cuando por fin volvió a levantar la vista, tenía los ojos húmedos pero una expresión decidida–. No pases por esa puerta, Jack; no si lo haces para castigarme. No voy a dejarte tirar a la basura la oportunidad de salvar a tu padre.

—¿Y qué se supone que tengo que hacer? La brasa está ahí dentro. Tengo que entrar, sea como sea.

Ella sollozó y se secó una lágrima con la bufanda.

¿Y por qué no pruebas por la puerta trasera? Minutos más tarde, los tres se encontraban en la escalera de entrada de una típica casa unifamiliar londinense, a media manzana del Gabinete de los Objetos Perdidos, subiendo por Baker Street. La placa del número decía 221B.

Jack se volvió hacia Gwen con una expresión categórica:

—Te das cuenta de que tu puerta trasera es una puerta delantera, ¿verdad?

—Conozco esta dirección –murmuró Shaw, agarrando el pomo–. Es un acceso de mantenimiento. –Empujó, gruñendo por el esfuerzo, pero la puerta no se movió–. ¡Está cerrada!

Gwen apartó al guarda tirando de su chaqueta de tweed.

—Pues claro. Y el 221B no ha sido siempre una entrada de mantenimiento. Durante más de doscientos años fue la puerta principal del Ministerio de Rastreadores... secreta hasta que dejó de serlo. En cuanto se supo, empezó a venir gente de todo Londres y a entrar a todas horas, fuera por lo que fuese, desde desapariciones de personas hasta sombreros perdidos. Por entonces, el doctor Doyle era Ministro de Rastreadores y fue cuando se le ocurrió la idea de la Oficina de los Objetos Perdidos.

—¿Cómo vamos a entrar si está cerrado? –preguntó Jack.

—No lo sé. –Él la miró, sorprendido por su inusual respuesta–. Dije que hay una puerta trasera, no que supiera cómo entrar.

Jack frunció el ceño y pensó en la entrada. Si era de mantenimiento, quizás alguien la hubiera usado recientemente y él podría flashear con el pomo; tal vez viera que había una llave escondida o una combinación secreta. Extendió una mano, pero la puerta se abrió hacia dentro antes de que sus dedos tocaran el pomo. Apareció una linterna y un rostro pequeño e inocente. Jack apenas podía creer lo que veían sus ojos.

—¡Sadie!

## *Capítulo 47*

—¿QUÉ HACES AQUÍ? –preguntó Jack, agarrando a su hermana para darle un abrazo–. ¿Dónde está la señora Hudson?

Sadie se dejó abrazar durante un largo rato antes de soltarse y responder.

—En cuanto se arreglaron las computadoras, la señora Hudson tuvo un montón de trabajo. Me hizo sentarme y me dijo que me quedara quieta, pero yo estaba segura de que tú ibas a venir.

—¿Estabas segura?

Su hermana asintió, llevándose su pequeña mano al corazón.

—Sentía tu corazón, igual que siento el de papá, así que vine aquí a buscarte.

—O sea, que te escapaste. –Jack no sabía si reír o llorar. Echó un vistazo hacia Baker Street–. Venga, tenemos que salir de la calle.

Por dentro, la casa era la típica vivienda inglesa, todo paneles de madera y fotos colgadas de las paredes. Los cuatro chicos se juntaron alrededor de la linterna de Sadie al pie de las escaleras con alfombra roja. Jack agarró a su hermana de la mano y se la apretó con fuerza.

—¿Puedes llevarnos de vuelta por el camino por el que llegaste aquí?

—No será necesario. –Gwen estudiaba las fotos–. Yo conozco el camino desde aquí.

Shaw soltó otro gruñido.

—Y un cuerno. Tú nunca has *estao* aquí.

—Tienes razón, claro.

Se detuvo ante la foto ligeramente torcida de un hombre que tocaba el violín. La puso recta, haciendo que sonara un clic, y el suelo se abrió a sus pies.

—Pero he visto todos los planos. –Guiñó un ojo a Jack.

Se encontraban ante otro ascensor secreto. Entraron y descendieron un buen trecho por entre madera, ladrillo y piedra, hasta que el ascensor se detuvo por fin dentro de una especie de jaula con barrotes de hierro. Los de la izquierda se abrieron, y el grupo entró en un túnel que se abría por entre la roca negra. Por el pasaje se oía el ruido de agua que caía. Por entre los sonidos naturales, Jack percibió también uno artificial, una especie de zumbido constante que parecía palpitar. Sintió cómo los pelos de la nuca se le ponían de punta.

—Gwen, ¿dónde estamos?

Antes de que ella pudiera responder, Sadie se adelantó corriendo, dobló por una esquina y desapareció de la vista, dejando a los demás a oscuras.

—Otra vez no -se lamentó Jack, y salió corriendo tras ella. Dobló la misma esquina y se detuvo en la punta de un puente de hierro que se extendía por encima de un río subterráneo. Sadie se había quedado parada en el centro y asomaba la linterna por el borde.

— ¡Mira, Jack! ¡Es alucinante!

Él se adentró en la neblina que se elevaba por encima del puente. Un torrente de agua caía desde arriba, haciendo girar tres enormes ruedas brillantes entre semicírculos de cobre. Gwen corrió tras él y apoyó los antebrazos en la barandilla.

—Este es el río Tyburn, un afluente del Támesis que pasa por debajo de Baker Street. Tu ancestro eligió este lugar para la Fortaleza porque el río les proporcionaría una fuente oculta de energía y transporte.

Entre el puente y la cascada, suspendido de una cadena, había un vagón acuático como el que casi había ahogado a Jack y Gwen. El óxido lo había inmovilizado a medio camino del río, en dirección a lo que Jack suponía que era la salida de alguna vieja parada del Expreso del Ministerio.

—¿Transporte? -preguntó, examinando el vagón de acero-. ¿Te refieres al Submarino de la Muerte?

La conversación se vio interrumpida por un fuerte «crac» cuando Shaw abrió una caja de hierro en la punta más cercana del puente, dejando al descubierto un interruptor.

—¡Qué bueno! Seguro que está *conectao* a la corriente.

Jack retrocedió corriendo por el puente, negando con la cabeza.

—¡No toques eso, Shaw!

—Eh, que los Treces no me mandáis ni na –gruñó el guarda, y tiró del interruptor–. Desde detrás de las paredes de roca les llegó el ruido de engranajes. El vagón se puso en marcha y volvió a detenerse con un desagradable y fuerte crujido. Sadie se tapó las orejas.

—¡Apágalo! –gritó Gwen–.

Shaw lo hizo a toda prisa y los ruidos cesaron, salvo el grave y rítmico sonido del vagón balanceándose bajo la cadena.

Todos se quedaron mirando. Jack vio partículas de polvo rojo que se elevaban lentamente por entre la neblina. En su mente observó unas líneas de fractura; no estaba seguro de si las veía de verdad o era solo el ruido de los eslabones de la cadena. Fuera como fuese, estaba muy claro lo que iba a suceder.

Jack ya había empezado a correr para cuando se rompió el primer eslabón. El vagón antes horizontal se puso en vertical y colgó por la cadena hasta estrellarse contra la pared del abismo. El impacto hizo que se soltara y se precipitara al río. La corriente lo arrastró hacia el panel de control en el que se encontraba Shaw.

—¡Cuidado!

Jack dio un empujón a Shaw que lo envió de vuelta al pasaje por el que habían entrado, desde donde Gwen lo agarró por el cuello para tirar de él. El gran vagón se estrelló con una lluvia de chispas.

Todos se quedaron inmóviles.

Con un largo y horrible crujido, el puente de hierro empezó a caer.

# *Capítulo 48*

JACK CORRIÓ detrás de Gwen, arrastrando a Sadie. El golpe los llevó a un extremo del puente. En el otro, los soportes que lo unían a la pared habían empezado a soltarse.

—¡Salten! –gritó Jack, y los tres volaron por encima del pasaje hasta caer al suelo como trapos viejos.

—¡Qué emoción! –Sadie, alegre, estaba sentada encima de su hermano, alzando la linterna.

Él la apartó a un lado y se puso de pie justo a tiempo de ver cómo los restos del puente se hundían. El vagón se alejó flotando en la oscuridad. Shaw, que se había quedado atrapado en la otra orilla, miraba la escena con incredulidad.

—¡Muy bien! –gritó Gwen–. ¿Qué crees que pasará cuando el

vagón llegue a las alcantarillas, eh?

—*Pos* el Ministerio no tendría que haberlo dejao ahí colgando. –Shaw se encogió de hombros–. Tenía que pasar. Puro milagro que nadie se haya hecho daño.

—Un milagro, claro. De nada –dijo Jack, irónico, y señaló los restos del puente–. Nos has cortado la retirada, genio.

Pero Gwen se le acercó y le habló al oído:

—No te preocupes: la Fortaleza tiene más salidas. Es más fácil abrir las puertas desde el interior; eso dice siempre el tío Percy. –Se volvió hacia Shaw, alzando la voz por encima del rugido de la cascada–. Tendremos que seguir sin ti. Tomaremos la brasa lo más rápido que podamos; nos volvemos a encontrar en la estación de Baker Street.

—Lo más rápido que puedan. –Shaw asintió, pero las palabras que repitió sonaron más como un aviso. Se alejó y se introdujo en la oscuridad.

Jack le siguió un momento con la mirada, y después fue tras Gwen y Sadie hacia un nuevo pasaje.

—¿Cómo sabemos que Shaw no va a correr a cantárselo todo a la señora Hudson?

—No lo sabemos. –Gwen se encogió de hombros y miró a Jack con cierto aire de superioridad–. Pero se muere de ganas de detenerte después de lo de esta mañana con el escarabajo del Relojero. Creo que preferirá esperar un poco más para acabar la faena en persona, y, de paso, con un poco de suerte, quizás hacerse con la brasa .

Una docena de reflejos de fuego naranja destellaron en el húmedo suelo al final del túnel, donde entraba la suave luz de una sala abierta.

—Quizás no tenga ocasión -dijo, aminorando la marcha-. Parece que alguien nos ha dejado las luces encendidas.

—Son lámparas de gas. Están siempre encendidas. -Gwen siguió avanzando-. No hay de qué preocuparse.

—Aún no.

Si el creador de la entrada original al Ministerio de Rastreadores pretendía impresionar e intimidar, había triunfado. Un ancho camino se extendía desde el pasaje, atravesando una enorme cueva con charcos verdes y estalactitas goteantes.

Al final había una pared de bloques de granito negro que debía de medir cinco pisos de altura; se curvaba a los lados, dando la impresión de que la punta de una torre gótica se hubiera estrellado allí y hubiera atravesado hasta el centro de la caverna.

Jack leyó la frase en latín grabada encima de las grandes puertas dobles:

**POPULUS, THESAURUM, REFERO.**

—«Gente, tesoro, respuestas» -Gwen tradujo el lema-. Lo hemos encontrado.

Jack levantó una ceja.

—¿Tesoro?

—No todos los tesoros son oro y plata, Jack. A estas alturas ya deberías saberlo.

Una de las dos puertas era de bronce, y estaba parcialmente abierta. La otra estaba tallada en cuarzo opalescente, pulido hasta un brillo cristalino. Jack no necesitó preguntar la razón para esos dos materiales: una de las puertas podía indicar a un Rastreador quién la había cruzado los últimos días, o hasta semanas, según su nivel; y la otra, pensó, debía de tener una mayor memoria.

—¿Hay algún lugar donde la familia Buckles guardara sus cosas? -preguntó mientras hacía pasar a Sadie-. Un casillero, una taquilla, algo así.

—¿Una taquilla? -exclamó Gwen, mientras seguía a Sadie dentro-. Sí, algo así.

El gran recibidor tras las puertas respiraba abandono: si había sido un lugar para londinenses importantes necesitados de los servicios del Ministerio, ahora no era más que una olvidada entrada trasera a la Fortaleza.

—Todo es de madera -murmuró Jack, pasando una mano por los paneles tallados de la pared.

—Eso es para...

—...para los Rastreadores; ya lo entiendo. La Cámara era igual. Hay que evitar que los principales empleados confundan la realidad con visiones cada vez que se apoyan en una pared, ¿eh?

—Exacto. Podrían hacer alguna locura, como tirarse a las vías del subte.

Jack ignoró la provocación; estaba concentrado en los polvorientos objetos que llenaban las estanterías talladas en la pared: medallas enmarcadas, espadas y catalejos montados en latón, viejas fotografías... En una de ellas reconoció un rostro; vio a su madre.

Se acercó a la foto. Mary Buckles, poco más que adolescente, estaba sentada en primera fila de un pequeño grupo.

—Gwen, ¿quién es toda esa gente que está con mi madre?

—¿Tu madre? –A pesar de todos sus conocimientos sobre Jack y el Ministerio, Gwen pareció genuinamente sorprendida. Corrió a su lado–. Eso no puede ser. ¿Dónde?

—Primera fila, tercera por la izquierda. Es mi madre, seguro.

—He visto esta foto antes. –Gwen la agarró de la pared y señaló a un hombre con cabellos rubios y pecas, como ella–. Este es el tío Percy. Los demás son intendentes. Promoción del 2000. –Bajó la foto lentamente–. Y la tercera por la izquierda es Mary Fowler, la primera intendente de tu padre.

Jack frunció los labios.

—No, es mamá. Y su nombre de soltera era Smith... Mary Smith. No conoció a papá hasta que él emigró a Nueva York hace quince años.

—Sí, seguro... –Gwen le dedicó una sonrisita irónica–. Seguro que el Ministerio también lo cree así, pero apuesto a que es mentira.

—¿Estás diciendo que mi madre también formaba parte del Ministerio?

Gwen devolvió cuidadosamente la foto a la estantería.

—No solo parte del Ministerio, Jack, sino que era hija de otra familia de Rastreadores. Parte de la aristocracia del Ministerio, si quieres llamarlo así.

Jack fue hacia Sadie, que estaba muy concentrada en examinar los objetos como para seguir la conversación.

—Si mamá sabía de la existencia del Ministerio, ¿por qué no fue a la Oficina de los Objetos Perdidos en cuanto llegamos a Londres?

Pero, mientras hacía la pregunta, Jack se dio cuenta de que su madre sí lo sabía, y, por supuesto, les había mentido sobre adónde iba. Le había estado mintiendo toda su vida. Entrecerró los ojos.

—Gwen, ¿viste ayer a mi madre?

—Nadie ha visto a Mary Fowler en los últimos quince años. Abandonó. Desapareció... y ahora sabemos el porqué. Hay reglas sobre esta clase de cosas.

A Jack no le gustó su tono de voz.

—¿Qué clase de cosas?

—Relaciones entre Rastreadores. Sección ocho, regla seis: «Las familias de Rastreadores no deben mezclarse bajo ninguna circunstancia». Nunca, Jack. –Gwen se le unió bajo el círculo de luz de la linterna de Sadie–. Los padres del Ministerio entendían el potencial de las capacidades de los Rastreadores y sentían un gran temor sobre el resultado de la unión de dos familias.

—«El resultado» –Jack repitió las palabras–. Espera. Estás hablando de mí. Yo soy el monstruo genético que temían. –Tomó aire–. ¿Es por eso que veo fantasmas?

—¿Ves fantasmas? –exclamó Sadie, tan fuerte que su voz retumbó por toda la sala–.

Los otros dos se volvieron para indicarle que bajara la voz.

—Sí –contestó Jack–.

—No –dijo a la vez Gwen–.

Se miraron y ambos fruncieron el ceño.

Sadie acercó la linterna al rostro de su hermano.

—Cool...

Jack apartó la linterna.

—Papá y mamá rompieron las reglas. Por eso ella desapareció y cambió su nombre... para poder casarse con él en secreto. Pero ¿por qué lo hizo, sabiendo lo que podía pasar con sus hijos? Sadie le sonrió.

—¿Por qué no se lo preguntas a ella?

—Mamá no está aquí, Sadie. –Estaba seguro de haber tenido esa misma conversación antes–.

Su hermana le dedicó la misma expresión de incredulidad que por la mañana en la cafetería.

—Claro que está aquí. En este mismo edificio.

# Capítulo 49

**UNOS PASOS** interrumpieron los pensamientos de Jack. Reverberaron en su cabeza como si alguien lanzara bolos a un estanque.

—Alguien viene. –Desde la entrada de otro corredor, una larga sombra cayó sobre el suelo de madera–. Alguien grande.

Gwen abrió un panel entre estanterías.

—Por aquí, rápido.

Mientras Jack la seguía, apareció un hombre inmenso vestido de tweed. Tuvo que bajar su cabeza, del tamaño de una pelota de básquet, para pasar bajo el arco de la entrada. Se volvió en la dirección donde estaba Jack justo después de que Gwen tirara de él y cerrara el panel. Agarró la linterna de Sadie y la cubrió con su bufanda.

—¿Es que quieres que nos atrapen?

Los pasos se acercaron hasta detenerse al otro lado del panel. Los tres contuvieron el aliento. Entonces el hombre se alejó y oyeron cómo la gran puerta de bronce se abría: el gigantón de tweed había ido hacia la caverna.

Jack soltó un bufido.

—El Ministerio sabe que estamos aquí. Nos están buscando.

—No. Buscan a Sadie. –Gwen destapó la linterna, que iluminó el inicio de una escalera que se perdía por encima y por debajo de ellos–. Se escapó en cuanto la señora Hudson le dio la espalda, ¿recuerdas? Pero el guarda va a volver; gracias al trabajito de Shaw en el puente, no tiene otro sitio a donde ir. –Devolvió la linterna a Sadie y la agarró de la mano. Empezaron a bajar–. Esta es la escalera principal. Sigue todo el perímetro de la Fortaleza y llega hasta debajo de todo, que es donde creo que vamos a encontrar la taquilla que buscas.

Tras unos cuantos peldaños llegaron a un largo rellano. Tuvieron que recorrerlo porque la escalera seguía en la otra punta, junto a una puerta donde decía SUBNIVEL 6.

Gwen explicó que la Fortaleza se iba estrechando a medida que descendía, como una torta de bodas invertida.

—¿Y cuántos niveles tiene? –preguntó Sadie–.

—Veintiséis en total, de diferentes tamaños. Uno de ellos tiene la altura de diez pisos.

Jack miró los escalones que seguían bajando por la gigantesca torre subterránea.

—¿No hay un ascensor o algo así?

—«Elevador», Jack, no «ascensor». Tienes algo de sangre inglesa, ¿no? El caso es que están todos monitorizados. No bajaríamos ni un nivel sin que en la Cámara lo inmovilizaran y nos mandaran a los guardias.

—¿Y otra escalera interior? Cualquier cosa sería más rápida que esto.

Gwen se detuvo y lo miró desde un peldaño inferior.

—Jack, esta estructura tiene trescientos años. Fue diseñada y construida para albergar los objetos más peligrosos de la Historia y para entrenar a los mejores detectives. Los pasillos interiores son un verdadero laberinto; tratar de caminar por ellos sería ni más ni menos que un puro suicidio. –Ella y Sadie reemprendieron el descenso al unísono–. Tenemos que usar la escalera principal, no hay atajos. Vamos hasta abajo del todo y volvemos a subir. Así de simple.

Gwen no había exagerado con lo del tamaño de los niveles. El Subnivel Diez parecía especialmente inacabable. Pasaron por puerta tras puerta, con indicadores que seguían el alfabeto: 10A, 10B, 10C, etcétera. Tras la 10G, Jack notó que el haz de la linterna se había vuelto como una esfera de algodón amarillo: una espesa neblina llenaba el aire, que siguió espesándose hasta que llegaron a la 10K, donde Jack vio que la neblina se escapaba por los resquicios de una puerta.

—¿Gwen?

—El Subnivel 10 es el estadio -contestó ella, sin ni siquiera hacer una pausa mientras se adentraba en la neblina–. Es un poco más grande que un campo de críquet de primera. El Ministerio lo usa para varias formas de entrenamiento... además de para, una vez al año, las Olimpiadas de Rastreadores, claro.

—¿«Olimpiadas»? -preguntó Sadie–. Gwen bajó la vista y la miró con malicia.

—Reglas del Ministerio, volumen uno, sección seis, regla diecinueve: «La excelencia se alcanza mediante la competición». Nuestro campo es tan grande que tiene su propio clima: un poco de niebla en noches frías, lloviznas en primavera, esas cosas.

Seguramente eso último era broma, pero Jack no rió. La neblina que llenaba la escalera tras él había empezado a brillar. Un zumbido grave y armónico se adueñó de su mente en tiras espirales azules y blancas. Reconoció el ruido de cuando había estado en la Cámara.

—Mira, Gwen.

Ella dio un paso atrás.

—Ya lo veo.

Jack echó otro vistazo a la puerta por donde se escapaba la neblina. Habían bajado demasiado corno para volver a subir corriendo a tiempo.

—¡Tu bufanda, rápido!

—Imposible, Jack. -Gwen negó con la cabeza, sin dejar de mirar hacia el brillo que se acercaba a ellos–. Esas cosas son demasiado rápidas.

—Quizás tú no puedas, pero yo sí.

Jack chascó los dedos y abrió una palma; Gwen depositó en ella la bufanda, justo cuando el minidrón de bronce emergió con las luces azules que salían de sus cuatro motores. El dron se detuvo al verlos y se quedó flotando a unos pasos, a la altura de los ojos de Jack; parecía estudiarlo.

Jack lo miró fijo, se esforzó por dar rienda suelta a sus sentidos e hizo lo propio. Con cada movimiento captaba insignificantes fluctuaciones en el brillo de los motores y pequeños cambios en los rotores. Podía vencerlo.

Gwen seguía retrocediendo, a la vez que tiraba de Sadie.

—Ahora, Jack, antes de que avise de que estamos aquí. Él y el dron se movieron a la vez. El primer golpe de bufanda de Jack no acertó en el cuerpo del dron, pero un extremo de la bufanda se enredó en uno de los rotores.

Tiró del dron hacia sí, pero este lo atrapó con su tentáculo de metal.

—¡Gwen! –gritó Jack, prisionero, agitándose mientras el dron lo subía por la escalera.

—¡Te tengo! –Ella saltó y se agarró a las piernas de él. Pero, aun con su peso añadido, el dron seguía subiendo. El peso añadido de Gwen le dio a Jack cierta ventaja.

Tiró hacia abajo con todas sus fuerzas y consiguió soltarse del dron, haciendo que se estrellara contra la pared y cayera. Sus luces azules disminuyeron. Jack y Gwen se dieron un buen golpe contra las escaleras. Ignorando el dolor de su espalda, Jack volvió a tirar de la bufanda, haciendo que el dron se golpeara ahora contra la pared opuesta. Pequeñas piezas de este fueron a parar a los escalones.

Cuando el dron cayó, Gwen estaba preparada. Levantó un pie y lo pisó con un «crunch» de lo más satisfactorio. Después se lo quedó mirando.

—Supongo que me lo deducirán del sueldo, ¿eh? Jack se frotó la espalda dolorida.

—Esa cosa era fuerte.

—Drones Electrodinámicos Cuánticos -dijo Gwen, volviendo a enrollarse la bufanda sobre los hombros-. Los llamamos DEC. Tomamos prestada la tecnología del American Jet Propulsion Laboratory. Siempre han sido muy poderosos. Una vez vi un DEC levantar una estatua de tamaño natural de la reina Victoria... -hinchó sus mejillas- en sus últimos años.

Jack rió y miró instintivamente hacia la luz de la linterna, para ver si Sadie había entendido la broma. Pero Sadie no estaba con la linterna. La había dejado apoyada en el siguiente rellano. Entre las sombras, oyó una puerta que se cerraba.

# *Capítulo 50*

—**A TU HERMANA** le encanta desaparecer –bufó Gwen mientras ella y Jack bajaban corriendo las escaleras–.

—No lo sabes bien.

Jack abrió de golpe la puerta marcada SUBNIVEL 11 y echó un vistazo. Sadie estaba a cinco metros, caminando por el centro de un inacabable pasillo lleno de cuadros. La mayoría de las figuras que estaban representadas en ellos se parecían a su padre y otros, a su madre. Todos se mostraban heridos, con un brazo en cabestrillo o apoyados en un bastón.

—¡Sadie! –susurró lo más alto que se atrevió.

Si esta le oyó, no reaccionó. Miraba a izquierda y derecha lentamente hacia las puertas entre los cuadros, con un dedo en la barbilla, como si buscara la sala correcta. Jack corrió tras ella, seguido por Gwen.

—¡Sadie! –volvió a medio susurrar–.

—¡Vuelve aquí! –añadió Gwen. Demasiado tarde–.

Una sombra apareció en el rayo de luz tras la puerta a la izquierda de Sadie. El pomo se movió. La puerta se abrió. Se quedó quieta.

—Descansa un poco –dijo una voz de persona mayor al otro lado–. Pasaré a verte mañana.

Jack y Gwen empujaron a Sadie hacia la puerta opuesta, abriéndola a la vez que la otra se cerraba. Jack pudo ver de refilón a la persona que había salido al pasillo. Llevaba un espejo atado a la frente y un estetoscopio al cuello.

—¿Era un médico? –preguntó en cuanto sus pasos sonaron más lejanos, volviéndose hacia Gwen.

Esta no contestó. Tenía la mirada fija en la habitación No estaban solos.

Habían ido a esconderse a una habitación de otra era, amueblada discretamente con una cama, una silla de respaldo alto vuelta hacia esta y un armario. Un hombre yacía en el lecho, con sus cabellos rubios ceniza asomando por entre las vendas que le cubrían medio rostro.

—¡Tío Percy! –exclamó Gwen, y corrió junto a él–. ¡Estás despierto!

Este extendió hacia ella un brazo conectado a varias vías intravenosas.

—Gwen -dijo con voz débil y ronca-. Y veo que has traído a tus nuevos amigos.

Con las palabras «tus nuevos amigos», su ojo visible se dirigió a la silla alta, y Jack entendió que había alguien sentado en esta. Asomaba una mano de mujer con un par de guantes de cuero rojo. La mujer se levantó y se volvió; aún llevaba el mismo abrigo azul de la última vez que Jack la había visto. Al ver a sus dos hijos, a ella le temblaron las piernas y cayó de rodillas.

Jack olvidó la brasa. Olvidó el Ministerio de Rastreadores. Olvidó su rabia por los años de secretos y mentira. Solo quedó la necesidad de correr a los brazos de su madre.

—Lo siento -dijo, abrazándola fuerte-; siento que hayamos salido del hotel.

Sadie llegó junto a su madre un segundo más tarde que Jack y se echó contra ellos con tanta fuerza que casi los hizo volver a caerse.

—Ha sido culpa mía; me pareció ver a papá.

Mary Buckles abrazó a sus hijos un largo rato antes de ponerse de pie y mirarlos.

—No se preocupen. Lo sé todo. -Se secó las lágrimas con los guantes-. O al menos sé algo; Percy me ha puesto al día. -Suspiró, con la sonrisa triste que Jack se había dicho que no quería volver a ver-. Pero supongo que ustedes sí tendrán muchas preguntas.

Jack miró su reloj; eran las diez pasadas.

—Mis preguntas van a tener que esperar. Tenemos menos de dos horas para rescatar a papá.

—¿«Rescatar a papá»? -Percy pareció sorprendido. Intentó incorporarse en la cama–. Pero si John está...

—Vivo. –Gwen acabó la frase por él. Ayudó a su tío a incorporarse–. John Buckles Doce está vivo.

—Siento su corazón –añadió Sadie, mirando a su madre.

John le puso una mano en el hombro.

—Y yo le creo. Pero sospechamos que papá puede estar malherido. El Relojero lo ha secuestrado, y solo va a soltarlo a cambio de la brasa.

—Lo que quiere decir que es una carrera contra el reloj. –Gwen misma se sorprendió de su involuntario juego de palabras–. En versión breve, Jack cree que el primer Buckles escondió la brasa en la Fortaleza. Y creo que ya te imaginas adónde los llevaba yo a buscarlo.

—Ibas abajo.

Gwen asintió.

Mary Buckles puso una cara seria y agarró a su hija de la mano.

—Pues voy con ustedes. –Se volvió hacia Percy para decirle algo, pero, antes de que pudiese abrir la boca, se levantó una mano vendada–.

—El viejo Percy estará bien, Mary. No voy a irme a ninguna parte sin ti, te lo prometo.

Quince subniveles separaban el hospital del sótano, donde Gwen confiaba en encontrar la brasa. Durante el descenso, Jack le contó la historia entera a su madre viceversa. Ella había intentado contactar con Percy desde su llegada a Londres, inútilmente, ya que él estaba inconsciente. Después había vuelto al hotel y había visto que sus hijos ya no estaban allí. Los había buscado por todas partes, desde Edgware Road a Piccadilly, y estuvo a punto de entregarse a la señora Hudson y rogar la ayuda del Ministerio, pero entonces Percy llamó por fin. Le dijo que Sadie estaba a salvo y que Jack estaba con Gwen en algún lugar de Londres; habían sido vistos por última vez saliendo de una estación del Expreso del Ministerio.

Acabó su relato cuando los cuatro llegaron al final de la escalera principal, y Jack soltó un largo suspiro, sabiendo la preocupación que había causado a su madre.

—Mamá, lo siento; yo...

—No. Ha sido culpa mía –le interrumpió Gwen bajando la cabeza–. Si yo no me hubiera entrometido Jack y Sadie habrían vuelto al hotel, y la hubieran estado esperando a usted cuando volvió.

La madre de Jack se volvió hacia la joven con una dulce sonrisa.

—El que ha causado todo esto es el Relojero, Gwen, no tú. Él fue quien engañó a Jack y a Sadie para que salieran del hotel y los condujo hasta la Oficina de los Objetos Perdidos. Y aunque tú no te hubieras «entrometido», habría encontrado la forma de separar a Jack y a Sadie y de usar a Jack para encontrar la brasa. –Llevó un dedo a la barbilla de Gwen y la levantó suavemente–. ¿No lo ves? Si no fuera por ti, Jack tendría que haberse enfrentado a todo esto solo.

Dio un breve abrazo a la chica y sacó una vieja llave de latón de un bolsillo de su abrigo. En la parte superior tenía un intricado adorno que formaba las letras J y B. Le guiñó un ojo.

—Lo que no sé es cómo pensabas seguir adelante sin esto. –Y metió la llave en la cerradura–.

La puerta se abrió a una gran caverna. Jack notó que no era parte de la estructura principal de la Fortaleza. Arriba, a la escasa luz, vio la base –¿o la punta?– de la gran torre subterránea, que atravesaba el techo. Su corona de almenas señalaba hacia abajo, a la caverna, y sus ocho gárgolas estaban también boca abajo. Parecía como si realmente toda la estructura hubiera caído del cielo, de punta.

Bajo ese extraño cielo había lo que parecía un pequeño barrio sacado del siglo XVII.

Al final de un camino de adoquines que salía de la escalera, cuatro casas de madera y cemento formaban un semicírculo alrededor de una plazoleta iluminada por lámparas de gas y con una fuente burbujeante en el centro.

Tres de las casas estaban a oscuras, pero del primer piso de la cuarta salía una luz cálida.

—Bienvenido a Tracker Lane, Jack, la calle de los Rastreadores –dijo su madre–. Bienvenido a casa.

## *Capítulo 51*

JACK CAMINÓ lentamente hasta el final del pasaje.

—¿Los Rastreadores viven aquí?

—Normalmente sí. Bueno, eso me han dicho. –Gwen andaba a su lado; parecía tan maravillada por las viejas casitas como Jack–. Aunque, como te dije antes, el Ministerio está pasando por una época de recortes, manteniéndose a flote hasta la decimocuarta generación. Los Doce están dispersos por Australia, Hong Kong, Suiza... cuidando de los Trece. Solo vienen para misiones especiales.

—Por eso papá siempre estaba de viaje. –Jack se volvió hacia su madre, con un punto de esperanza en la mirada–. ¿Y qué hay de los Once? Tienen que quedar algunos.

Pero ella negó con la cabeza.

—Lo siento, Jack. Esa parte de lo que te contamos tu padre y yo era cierta. Tus dos abuelos están muertos. Fue un año horrible: poco después de que los Doces se hicieran cargo, murieron tres Onces en una serie de desafortunados accidentes. El cuarto, Edward Tanner, está en silla de ruedas; enseña historia medieval en Cambridge.

Jack miró hacia la luz de la ventana.

—Si no queda nadie, ¿quién hay ahí?

La llave de latón abrió la puerta de la Casa Buckles –así llamó Gwen a la vivienda con la luz encendida–. Jack casi pudo ver brillar las pecas de Gwen al entrar.

Ya dentro, su madre colgó el abrigo y agarró un largo instrumento de latón del colgador de al lado, con el que encendió el candelabro de gas de la sala, con tanta naturalidad como si volviera a su casa después de un viaje muy largo. Miró hacia las escaleras y asintió.

—Gwen y tú: suban. Sadie y yo nos quedaremos abajo, a ver qué encontramos en la cocina.

Jack y Gwen subieron cuatro tramos de escaleras, apoyándose en un pasamanos repleto de tallas de animales: halcones, panteras y lobos. En las paredes de paneles de madera había once retratos; todos eran variaciones de la cara de Jack, e iban vestidos con ropa de diferentes épocas. Al llegar arriba, salió a un estudio bien iluminado que ocupaba todo el piso superior, con muebles elegantes y estanterías altas llenas de libros.

Jack sintió una cierta decepción: no había nadie. Una pequeña parte de él había soñado con encontrarse a su padre esperándolo allí; con verlo en aquel acogedor estudio, dispuesto a contar a su mujer y sus hijos la gran historia de su huida, y ahorrando así a Jack los duros momentos que le esperaban.

Gwen abrió los brazos al llegar arriba tras él.

—Buscabas la taquilla de tu familia, ¿no?

Él asintió y giró en un lento círculo. No veía lugares donde guardar cosas: escondites, arcones o armarios. El pequeño escritorio bajo la ventana ni siquiera tenía cajones.

—¿Dónde escondería Johnny Buckles la brasa?

—¿Cómo voy a saberlo? Nunca he estado aquí. La verdad es que me sorprende que hayamos conseguido llegar tan lejos.

Tenía que haber algo oculto, un rincón, una cámara... una puerta que Jack no veía. Fue hasta el centro de la habitación y volvió a mirar a su alrededor.

Escritorio: vacío excepto por un cuaderno y un globo terráqueo pintado a mano que flotaba en el aire sobre su base; muy lindo, pero no era lo que buscaba.

Ventana sobre el escritorio: cristal ahumado dorado que mostraba a un halcón en pleno vuelo; antiguo y con minerales engarzados, como el de la Barking Tower.

Brillo: una luz púrpura que salía de debajo de las estanterías que cubrían una pared; casi invisible.

Jack se acercó a las estanterías y miró los libros; se fijó en un gran volumen negro cerca del borde de donde se tocaban las dos del centro: La reacción en cadena de la polimerasa y otros grandes relatos. Bajo el título había algo que parecía una gran placa plateada para el pulgar. Jack levantó la mano, dudó porque el gesto le resultaba un poco ridículo, y presionó por fin el panel con el dedo.

«Bienvenido, John Buckles». La voz PuertaGiratoriaSubte habló desde detrás de las estanterías. Jack oyó un zumbido muy similar al del maglev y los estantes se abrieron, haciéndole dar un paso atrás. Las dos mitades de pared se doblaron por la mitad, hasta formar una nueva mini habitación. Se encendieron unas luces blancas. Largas tiras del suelo se levantaron y se convirtieron en hileras de mesas inclinadas, como de dibujante, cubiertas de terciopelo verde y con objetos brillantes en la superficie.

—Vaya, esto sí que es una taquilla –murmuró Jack, y entró–.

Unos percheros llenos de ropa antigua ocupaban el lado izquierdo de la habitación secreta. Jack pasó la mano por la manga de un abrigo de terciopelo rojo, el preferido de su padre. No sabía que tenía más de uno. Al lado había una chaqueta de cuero que parecía de su talla. Sin ni pensarlo, se quitó el abrigo usado que le había dado Gwen y se probó la chaqueta. El forro de seda le pareció como hecho a medida. Agarró también un sombrero hongo de una repisa.

Ejem.

Jack se volvió. Gwen negó con la cabeza.

A poca gente en el mundo le queda bien un sombrero hongo, Jack. Y a cero adolescentes.

—Ya. Entiendo. –Sintió cómo sus mejillas se ponían rojas mientras devolvía el sombrero al estante–. Quizá solo el saco.

Las ropas antiguas eran el menor de los tesoros del armario secreto. De la pared del fondo colgaban espadas y dagas a juego, junto a pistolas neumáticas de dardos y bastones con adornos brillantes en el mango. Sobre el terciopelo de las mesas había toda clase de objetos: lupas con mangos de fibra de carbono, catalejos y compases de latón, y varios discos y aparatos redondos que Jack no reconoció. En la mesa central había una esfera de piedra roja traslúcida en una montura de oro. Jack la levantó del molde y se la mostró a Gwen.

—¿Qué crees que es esto?

—No estoy segura. Puede ser un Scout. Tienen varias formas. Son grabadoras para los Rastreadores, antes de que hubiera apps que hacen lo mismo. –Jack volvió a dejar la esfera y Gwen miró por la habitación–. Creía que lo sabía todo sobre las casas de los Rastreadores, pero esto... esto es increíble.

—Pero sigue sin haber ni rastro de la brasa. Quizás me haya equivocado.

—Jack, mira eso.

Gwen tenía la vista fija en la esquina derecha de la habitación, donde había un gran espejo colgado sobre lo que antes había sido el dorso de una estantería. El marco dorado acababa en dos adornos circulares, en cuyos centros había un ojo vertical, con una gema verde pálido tan grande como el zafiro del medallón del rey.

Los dos intercambiaron una mirada. Gwen se encogió ligeramente de hombros.

—¿Por qué no?

Jack agarró ambos adornos, puso sus palmas contra las joyas verdes y sintió cómo la estantería lo absorbía.

# *Capítulo 52*

**CUANDO EL IMPULSO CESÓ**, Jack se encontró en total oscuridad, suspendido en un espacio negro sin nada excepto el espejo ante sí. Su reflejo en este se había vuelto el de un hombre mayor de cabellos grises. Jack lo reconoció de su visión en la torre en la Casa de la Reina: Johnny Buckles, el primero de la dinastía. En los ojos de su antepasado, notó que este también lo reconocía a él.

—Hijo mío...

Mientras su ancestro Buckles hablaba, Jack corrió hacia atrás, en la oscuridad. La cara del espejo cambió, pasando rápidamente por una docena de versiones de John Buckles; unas sonreían ligeramente, otras estaban muy serias, pero cada una de ellas decía algo solemne que comenzaba con «Hijo mío, John» o...

—Jack.

Volvió a detenerse, suspendido en el vacío, y miró a la imagen de su padre.

—Si estás viendo esto, quiere decir que no he vuelto de mi viaje a Londres, el que hice cuando tenías trece años. Y también significa que estás en la Fortaleza, así que supongo que ya sabes el gran secreto familiar que tanto trabajo nos ha costado a todos ocultarte. Lo que quizás no sepas es que cada John Buckles deja uno de estos mensajes a su hijo... –John Buckles Doce soltó una risita–. Aunque yo nunca pensé que iba a tener que grabar el mío tan pronto. Hay muchas cosas que quiero contarte, pero no tengo tiempo. No puedo permitir que el hombre que me persigue sepa que he venido aquí.

«Verás, Jack: he abierto la caja de Pandora y ahora tengo que enfrentarme a las consecuencias. Según parece, el primer John Buckles comprendió que la gente poderosa siempre quiere aún más poder. Sabía que desearían lo que había en la caja de Pandora en cuanto supieran de su existencia, así que escondió esta versión específica y se llevó el secreto de su existencia a la tumba. Y ahora, gracias a mi ignorancia y descuido, yo he sacado el secreto a la luz».

Hizo una pausa para rascarse la cabeza, apartándose el sombrero hongo con los nudillos, como solía hacer cuando Sadie le hacía alguna pregunta difícil de responder.

—Alguien busca la caja, Jack, y, si yo no le despisto, millones de personas pagarán el precio.

Jack apenas podía controlar el sentimiento que le producía estar tan cerca de su padre, tan cerca del momento en que todo cambió, y ser incapaz de detenerlo. «¿Dónde está? –gritó en su mente–. Solo dime dónde está la brasa y vendré a rescatarte».

Fue casi como si su padre le hubiera oído.

—Cuando yo haya desaparecido, el Ministerio buscará la brasa. Quizás hayas venido a la Fortaleza por eso. Quizás hayan solicitado tu ayuda. Pero no puedo decirte dónde se encuentra, hijo. No voy a hacerlo. Tienes que dejarlo estar. Tienes que olvidarte de mí. -Miró hacia abajo, como consultando su reloj–. Diles a tu madre y tu hermana que las quiero. Y también a ti, Jack. Siempre te querré, no importa dónde esté.

Le dedicó una sonrisa triste igual que la de su madre, besó sus dedos y los apretó contra el espejo.

«¡No te vayas, papá! ¡Por favor, no te vayas!». Al intentar tocar la mano de su padre, Jack soltó la vista del adorno. Al instante sintió una fuerza que lo arrastró de vuelta al vacío y a la realidad, ante el espejo colgado del dorso de la estantería. En este, su padre había desaparecido, sustituido por el reflejo lloroso del propio Jack.

Gwen también aparecía en la imagen, tras su hombro, con expresión muy preocupada.

—Jack, yo...

Él se dio la vuelta y levantó una mano para detenerla mientras se secaba una lágrima con la otra manga.

—Mi padre dejó un mensaje en el espejo; una despedida. Encontró la brasa, pero no quiso decirme dónde está.

—Se tragó una lágrima y bajó los brazos. ¿Por qué?

—Creo que ya sabes la respuesta. Tu padre no quería ponerte en peligro; ni a ti ni a ningún otro civil. Estaba preparándose para un último enfrentamiento.

«Un último enfrentamiento». Jack se volvió, negando lentamente con la cabeza.

—No, no era eso. No del todo.

—Acabas de contarme que dijo...

—No se trata de lo que mi padre dijera, Gwen, sino de lo que hizo. Tomó precauciones. Pensaba sobrevivir al lanzallamas del Relojero. Y consiguió ayuda: lo sé.

—¿Cómo lo sabes? ¿Dijo algo sobre eso en su mensaje?

—No, pero llevaba una bufanda roja.

Jack dejó a Gwen en la habitación secreta y salió al estudio. «La brasa tiene que estar por aquí. Solo tengo que flashear. Puedo observar los movimientos de papá de los últimos días y hacer que me conduzca hasta la brasa, lo quiera él o no». Buscó objetos metálicos por la habitación.

Globo: madera.

Escritorio: madera.

Espadas: ocultas tras las estanterías, que eran todas de madera.

Todo allí estaba cubierto por madera, tela o papel. Jack soltó un gruñido de frustración.

—Tu padre no quería que encontrases la brasa –dijo Gwen en tono más decidido que antes–. No quería que le siguieses. Él lo eligió así.

La mirada de Jack se posó en el halcón de la ventana de cristal ahumado y, de repente, se le ocurrió una solución. Ya había funcionado antes. Miró a Gwen.

—Lo que sea, pero esta es mi elección.

Antes de que ella pudiera reaccionar, se adelantó y apretó la palma contra el cristal.

# *Capítulo 53*

**CAOS.** Caos total, igual que antes en la Barking Tower. La cabeza de Jack estalló de dolor. Un rugido de sonido multicolor asaltó su mente. Una intensa luz golpeó su visión. No tenía párpados que pudiera cerrar. Todo se había comprimido en un espacio bidimensional, incluida la conciencia de Jack.

Pero esta vez, sin embargo, comprendía a lo que se enfrentaba.

Gwen se equivocaba. El cristal, al menos el cristal pintado, reflejaba, amplificaba y confundía, pero también podía grabar, como el zafiro de la Torre y las gemas verdes del espejo. En el silicato había grabados trescientos años de imágenes y sonidos; todos distorsionados y mezclados, pero estaban ahí. Jack solo tenía que reordenarlos. Ya lo había logrado antes... Quizás... O quizás Gwen tenía razón. Quizás lo que veía era una ilusión. Quizás había sucumbido al caos, y el fuego y el espectro que había visto en el cristal del Gran Incendio no eran más que creaciones de su propio subconsciente.

Empujó, al igual que lo había hecho antes, y el caos empujó a su vez. La luz aumentó su brillo hasta volverse de un blanco puro. Sintió como si su piel se apretara contra el cráneo, tanto que sus mejillas iban a reventar. Entonces apareció un rayo azul, que el cristal convirtió enseguida en un grito. Gwen le estaba chillando, sumándose al caos, intentando hacerle salir del flash.

Luchó contra ella. Era su elección; eso le había dicho. De repente notó que le volvía la voz y gritó. El caos pareció romperse.

La barrera del cristal del Gran Incendio en la Barking Tower se había partido en cientos de pedazos; el cristal estalló en millones y se convirtió en una niebla de cristales brillantes. Cuando por fin desaparecieron, lo único que había más allá era oscuridad. Por un momento se preguntó si lo había conseguido o si el cristal lo había matado.

A medida que el dolor menguaba, empezaron a aparecer detalles en la oscuridad. Jack miraba al techo de roca de Tracker Lane, excepto la parte superior de la Fortaleza con su gárgola, la cual no estaba. En su lugar había una caverna vertical que se elevaba más allá de los límites de su visión. La perspectiva de Jack empezó a cambiar, elevándose, dando vueltas, flotando por la cueva. Vio obreros y una grúa de madera y hierro. Estaban colocando la ventana en su sitio, y él se elevaba con esta. Había viajado muy atrás, demasiado. Quería ver los últimos momentos de su padre en la Fortaleza, pero había aparecido en el día que edificaron la Casa Buckles.

Se había pasado de largo más de trescientos años. Intentó avanzar en el tiempo con su mente, pero fue inútil. Después de todo por lo que había pasado, aún no podía controlar sus flasheos. Estaba atrapado. Los obreros trabajaban a la luz de linternas. Las farolas de gas aún no estaban instaladas, ni las otras casas construidas. Pero la fuente sí que estaba allí, en el centro de la cueva, y Johnny Buckles caminaba siguiendo su contorno. No era mucho mayor que cuando el rey le había confiado la brasa. Dirigía las obras de su casa, haciendo gestos al operador de la grúa hasta que el cristal de la ventana estuvo en su sitio y le dio a Jack una vista inútil hacia el camino en vez de hacia el estudio. No solo había fallado al elegir el tiempo, sino que además ahora estaba mirando al lado opuesto al que deseaba.

Jack empujó y tiró, volvió a empujar, y de repente se movió, con una mancha de roca negra y luz naranja de lámpara. Cuando se detuvo, los obreros seguían allí; estaban construyendo una segunda vivienda para Rastreadores. También oyó ruidos de obras más arriba. En la fisura vertical estaban edificando la Fortaleza. Su intento había funcionado... más o menos.

Volvió a empujar y a tirar, y de nuevo se desplazó un poco en el tiempo, a otro momento de la construcción. Repitió el proceso una y otra vez hasta que vio las farolas en funcionamiento y un grupo de gárgolas brillantes observando desde sus posiciones en la Fortaleza ya acabada. Johnny Buckles había envejecido, sus cabellos eran cada vez más blancos, pero no dejaba de dar vueltas a la fuente, con un ojo en la construcción y el otro...

El brillo dorado de un halcón en cristal pintado que se alejaba de él llenó la visión de Jack. Entonces se dio cuenta de que era él quien volaba, hacia atrás, el grito desesperado aún brotando de sus pulmones, hasta que chocó abruptamente contra el suelo.

Gwen también se dio contra el suelo, unida a él en un abrazo de oso. Se levantó sobre un codo y le dio un golpe en el dolorido brazo.

—¿En qué estabas pensando? Podrías haber acabado en coma.

—¿Qué pasa? –Los dos se volvieron al oír a Mary Buckles en la escalera–. He oído gritos.

Gwen se sentó a toda velocidad y se apartó de Jack.

—Señora B., yo...

—Estamos bien –dijo Jack, también sentándose–.

Solo me he caído, pero estoy bien.

Estaba claro que su madre no lo veía igual: el rostro se le había vuelto blanco del todo. Gwen se volvió para ver qué pasaba y soltó un suspiro de sorpresa, mordiéndose el labio. Sacó del bolsillo un pañuelo púrpura pálido.

—Ten, usa esto.

—¿Para qué?

Ella le puso el pañuelo en la palma y le condujo suavemente la mano hasta la nariz. Cuando la soltó, Jack apartó el pañuelo y vio que estaba lleno de sangre.

Su madre corrió a ayudarle a ponerse en pie y limpiarle la cara, de una forma que a Jack le avergonzó mucho.

—Pero ¿qué has hecho? –le preguntó ella, aún toqueteándole la nariz a pesar de que ya no le salía más sangre–.

—Decidí arriesgarme... igual que lo hubiera hecho papá. –Le hizo bajar las manos–. Y funcionó.

Jack corrió afuera, con un bastón con un halcón de bronce en una mano y una espada tan alta como él mismo en la otra. No estaba seguro de cuál de las dos cosas iba a necesitar.

—¿Qué es lo que has visto? –preguntó Gwen, que corría a su lado, seguida de cerca por Sadie y la madre de Jack. La chica ya le había preguntado lo mismo en el estudio y en las escaleras, pero él estaba demasiado apurado como para contestar.

Se detuvo ante la fuente, una sencilla urna con agua que salía burbujeando por un agujerito y caía a un pequeño recipiente que había en su base. Le dio el bastón a su madre y metió los dedos en el agua. Sonrió a Gwen.

—Toca el agua; está caliente.

—Claro que está caliente. Es una corriente geotérmica, Jack. ¡Seguro que te encuentras bien?

Él levantó las cejas y se apoyó en la espada.

—¿Y cómo sabes tú que es geotérmica? Esto no es el parque de Yellowstone precisamente. Apuesto a que es una simple corriente subterránea movida por la gravedad.

Gwen miró la pila.

—Y tú crees que la brasa está dentro, calentándola.

—En el flash del cristal tintado vi a Johnny Buckles supervisando la construcción de este lugar. Los obreros no habían hecho un agujero bajo Baker Street para meter la Fortaleza; la caverna ya existía. Mi antepasado escondió la brasa en el lugar más inaccesible y oscuro que encontró. Pero ¿y si cuando el rey Carlos encargó la creación del Ministerio de Rastreadores Johnny Buckles se dio cuenta de que ese mismo lugar profundo y oscuro resultaría perfecto para construir la sede? –Jack inclinó la cabeza hacia la fuente–. Gwen, esta fuente ya estaba aquí antes de que empezaran las obras de las casas y de la Fortaleza.

Ella asintió lentamente.

—Así que es cierto que la brasa está aquí. –Y empezó a hablar más rápido–: El mecanismo para sacarla debe de ser de lo más ingenioso. Johnny Buckles debió de haber hecho que la urna resulte casi imposible de abrir. Quizá sea hidráulica. Sí. Detenemos la corriente de agua y la presión abrirá la urna. No. Demasiado fácil. Venga, Kincaid, cualquiera podría haber pensado eso. –Los ojos se le abrieron de par en par–. ¡Oh! ¡Y qué hay de la electricidad estática? Creo haber visto un par de electrosferas en la armería de tu padre. Podríamos...

Mientras Gwen no cesaba de hablar, Jack la condujo suavemente hasta la esquina donde se encontraba su madre y la confió a esta, que asintió cómplice. Con las otras tres a salvo y fuera de su camino, Jack volvió a la fuente, levantó la enorme espada y la blandió tan alta como pudo.

—¿Qué haces? –gritó Gwen, justo cuando la hoja de la espada hacía contacto–.

La urna estalló en una explosión de agua y piedra húmeda, enviando fragmentos que llegaron hasta la esquina donde estaban su madre, Sadie y Gwen. En el trozo del contenedor que quedaba, rodeada de agua burbujeante, había una caja azul verdosa. Jack soltó la espada y agarró cuidadosamente la caja de entre los restos. Era cálida al tacto, casi caliente. Hizo una breve pausa antes de abrir la tapa. Tenía que hacerlo; tenía que asegurarse de que la joya que había dentro era de verdad la brasa. Al menos, eso es lo que se dijo a sí mismo.

Mientras empezaba a caminar hacia las demás, levantó la tapa. Una gema negra, pulida, un poco más pequeña que su puño, brillaba, atrapada en el interior azul verdoso de la caja. La joya parecía obsidiana, al menos hasta que bajo su superficie empezaron a aparecer unas venas naranjas que crecían y se interconectaban, pulsantes como los restos de una hoguera alimentada por la brisa nocturna. En menos de un segundo toda la brasa brillaba, amarilla. Jack sintió en el rostro el calor que irradiaba. Cerró la tapa y levantó la cabeza, solo para encontrar su camino bloqueado por una pared de tweed.

—Eh, Trece, mejor pa ti que me des eso, ¿eh?

# *Capítulo 54*

—SHAW.

Jack deseó no haber dejado la espada junto a la fuente. Aunque nunca habría llegado a usarla contra él, se hubiera sentido en condiciones de mayor igualdad con un arma en la mano.

—¿Cómo has llegado hasta aquí?

—Muy fácil, sin vosotros dos para hacerme ir mal. No soy yo al que buscan por aquí.

—Cierto. -Gwen se colocó a un lado de Jack, y su madre y Sadie al otro–.

Jack frunció el ceño.

—Así que nos has delatado a la señora Hudson...

—Aún no. *Pa* qué, si puedo llevarle un Trece y un aparato

peligroso yo solo. -Los gruesos labios de Shaw se abrieron en una sonrisa–. Y mira lo que tenemos aquí: un Trece, ¿y qué tiene en la mano? Vaya, parece un artefacto muy peligroso. Pos está daro que ya he acabado el trabajo, ¿no?

—¿Y qué pasa con mi padre? Ibas a ayudarnos a rescatarlo.

—Tu querido padre está muerto, entérate de una vez. Y a más, dos de tres no está mal. -Dirigió una ominosa sonrisa a la madre de Jack–. Y mira, ahora resulta que también he atrapao a la famosa Mary Fowler.-Dio un paso adelante y extendió una mano para agarrar la brasa–. Bien, ya es hora de...

—¿Sabes qué? -Mary Buckles se interpuso entre su hijo y el guarda, haciendo que el chico se detuviera pese a la ventaja de su tamaño. Se llevó la punta del bastón al pecho–. Serás anormalmente grande para tu edad, pero no mandas aquí. Mando yo.

El guarda la agarró del brazo y tiró.

—¿Y por qué tiés que mandar tú, eh?

Con una repentina mancha de bronce halcón y azul abrigo, la madre de Jack se zafó de Shaw y agitó el bastón en el aire por encima de ella. Lo dejó caer justo en las rodillas del guarda. Mientras las piernas de este se torcían, ella volvió a levantar el bastón, y esta vez la cabeza de halcón fue a parar a su pecho. Shaw cayó con gran fuerza. Ella, en pie ante él, apretó la punta del bastón contra su barbilla.

—¿Por qué? Porque soy una adulta. Y estos son mis niños.

El episodio había dejado sin habla a Jack y a Sadie, pero no a Gwen.

—Mary Fowler -dijo, remarcando el nombre–. Ya te dije que tu madre era intendente.

Shaw no había acabado. En cuanto Mary se volvió hacia su hijo, soltó un gran gruñido y se levantó.

—Ahora te has *pasao*.

Jack arrebató el bastón de la mano de su madre y lo soltó contra el pecho de Shaw. En el instante del golpe, pulsó un botón de latón en el compartimento brillante. De la punta salió una descarga de electricidad que hizo que a Shaw le dieran convulsiones. El aire se llenó del olor amargo de tweed quemado, y el guarda volvió a caer al suelo de piedra, inconsciente.

—Gracias. –La madre de Jack soltó un bufido de alivio–. Pero ¿cómo sabías lo de la carga en el bastón?

Jack se lo devolvió.

—Ni idea. Me pareció buena idea probar.

—Espera. –Su madre volvió a entregárselo–. Los bastones de los Rastreadores esconden algunas sorpresas. Creo que verás que resultan muy útiles.

Mientras Jack se lo colocaba en el cinturón, oyó un ruidito familiar procedente de Shaw.

—¡Escarabajos! –gritó, empujando a Gwen al lado del guarda–. ¡Ayúdame a levantarlo!

Entre los dos le dieron la vuelta a Shaw. Debajo había dos de los insectos del Relojero a punto de concluir su ya clásico ritual de autodestrucción. Jack y Gwen les dieron cada uno una patada y los enviaron volando a los restos de la fuente, donde estallaron en llamas.

—No los oí trepar por Shaw; el tweed debe de haber amortiguado el sonido. –Jack volvió a mirarlo, en el suelo–. ¿O crees que a lo mejor él es...?– No consiguió acabar la pregunta.

—No. –Gwen negó con la cabeza y dio un ligero puntapié al cuerpo de Shaw–. Es un bruto ambicioso, pero es nuestro bruto ambicioso. Los escarabajos deben de habérsele pegado sin que lo notara. Quizás los llevaba encima desde el Archivo. Tenemos que suponer que el Relojero lo sabe todo.

—Entonces mejor que nos pongamos en marcha ya mismo. Jack –intervino su madre–, déjame ir en tu lugar. –Señaló a las columnas de humo que se elevaban desde los restos de los insectos–. Mira a lo que te enfrentas. Ese hombre es un asesino.

—No, mamá. –Jack le dio la brasa a Gwen y agarró las dos manos de su madre–. Tú tienes que quedarte con Sadie. He llegado hasta aquí y puedo acabarlo yo solo.

—Pero tú eres...

—Ya no soy un niño. –apretó la mandíbula, igual que lo había hecho su padre al enfrentarse al Relojero–. Ahora soy un Rastreador.

Su madre asintió y no siguió discutiendo con él. Jack miró su reloj. La esfera digital indicaba las 23:15. Tenía que llevar la brasa al Big Ben a medianoche, y solo para subir todas las escaleras de la Fortaleza iba a necesitar más de una hora. Se volvió hacia Gwen.

—Necesitamos un elevador.

—Ya te lo he dicho: tienen cámaras, y la mayoría apenas suben o bajan unos pocos pisos. Hay uno exprés en el piso de arriba a este, pero es un nivel de almacenamiento muy vigilado. En la Cámara nos verían. Los guardas y los DEC nos estarían esperando.

—Hum... ¿y cuáles llegarían primero? –Una idea, otra alternativa, se había materializado en la mente de Jack.

—Los DEC, claro. –Gwen arrugó la nariz–. ¿Y qué cambia eso?

Jack casi sonrió ante la locura de su plan.

—Lo cambia todo.

# *Capítulo 55*

**JACK Y GWEN SUBIERON** la escalera principal hasta el siguiente nivel, el inferior de la Fortaleza propiamente dicha. Antes de abandonar Tracker Lane habían ido a la armería del padre de Jack a buscar unos cuantos objetos más y una bolsa para la brasa. Después se habían despedido de la madre de Jack y de Sadie, que irían a buscar a la señora Hudson en cuanto él y Gwen estuvieran a salvo. Llegaron a un pequeño rellano y una compuerta parecida a la de entrada de la Cámara.

—Este es el subnivel de almacenamiento de alta seguridad de la Fortaleza –dijo Gwen–, donde guardamos nuestros artículos más peligrosos, cosas como la brasa. ¿Seguro que quieres entrar?

—¿Cuántos subniveles más tendríamos que subir hasta llegar a otro donde pudiéramos agarrar el elevador exprés?

—Cinco.

—Entonces no hay alternativa. –Gwen asintió y se mordió el labio.

—Vale, pues entonces escucha: el subnivel es circular, como todos los otros excepto la Cámara. A medio camino del pasillo que rodea el perímetro encontraremos otro pasillo que va derecho al elevador exprés. Es bastante largo, porque el elevador baja desde los pisos superiores, que son mucho más anchos que este. Tendremos que recorrerlo a toda velocidad. Tu ADN abrirá la puerta, pero dudo que desactive el dron de seguridad al otro lado.

—Cuento con ello. –Jack extendió la mano hacia el panel de reconocimiento de huellas digitales–.

—¡Espera! –Gwen lo agarró de la muñeca con firmeza–. No he acabado. Los pasillos de almacenamiento que ocupan la mayor parte de este subnivel están ordenados como las partes de un candado, o como uno de esos laberintos de jardín. Pase lo que pase, quédate en el perímetro exterior, no intentes adentrarte; nunca saldrías al otro lado.

—¿Por qué, porque me perdería?

Lo soltó e inspiró con fuerza mientras él apretaba el pulgar contra el panel.

—No; porque te matarían. O algo peor.

La compuerta se abrió y no perdieron un segundo en entrar, deteniéndose en el pasillo del perímetro, apenas iluminado y forrado de paneles de madera.

—¿El lugar donde ustedes guardan los artefactos más peligrosos también es de madera?

—Reforzada por dentro con hierro -contestó Gwen, encogiéndose de hombros-. A prueba de fuego como el cemento y sin riesgo de flashes.

Jack miró a izquierda y derecha, arriba y abajo del largo y curvado pasillo.

—¿Hacia dónde voy?

—Es un círculo; elige tú.

Echó a correr. Antes de que Gwen pudiera seguirlo, un DEC apareció desde el interior del laberinto y empezó a flotar por encima de ellos.

—¡Corre! -gritó Jack, señalando en la dirección opuesta-. ¡Yo lo distraigo!

Eso hizo ella, y el dron la siguió.

—¡Eh! ¿Es que no me reconoces? -gritó Jack-.

El DEC se detuvo un instante a unos cinco metros y empezó a dar marcha atrás lentamente. Jack también retrocedió un paso y asintió.

—Eso es. John Buckles Trece. No puedes permitir que corra suelto por la Fortaleza, ¿eh? Venga, llama a los guardas, cuéntaselo todo; concéntrate en mí y déjala en paz a ella.

El dron se dirigió hacia él, desplegando sus pinzas, no más anchas que los dedos de Jack. Él se echó a reír.

—¿En serio? ¿Cuál es tu plan, agarrarme de la campera y subirme por el aire? Porque con esas pincitas no creo que puedas.

Se abrió un panel en la panza del DEC, del que emergió otro par de pinzas que se abrían y cerraban a toda velocidad, como las patas de una libélula muy enojada.

—¡Guau! –Jack se sorprendió–. Así que tu plan es ese. Se dio media vuelta y salió corriendo.

Mientras corría por entre los pasillos que llevaban al laberinto, se fijó en varios de los artefactos almacenados. La mezcla de objetos no era muy diferente a lo que había visto en la vidriera de la Oficina de los Objetos Perdidos: una lámpara de mesa, un sombrero de copa, uno de esos robotitos aspiradores circulares. Casi esperaba ver el siniestro muñeco del payaso del Cementerio. Pero lo que vio fue una manzana de bronce con dos mordiscos y un reloj gigante con las agujas detenidas a dos minutos de la medianoche. Casi había llegado al pasillo del ascensor cuando un segundo DEC le bloqueó el camino. ¿Había venido del laberinto o del pasillo?

—¡Gwen!

Ella estaba demasiado lejos como para oírle, o demasiado ocupada como para contestar. Jack estaba atrapado; solo tenía un camino abierto. A pesar del consejo que le había dado ella, giró en la siguiente esquina y corrió hacia el laberinto.

Al doblar la esquina, le sorprendió ver una luz más adelante. Quizás el número trece en realidad traía suerte: parecía que había elegido un pasillo que llevaba directamente al otro lado. En las estanterías vio unas esposas oxidadas, un hacha de bronce con una etiqueta blanca en la que decía SARGON II y un tarro con pasas en salmuera. Nada parecía demasiado amenazador hasta que dejó atrás las pasas; entonces todo le resultó terrorífico. Le invadió la sensación de que no iba a salir vivo del pasillo. El sentimiento se hizo mucho más fuerte cuando vio a otro chico que se dirigía hacia él, con la misma campera de cuero: Jack no había estado corriendo hacia el pasillo opuesto, sino hacia un enorme espejo.

Se detuvo frente al adornado marco. Unas letras esculpidas en la base decían ERWIN SCHRÖDINGER.

—Schrödinger, Sargon, salmuera -murmuró Jack-.

Debo de estar en el pasillo de la S. Qué organizados.

Jack se volvió, valorando si debía volver atrás hasta el pasillo por el que había entrado, pero al girarse golpeó con el codo una estantería, haciendo que cayera la cabeza de cobra de un largo bastón negro. Al tocar el suelo se convirtió en una serpiente de verdad.

Jack sacó su propio bastón y lo agitó a un lado y otro.

—¡Lárgate!

La cobra se enrolló sobre sí misma y le atacó con un salto. Jack le acertó con la cabeza de halcón de bronce, enviándola contra las estanterías. El tarro de pasas cayó de lado y empezó a rodar lentamente hacia el borde del estante.

La serpiente siseó y se enrolló para atacar de nuevo. El tarro acabó cayendo de la estantería.

Dos drones aparecieron en el pasillo.

Jack volvió a atacar mientras la cobra saltaba y oyó un reconfortante «crac» cuando los colmillos dieron contra el bronce. Al instante, la serpiente volvió a convertirse en un bastón recto. Un

DEC lo agarró al vuelo y volvió a depositarlo con cuidado en su estante, mientras que el otro atrapó las pasas justo cuando iban a llegar al suelo. El segundo DEC devolvió el tarro a su lugar y después ambos avanzaron hacia Jack, con las pinzas extendidas. Él dio unos pasos atrás, esperando toparse con el espejo. Pero en vez de eso tropezó con una de las patas y cayó contra el cristal... atravesándolo.

—Qué...

Jack acabó con un «¡Ufff!» al dar con el trasero contra el suelo. Estaba sentado frente al mismo espejo, pero en un pasillo del todo diferente, sin bastón-serpiente ni drones. Y, bien mirado, ni siquiera el espejo era el mismo. Las letras doradas en la base decían SR PICKLES. En el reflejo Jack vio una sala iluminada, marcada con una placa de latón con las letras RODAVELE. A su mente le costó un momento entenderlo y entonces se levantó de un salto, gritando:

—¡Elevador!

Los DEC se acercaban por un lado mientras Jack corría por el pasillo del perímetro hacia el largo pasaje. Las puertas del elevador exprés estaban abiertas de par en par, pero no había rastro de Gwen.

# *Capítulo 56*

**JACK SE PRECIPITÓ** al ascensor y se dio la vuelta para ver a los dos drones que corrían por el pasillo. Apretó repetidamente el botón de cierre de puertas con la punta del bastón.

—¡Venga, venga!

Por fin, las puertas se activaron y empezaron a cerrarse muy lentamente. Encima de él, la cámara de video colgaba de un cable, con la montura rota. Reconoció la obra de la bufanda de Gwen.

Con las puertas casi cerradas, el DEC que iba delante giró en el aire, cerró las pinzas y pasó a toda velocidad; Jack se encogió mientras el otro se estrellaba contra una puerta. El DEC empezó a moverse hacia delante y hacia atrás por encima de Jack, explorando las cuatro esquinas del elevador antes de detenerse en el centro y bajar las pinzas, lentamente, buscando a su presa. Jack se metíó el bastón en el cinturón y se apoyó en una esquina. No tenía adonde ir, pero salir corriendo nunca había formado parte de su plan.

— ¡Te tengo! -gritó, saltando y agarrando las dos pinzas delanteras. El DEC se elevó, confuso, levantándolo del suelo, y Jack pulsó con un pie el botón de parada de emergencia–. ¡Ahora, Gwen!

Se abrió un panel en el techo. La chica asomó la cabeza.

—¿Me has llamado?

Sin otro lugar adonde ir, el DEC salió por el techo, y ella lo agarró por las pinzas traseras, permitiendo que la levantara en su ascensión. Los dos juntos se elevaron por el hueco.

—¡Ha funcionado! -Jack miró el brillo de los motores que los elevaban hacia la superficie–. No puedo creer me que haya funcio... -Pero se detuvo a media frase al bajar la vista y mirar a Gwen a los ojos, a pocos centímetros de él. No parecía muy contenta–. ¿Y ahora qué he hecho?

—¿Tanto equipo en la armería de tu padre y no podías encontrar un caramelo de eucalipto?

—Mira quién habla. No soy el único por aquí con aliento a ChocoNuezMarisco.

Ella soltó una risita, pero las bromas sobre el aliento solo cubrieron los dos primeros niveles de su largo ascenso; después se hizo un incómodo silencio. Estaban frente a frente, con sus narices casi tocándose.

—Ejem. -Gwen se aclaró la garganta y miró a un costado–. Sí que has tardado. Supongo que te fue totalmente necesario ir por los pasillos centrales, aunque fuese solo porque yo te había dicho que no lo hicieras.

—¿Y cómo sabes qué es lo que he hecho?

—Lo llevas escrito en la cara.

Gwen volvió a mirar al frente, y Jack sintió la necesidad de dirigir su vista arriba, simulando estar muy interesado en el hueco del elevador.

—Me caí por un espejo.

—¿Ah, sí? ¿Cuál?

—¿Eso importa?

—Desde luego. Siete personas han caído por el espejo del señor Pickles y no tenemos ni idea de adonde fueron a parar, o si están vivos o muertos.

Al principio, Jack pensó que era una broma, pero ella estaba muy seria.

—Yo me caí por el otro.

—Sí, claro.

—Hum... ¿Gwen?

Jack volvió a mirar hacia arriba, y esta vez su interés era genuino. Tal como habían planeado, el dron estaba acelerando, y ahora el brillo azul de los rotores iluminaba el techo del hueco, al que se dirigían a toda velocidad. Gwen siguió su mirada y ambos gritaron.

—¡Aaaaaah!

Sonó un contundente «clang», pero sin el esperado dolor de un choque y sin caer hacia sus muertes. Jack sintió el blanco empuje del viento frío como una dolorosa bofetada en sus mejillas. Abrió los ojos uno a uno y vio una rejilla abierta debajo de ellos.

—¿Estamos muertos? –La voz de Gwen sonaba amortiguada; seguía cubriéndose la cabeza con un brazo.

—¡No! –gritó Jack por encima de la corriente que los llevaba al este de Baker Street–. Pero tenemos un nuevo problema. No mires para abajo.

Ella hizo justo eso y volvió a gritar, agarrándose a Jack con las piernas. El movimiento hizo que el dron se desviara de su rumbo; este intentó corregirlo con un giro hacia el Sur antes de volver a la dirección Este.

—¿Y ahora qué hacemos?

Jack estaba concentrado en el dron y su trayectoria.

—Necesito que te des vuelta.

—¿En serio? –replicó ella–. ¿Ahora eres tú el que hace chistes sobre el aliento?

—Tú date vuelta, ¿OK?

Apoyándose en Jack, Gwen consiguió hacerlo. El dron se agitaba con cada cambio del peso de su carga, girando a la derecha y a la izquierda, para compensarlo, hasta recuperar el control.

—¡Ahora a la izquierda! –gritó Jack; lo hicieron los dos a la vez, escorando de nuevo al DEC–. ¡Derecha!

De nuevo, el dron compensó sus movimientos. Jack sonrió a pesar del frío y el dolor que sentía en los brazos.

—¡Podemos guiar este aparato!

Les costó un buen rato de pruebas y errores encontrar el ritmo, pero por fin Jack y Gwen volaban por encima de las luces de Londres, evitando techos y pararrayos, con los dedos de los pies tocando las copas de los árboles en los parques (aunque esto último solo lo hicieron a propósito una vez). Gwen señalaba la dirección, buscando cada punto de referencia en su camino hacia el sudeste hasta el Big Ben.

—¡El Relojero debe de estar esperándonos! -gritó Jack por encima del viento que le golpeaba las orejas-.

—¡Pero lo que seguro que no se espera es esto!

# Capítulo 57

**JACK Y GWEN** pasaron por encima de la abadía de Westminster, alzando los pies para no topar con sus capiteles. Más adelante, la Gran Torre del Reloj se elevaba sobre el Tárnesis, con un brillo dorado producido por los focos que lo iluminaban desde abajo. Aún más allá, al otro lado del río, Jack vio el círculo azul de la Millennium Wheel, bajo la luna que colgaba del horizonte, al Este.

Gwen hizo un exagerado movimiento de cabeza hacia la torre.

—¡Podemos aterrizar en el balcón de encimade la esfera! ¡El que el Parlamento iluminó con esas horrorosas luces verdes!

Pero el balcón estaba fuera de alcance, a su derecha.

Jack comprendió de repente la dificultad que presentaba el viento.

Sí, la corriente había hecho que su vuelo resultara frío y ruidoso, pero ahora también les causaba un problema de navegación y los desviaba. Guiar el DEC hacia la torre era como llevar una canoa hacia la orilla en mitad de un río revuelto. Gwen también lo notó.

— ¡No estamos bien alineados! ¡Vamos a pasarnos de largo!

La corriente del Oeste era muy fuerte; el balcón se acercaba demasiado rápido. Antes de poder compensarla hacia el Sur, pasaron la esquina Noroeste. Desesperado, Jack soltó una pinza e intentó agarrarse a la barandilla. Falló: sus dedos fueron a parar a la nariz de una gárgola con forma de dragón al Noroeste de la estructura. El DEC se detuvo abruptamente y la espalda de Jack hizo un sospechoso «crac».

Ahora era Gwen la que estaba más cerca de la barandilla. Saltó a la espalda del dragón, entre sus alas; se arrodilló allí, lo rodeó con un brazo y extendió el otro hacia Jack.

—¡Agárrame la mano!

Él no tenía más opción. Apenas acababa de decir Gwen esas palabras cuando la mano de él resbaló de la pinza. Bajó el brazo y Gwen lo agarró. Jack saltó al lomo del dragón, y los dos treparon juntos la barandilla. Se dirigieron hacia el brillo verde de los focos del balcón. En cuanto Jack lo hubo soltado, el DEC había sido arrastrado por el viento, intentando virar al Norte en una lucha inútil por regresar a la Fortaleza. Evidentemente, ya no quería saber nada de ningún Trece.

Oyeron un fuerte clic proveniente de la esfera del reloj, debajo de ellos. Jack se asomó al borde para mirar: 23:47.

Si no conseguían entregar la brasa en los siguientes trece minutos, el Relojero mataría a su padre. Corrió hacia el más cercano de los altos ventanales de arco que rodeaban el campanario y miró dentro.

Las luces del balcón brillaban a través de los ventanales, inundando la sala cuadrada de ladrillo con un brillo verde y llenando el suelo de sombras. El campanario estaba vacío excepto por las cinco plataformas de hierro de las campanas. Jack no vio rastro del Relojero o de su padre.

—No hay nadie –susurró mientras abría la ventana y hacía un gesto a Gwen para que le siguiese. Ya dentro, se sopló las manos y las frotó una contra la otra, aliviado por estar a salvo del viento–. Bien, ya estamos dentro.

—¿Dónde está ese tipo?

Gwen señaló el suelo.

—¿Dónde va a estar? Dijo que fuéramos al Gran Reloj.

Hizo un gesto hacia la campana central, de largo la más grande de las cinco.

—En realidad, el nombre «Big Ben» pertenece a esta campana, no a todo el edificio, que se llama Gran Torre del Reloj. Y el verdadero Gran Reloj es una colección de mecanismos en la cámara bajo nuestros pies.

En el siguiente nivel encontraron un estrecho pasillo que daba a las cuatro esferas del reloj y las cuatro grandes paredes llenas de bombillas tras ellas. Gwen explicó entre susurros que el Gran Reloj estaba en el interior de una cámara más allá de las paredes con las luces. La única entrada que encontraron fue una puertecita de madera en el lado Este, pero Gwen frenó el paso a Jack y le susurró al oído:

—¿Cómo vamos a sorprender al Relojero si solo hay una entrada? No nos ha dejado ninguna opción.

Jack se fijó en el muro de luces que había sobre ellos. En el centro exacto, un enorme cilindro asomaba por un agujero para mover las manecillas de la esfera. En los otros tres lados debía de ser igual. Se separó de Gwen y la miró de arriba abajo, intentando adivinar su tamaño.

—Quizá sí que nos ha dejado una opción.

Segundos más tarde, Jack abría la puerta de la cámara.

—¡Ah! ¡Jack el Afortunado! Justo a tiempo.

El Relojero estaba apoyado en la barandilla de un recinto lleno de engranajes que se movían lentamente. Sonrió ante su propio juego de palabras. Tenía una mano sobre una silla de ruedas, en la que John Buckles Doce estaba sentado, con su abrigo de terciopelo chamuscado perfectamente doblado en el regazo y la cabeza hundida en el pecho. Tenía quemaduras en las mejillas. Jack entró apresuradamente.

—¡Alto! Ni un paso más. –El cañón de bronce del lanzallamas asomaba por la manga del Relojero, a un centímetro de la cabeza de su víctima. Su sonrisa se volvió maligna–. Espero, por la salud de tu padre, que me hayas traído mi premio, *mon ami*. Si no, este encuentro va a resultar tan breve como trágico. Muy trágico, sí.

Todo era un truco, y Jack lo sabía. La implicación, por muy llena de amenazas que estuviera, de que él o su padre tenían la menor oportunidad de salir vivos de allí era una obvia mentira. En cuanto él sacara la brasa, el Relojero le freiría con el lanzallamas, o haría que le atacaran los escarabajos mecánicos, o cualquier otro ataque mortal que ni siquiera se imaginaba.

Pero Jack ya había pensado en todo aquello.

Dirigió su mirada a la enorme estructura que había encima de la cabeza del Relojero, una colección de vigas cruzadas que iban de pared a pared y soportaban los cilindros que movían las manecillas de las esferas. El eco de un «clic» resonó en la cámara de ladrillo y los cilindros rotaron, haciendo avanzar a la vez las minuteras de las cuatro esferas.

—Otro minuto desperdiciado –dijo el Relojero de forma tajante, levantando una mano enguantada–. Ya te lo dije, tengo un horario que cumplir. ¿Dónde está la brasa ?

—Calma. –Tack agarró su mochila con ambas manos–. Tengo lo que quieres. –Hizo como que rebuscaba en ella, tardando tanto tiempo como se atrevió, y entonces sacó ambas manos a la vez. En una tenía la caja con la brasa dentro; en la otra, una pistola de dardos de cuatro cañones, con las puntas serradas de estos asomando. Apuntó el arma de latón al francés–. Pero no te vas a hacer con la brasa hasta que mi padre esté a salvo. Ahora aléjate de la silla.

El Relojero soltó una larga y sonora carcajada, haciendo que Jack se arrepintiera de su intento de tomar el control dc la situación. Apuntó el lanzallamas hacia Jack sin piedad.

—¿De verdad crees que tus darditos van a atravesar las llamas? Vaya, Jack el Afortunado, se ve que no tienes tanta suerte.

Jack se tragó su miedo y su frustración y dio otro paso hacia su padre, sin bajar el arma.

—Quizás tengas razón. Quizás puedas detener mis dardos. –Señaló con la barbilla hacia la pared detrás y encima del francés–. Pero no tienes manera de detener a la vez los de ella.

Gwen había conseguido llegar. Estaba colgada de la viga más cercana al agujero por el que el cilindro salía de la pared. Cuando el Relojero se volvió a mirarla, ella levantó su propia pistola de cuatro cañones y la apuntó a su cabeza.

—Creo que «Jack el Afortunado» te ha dicho que te apartes.

—Dispárame –gruñó el francés, y apuntó de nuevo a la frente de su prisionero–. Inténtalo. Tu padre estará muerto antes de que tus dardos me alcancen.

Jack contaba con esa amenaza.

—Pero te alcanzarán y tú también morirás. –Levantó la brasa–. Mi padre estaba dispuesto a morir por este aparato. ¿Y usted, señor Relojero?

Los mecanismos hicieron que avanzara otro minuto, con un «clic» que resonó en toda la sala.

# *Capítulo 58*

—**MUY BIEN** –dijo el Relojero con profundo desprecio–, te seguiré el juego.

Se apartó de la silla mientras Jack se acercaba. Se miraron fijamente al cruzarse. Jack observó clabrigo doblado en el regazo de su padre y vio un reflejo rojo en el forro. Sin darse cuenta, se mordió el labio y decidió no perder la esperanza.

—¡Papá! ¿Puedes oírme?

John Buckles no respondió; ni siquiera se movió.

—Muy bien, Jack el Afortunado. –El francés había llegado a la puerta–. Ya tienes a tu padre; ahora dame la brasa .

Jack oyó cómo Gwen saltaba al suelo tras él e inmediatamente se volvía hacia un lado, usando los mecanismos del reloj como escudo parcial. Pero, aun así, el Relojero seguía teniendo su lanzallamas. Los engrasados engranajes no iban a resultar una gran defensa. Si la cosa acababa a tiros, Jack estaba seguro de que al menos uno de los dos no sobreviviría. Solo veía una manera de salir de esta.

—Muy bien. ¿La quieres? -Abrió la solapa de la caja de la brasa-. ¡Agárrala!

Jack lanzó la caja, haciendo que se abriera la tapa y la brasa volara hacia el francés. De inmediato, la joya brilló, ardió y dejó un rastro de fuego en el aire.

El Relojero ni se lo pensó: levantó un brazo y atrapó su ardiente tesoro. Su guante y su abrigo se incendiaron al instante. Enseguida gritó de dolor, cubierto en llamas.

Sin perder un segundo, Jack agarró el abrigo de su padre y lo usó como escudo. El forro rojo era igual que el de los abrigos de los Dragos que había visto en la estación del Expreso del Ministerio. El forro estaba hecho de escamas de dragón; tenía que ser eso. Así era como su padre había sobrevivido al lanzallamas.

Jack avanzó, mientras rogaba poder contener la brasa antes de que incendiara toda la torre. Pero tras unos pocos pasos se detuvo, del todo confuso. El horrible grito del Relojero se había convertido en una carcajada. Bajó su escudo improvisado y vio que las llamas disminuían. Sin saber qué hacer, se retiró al lado de su padre.

—¡No funciona, Gwen! ¡Dispárale!

Ambos lanzaron dardo tras dardo al fuego, pero no podían ver a su objetivo, y la risa seguía. Por fin, el humo y las llamas se disiparon, dejando tras de sí las negras ruinas de las paredes y el suelo cercano a la puerta. Y el Relojero estaba en pie en el centro, transformado.

El abrigo y los guantes negros habían desaparecido junto al sombrero de ala ancha. Su ropa había ardido, dejando al descubierto una armadura azul verdosa con una máscara a juego. A sus pies yacían los restos del lanzallamas y las minibombonas que lo habían alimentado. Tenía la brasa encerrada en su puño metálico; en la otra mano alzaba el Globo de Nerón.

—¿Creías que no estaba preparado para el poder de la brasa, Jack el Afortunado? ¿Es que no lo habías adivinado? Fue mi ancestro Robert Hubert el que descubrió sus secretos, quien desenterró el Globo y aprendió cómo la aleación de su cristal controla la joya. ¿Creías que yo no iba a continuar su labor?

«Clic». El Gran Reloj avanzó otro minuto.

—La medianoche se acerca, y la Justicia ha de ser servida puntualmente. Ese es el estilo inglés, ¿eh? A las doce en punto, Londres va a aprender el verdadero significado de la Justicia. –El francés se levantó la máscara con un nudillo para mostrar una sonrisa enfermiza–. Adiós, Jack el Afortunado. Me temo que tu tiempo se ha acabado.

Abrió el puño, dejando la brasa al descubierto. Ríos de fuego corrían por el interior de la joya, como si absorbiera el calor del propio aire. Entonces empezaron a volar llamaradas por la sala.

—¡Agáchate!

Jack levantó el abrigo para protegerse a sí mismo y a su padre. Sintió el calor en su brazo, intenso, al límite de lo que podía soportar, pero las llamas no atravesaron el abrigo. Al bajarlo, vio que el suelo debajo de él estaba chamuscado. Tras él, los engranajes engrasados brillaban azules con las llamas. Y el Relojero se había esfumado, dejando en su lugar un grupo de escarabajos mecánicos. Jack disparó el último de sus dardos y derribó a uno de los insectos pero no hizo nada por detener al resto, que avanzaron por la sala.

—Jack... -Gwen estaba de pie tras los engranajes en llamas-.

—Ya los veo.

Jack tiró la pistola de dardos a un lado y rebuscó en su mochila. Su mano se cerró alrededor de una bola de cobre, una especie de yoyó, y deslizó un dedo por la anilla de su cadena. Gwen sacó una bola similar de un bolsillo de su abrigo.

—Espera a tenerlos cerca.

Los escarabajos abrieron su formación, con un ruido que casi sonaba como una risita malvada. Jack los siguió con la mirada.

—Creo que ya están lo bastante cerca, ¿no?

—¡Ahora! -gritó Gwen, y los dos lanzaron sus esferas a la vez-.

Las bolas se separaron del final de sus cadenas, dejando al descubierto los imanes que llevaban dentro mientras volaban camino de los insectos, que los atacaron con sus rayos eléctricos de color púrpura. Para sorpresa de los insectos, sus objetivos de cobre les devolvieron el ataque: de cada esfera surgieron unos rayos zigzagueantes. Más de una docena de escarabajos cayeron al suelo y estallaron. El resto retrocedió y se retiró por la puerta. Gwen dio un puñetazo en el aire.

—¡Bien hecho! Sabía que las electrosferas nos serían útiles.

Jack no estaba para celebrar pequeñas victorias. Se volvió, se arrodilló ante la silla de ruedas y agarró cuidadosamente la mano de su padre.

—Papá, ¿puedes oírme?

—Jack, no hay tiempo para eso. –Gwen dio la vuelta corriendo al receptáculo de los engranajes y comprobó el pulso y la respiración del padre de Jack. Luego asintió–. Por ahora está bien, pero ya has oído al Relojero. A medianoche va a unir la brasa y el Globo de Nerón. Va a incendiar Londres. Ninguno de nosotros estará bien por mucho tiempo si no le detenemos.

Jack no le contestó.

—Por favor, papá; no puedo hacer esto sin ti. –Sacó de la mochila la esfera roja y dorada que había encontrado en la armería, la que estaba en el centro–. Mira. Me he traído esto. Es muy bello. Tiene que ser importante, ¿verdad? Podemos usarlo para detener al Relojero. Solo tienes que despertar y decirme cómo.

«Clic».

Gwen dio un paso hacia la puerta.

—Son las 23:53. Siete minutos. Tenemos que irnos.

—Por favor, papá, te necesito. –Jack abrió la palma de su padre, colocó la esfera en ella y le cerró el puño antes de bajar su frente hacia él.

—¿Jack?

No era la voz de Gwen. Levantó la vista y vio que su padre le miraba con ojos cansados.

—¡Papá!

—Hijo, el Relojero...

—Se ha marchado. Se ha largado con la brasa . Pero podemos recuperarla... tú y yo juntos.

—Jack, no puedo... –Su padre respiró hondo y con dolor–. Sé que querías salvarme, hijo, pero ahora hay millones de vidas en juego. Esto es mucho más grande que tú y que yo, y cómo acabe depende de ti.

—Jack, ¿qué haces? –preguntó Gwen–. No nos que da tiempo.

—¡Dame un segundo! –gritó él por encima del hombro.

«Clic».

—Ve, hijo –oyó decir a su padre–. Ahora eres un Rastreador. Puedes conseguirlo.

Para cuando Jack se volvió, los ojos de su padre volvían a estar cerrados. Tras él, Gwen llegó a la salida.

—¡Ahora, Jack!

Él recogió el abrigo, corrió tras Gwen y se detuvo ante la puerta.

—Vale, voy, pero necesito que tú te quedes con mi padre.

—¿Qué? No seas absurdo.

—Está herido. Necesita que lo cuiden.

Ella no discutió. Ni siquiera dijo nada, aunque ya había empezado a mover los labios.

Jack vio el cambio en la expresión de la chica y sintió cómo le salía sangre por la nariz por segunda vez aquella noche. Sacó un paño de la mochila y se limpió.

—No es nada. Quédate aquí. Voy tras él.

—Ni hablar. Estás herido. No puedes...

Pero él no esperó a que Gwen acabara la frase. Salió al pasillo y cerró de un golpe la puerta chamuscada que los separaba.

## *Capítulo 59*

**JACK SE PUSO** en cuclillas tras la puerta de la escalera. La luz verde del campanario se esparcía por el resquicio. Por el momento había dejado de sangrar. Tiró el paño y agarró los dos últimos objetos de la mochila. Uno era la esfera de níquel que Gwen le había dicho que era con toda seguridad un Scout.

Movió los dos hemisferios de la bola, le dio cuerda y la lanzó por la puerta. El hemisferio superior se abrió, dejando al descubierto un grupo de hélices que se pusieron en marcha para mantenerlo en el aire. Tras contar hasta cinco, Jack sacó una segunda esfera, un poderoso imán que hizo regresar al Scout. Lo agarró en el aire con la otra mano y en ese mismo momento *flasheó*.

El Relojero había abierto las ventanas que iban del suelo al techo de la cara Este del campanario, dejando a la vista el único balcón protegido del viento. Había colocado un pedestal de bronce en el centro, en el que iba a depositar el Globo de Nerón.

El *flasheo* acabó con otro «clic» del presente. Las 23:55.

En cinco minutos, el francés colocaría la brasa en el Globo y desataría su poder amplificado sobre Londres. Y, con el viento que hacía, el incendio sería imparable.

¿Qué podía hacer Jack? Hizo lo único que se le ocurrió.

—¡Eh, Fosforito! –Entró corriendo en el campanario y saltó hasta la plataforma de la campana más cercana. Un chorro de llamas salió de la palma del Relojero. Solo el abrigo de su padre le evitó ser incinerado. Cuando el fuego disminuyó, asomó la cabeza–. ¿Cuál es tu problema?

El Relojero acabó de colocar el Globo y rió.

—Jack el Afortunado, ¿sigues ahí? –Abrió la mano y dirigió otra llamarada a la plataforma. Una columna de humo se elevó en el aire, tintado de verde por los focos–. Veo que has derrotado a mis amiguitos. –Cerró el puño de nuevo en torno a la brasa–. Bravo, *mon ami*, pero no importa. En unos pocos minutos sonarán las campanas pequeñas y después la grande. Al señalar las doce, el amplificador esparcirá en el viento a mis hijos de la brasa. No tienes a donde huir. Todo Londres arderá. Hasta el mítico Támesis hervirá.

Jack corrió hasta la gran plataforma de la campana central y rodó por el suelo cuando la brasa iba a alcanzarlo. Al llegar allí, apoyó la espalda contra la pared.

—Pues muy bien –gritó, respirando con dificultad–. Podemos conversar mientras esperamos tu Apocalipsis. Tampoco es que tengamos nada mejor que hacer. –La plataforma estaba a medio camino entre la escalera y el Relojero. Si Jack conseguía llegar al balcón, superando el fuego y los escarabajos, quizás pudiera desmontar de una patada el poste con el Globo y al menos reducir el poder del Relojero. Tosió en el humo cada vez más denso–. Y dime: ¿por qué es tan importante que Londres arda?

«Clic». Las agujas de las cuatro caras avanzaron otro minuto.

—¿Que por qué? ¿Cómo puedes preguntar eso, Jack el Afortunado, cuando fuiste tú quien encontró los nombres de los muertos? ¿O preferirías ocultar la verdad, igual que el resto de tu maldita familia?

—Johnny Buckles no quería ocultar esas muertes.

Jack miró con cuidado a su alrededor, fijándose en la posición del Relojero.

—Pero el escándalo por la traïción de Bloodworth hubiera destrozado Inglaterra. Hizo lo que tenía que hacer por su país. Era un patriota.

—¡Ni hablar! –El Relojero dio unos pasos alrededor del pedestal con los puños cerrados con ira–. Era un traidor a los suyos. Hubert era el verdadero patriota. Se sacrificó por el dolor que le causó la matanza del pueblo llano.

Un rayo de electricidad estalló por encima de la cabeza de Jack, quien le dio un bastonazo al escarabajo enviándolo al otro lado del Campanario. El Relojero estaba intentando distraerle para que no pudiera formular un plan. Pero, ¿por qué no había enviado a todos los insectos?

«Clic». Quedaban tres minutos. Jack se asomó para echar un vistazo.

El francés detuvo sus pasos justo entre Jack y el pedestal. Los escarabajos que le quedaban flotaban por encima de sus hombros.

—El nuevo Londres se erigió sobre las cenizas de miles y miles de restos de personas anónimas. Legiones de sus ciudadanos más pobres se convirtieron en literalmente, el mortero de sus edificios y, durante los trescientos cincuenta años siguientes, los millones que han venido detrás de ellos se han comportado como si nunca hubiera sucedido; igual que tu antepasado. –Empezó a abrir el puño, mostrando el fuego que palpitaba dentro–. Un Hubert cargó con las culpas en 1666; y ahora, un Hubert va a repartir el castigo.

El Relojero movió su brazo en un arco y esparció llamaradas por el campanario. Jack creyó que no había sido más que un gesto de ira sin ningún otro sentido hasta que vio a Gwen en el suelo tras él, con su abrigo de lana en llamas. Jack se lo quitó de los hombros y lo lanzó al campanario, donde más llamas lo convirtieron en ceniza en unos pocos segundos. Luego empujó a la chica contra la pared.

—¿Qué haces aquí?

—¿Que qué hago aquí? –Gwen tosió, agitando la mano en un intento inútil de apartar el humo de su cara–. ¿Y qué tal un «¿estás bien?» ¿No es la frase habitual cuando casi fríen a una amiga al acudir en tu ayuda?

—Bienvenida, *ma chère* –dijo el Relojero, mientras otra llamarada alcanzaba la plataforma.

—¿Lo ves? Hasta el malo sabe saludar correctamente.

—Gwen, ¿qué hay de mi padre?

—Tu madre está con él.

—¿¡Mi madre!?

Gwen bajó la cabeza para evitar otra llamarada.

—Ella llegó primero. La señora Hudson estaba reuniendo a los guardas cuando ella salió pero, Jack...

—Lo sé. No van a llegar aquí a tiempo. –Suspiró y miró por encima de la plataforma, y volvió a encogerse enseguida para evitar las llamas–. No puedo llegar hasta él. Ve todos mis movimientos.

«Clic».

—Dos minutos hasta las campanadas, *mes amis*, y entonces veréis lo que es hacer justicia... si para entonces seguís vivos.

Una larga llamarada lamió la plataforma y obligó a Jack y Gwen a apretarse el uno contra la otra. En cuanto las llamas descendieron aparecieron dos escarabajos más, que los rodearon. Jack estaba demasiado ocupado protegiendo a Gwen con el abrigo de su padre como para alejarlos a golpes. Dispararon sus rayos eléctricos.

Para sorpresa de Jack, los dos bichos fallaron por mucho. Demasiado. Gwen derribó uno con un golpe de su bufanda. El otro se precipitó sobre Jack, pero este apenas tuvo que esquivarlo: el insecto se estrelló contra la pared y cayó al suelo, agitando las patas en sus estertores. Jack acabó de aplastarlo con su bastón y lo apartó de una patada antes de que estallase.

Jack y Gwen se miraron por un instante, intentando procesar lo sucedido. Entonces a ella se le iluminó el rostro.

—El humo... ha confundido sus cámaras –dijo, tosiendo sobre el brazo de él.

Tenía razón. El humo del campanario se había vuelto tan espeso como en el apartamento ardiente. De no ser por la luz verde que atravesaba la niebla, Jack hubiera sido incapaz de ver a la chica, al menos con los ojos. Bajó la voz.

—Tengo un plan. Si apagamos las luces, tanto los bichos como su dueño quedarán totalmente a ciegas.

Gwen se ató la bufanda al cuello, cubriéndose la boca y la nariz.

—Sí, pero nosotros también.

—Tú sí; yo no. –Jack fue al borde de la plataforma y se arriesgó a echar otra mirada, envalentonado por el hecho de que el Relojero no parecía verle. Observó el humo verde e intentó concentrar sus sentidos a pesar del ambiente asfixiante.

Cuerdas: una ardía.

Martillos de las campanas: preparados para anunciar la hora del apocalipsis.

Cable: sigue el techo, por encima de las ventanas del Norte.

«Sí».

Jack siguió la línea de hilo de cobre hasta una columna, desde donde descendía hasta una caja eléctrica normal y corriente.

—Veo los interruptores –susurró, retirándose del borde– en la esquina Noreste del campanario. Pero el Relojero está junto al Globo de Nerón en el balcón Este, a poco más de cinco metros. Tendré que meterme en plena línea de fuego para alcanzar la caja.

«Clic». Solo quedaba un minuto.

—Espera. –Gwen se colocó de repente al otro lado, a pocos centímetros de quedar expuesta al fuego del francés–. Déjame ir a mí. Si le distraigo corriendo hasta la caja es probable que tú puedas alcanzarlo desde el otro lado.

—No tienes por qué hacer esto, Gwen; ya has hecho bastante.

—En realidad, sí que tengo que hacerlo. –Levantó las cejas–. Reglas comunes, volumen uno, sección uno, regla uno: «Hay que defender el Reino de todos sus enemigos, aun a riesgo de la propia vida».

Jack soltó una risita que salió más como una tos.

—Siempre estás citando las reglas, Gwen, pero nunca las sigues. ¿Por qué empezar ahora?

—Eh. –Puso cara de escandalizada–. Sigo todas las reglas. Todas excepto una.

Las campanillas de los cuatro lados empezaron a sonar, iniciando la cuenta atrás de veinticinco segundos hasta señalar la medianoche. Unas gruesas ondas redondas de bronce llenaron la visión de Jack.

—¿Ah, sí? –gritó por encima del ruido–. ¿Y cuál es esa regla?

—¿Es que no has estado prestando atención? –respondió Gwen también a gritos. Se inclinó y le besó en la mejilla, a la vez que agarraba el bastón y el abrigo del padre de Jack. Entonces le dedicó el saltito de pecas más brillante de todo el día–. Eres tú, Jack Buckles. Tú eres la regla que no cumplo.

Antes de que Jack pudiera añadir alguna palabra, Gwen salió corriendo. El Relojero levantó la brasa, apuntándola hacia ella.

—¡No! –Jack se agarró a la plataforma de hierro, saltó y corrió hacia la esquina opuesta.

El Relojero miró al uno y a la otra, confuso por el ataque por dos flancos. Soltó un grito enfermizo y levantó un brazo con el puño cerrado en dirección a Jack. Una llamarada bañó el campanario, pero el fuego falló los dos objetivos. Un milisegundo más tarde, Gwen alcanzó la caja eléctrica, que forzó con el bastón a la vez que disparaba. Volaron chispas en todas las direcciones. Las luces verdes se fundieron y las campanas desaparecieron en la nube de humo oscurecida.

—¿Qué estás haciendo? –gritó el Relojero–. ¡La oscuridad no va a detenerme! –Tosió por el humo mientras se dirigía dando tumbos hacia el balcón iluminado por la luz de la luna, camino del Globo.

Jack cerró los ojos. Ya no necesitaba la vista. Las ondas de las campanas rebotaban en las paredes, las ventanas, las columnas... y en el Relojero y sus escarabajos; Jack veía a cada uno de estos mientras corría a interceptar al francés, eran como siluetas de bronce brillante con el contorno de los insectos. Cada uno de ellos lanzaba rayos de electricidad, pero estos resultaban fáciles de esquivar.

El francés alcanzó el pedestal, llevó su mano al Globo y abrió el puño. La brasa relució con un amarillo brillante. Docenas de versiones más pequeñas aparecieron en el cristal.

—¡Gwen!

La chica, que en la visión de Jack refulgía como un ángel dorado, se volvió hacia él y le lanzó el bastón a ciegas.

El Relojero también oyó el grito. Separó la mano de la esfera y se volvió hacia el sonido, haciendo que las llamas en miniatura se apagaran.

—¡Estás acabado, Rastreador!

Pero Jack ya no estaba a su alcance. Había saltado, usando el marco de ladrillo de la ventana para darse impulso, cambiar de dirección a medio salto y agarrar al vuelo el bastón.Cuando volvió al suelo retiró la cabeza de halcón, dejando al descubierto una espada. Golpeó con esta la juntura de la muñeca de la armadura del Relojero, con toda su fuerza unida a la de la gravedad.

El francés aulló; esta vez se trataba de un verdadero grito de dolor. Salió al balcón dando tumbos y tropezó con el pedestal.

El Globo cayó al suelo de piedra y estalló en mil pedazos.

El puño seccionado del Relojero, que aún sostenía la brasa, cayó a los pies de Jack.

El Relojero dio varios tumbos, chocó de espaldas contra la barandilla y cayó al vacío por el balcón.

# *Capítulo 60*

—**NO PUEDO** creer que los guardas no lo hayan encontrado. –Gwen se recostó en una silla alta muy parecida a la de la habitación donde ella y Jack habían encontrado a su tío–. Por no mencionar a Scotland Yard.

—¿Crees que pueda haber sobrevivido?

Jack se limitó a encogerse de hombros y agarrar la mano de su padre, con cuidado de sortear las diversas vías que descendían del colgador de suero al lado de la cama.

—Tampoco han encontrado los escarabajos.

Un grupo de los hombres más grandes que Jack había visto nunca habían entrado en el campanario poco después de que el Relojero se precipitara por el balcón; todos ellos iban vestidos de tweed, y la mayoría llevaban sombreros hongo. Habían abierto las altas ventanas de todas las paredes para que el humo se dispersara. Pero, mientras este empezaba a perderse en la noche, el viento se detuvo del todo. Habían colgado luces de las plataformas, y una figura alta con un vestido negro había entrado en la sala llevando una vieja veleta con forma de barco.

—Estábamos buscando esto –había dicho la señora Hudson, juntando los talones con un sonoro «clop» ante Jack. Sus duros ojos grises, casi bizcos tras las gafas, se dirigieron al puño seccionado a sus pies–. Y creo que también buscábamos esto otro.

Después todos habían vuelto a la Fortaleza, donde Jack y Gwen habían sido tratados por quemaduras leves e intoxicación por el humo. Les hicieron guardar cama, aunque Jack no consiguió dormir ni un minuto.

—¿Cuándo va a despertar? –preguntó Jack, mirando la cabeza vendada de su padre. John Buckles Doce no había abierto los ojos ni una sola vez desde la sala del reloj.

—Creo que es demasiado pronto como para saberlo.

Un médico entró en la habitación, el mismo hombre canoso que Jack había visto la noche anterior en el pasillo ante la habitación de Percy. Le siguieron la madre de Jack, Sadie y la señora Hudson. El doctor levantó los papeles del frente de la cama antigua y anotó algo.

—Tu padre ha sufrido mucho. Creemos que el Relojero fue muy lejos en su intento de encontrar la brasa. Hay señales de tortura... y droga, montones de droga. Le va a llevar un tiempo limpiar su cuerpo; hasta entonces es difícil que despierte.

—¿Droga? –Jack no comprendía–. Pero si anoche me habló...

El doctor le dedicó una amable sonrisa, un punto perdonavidas, y devolvió los papeles al gancho de la cama.

—Me temo que eso es imposible, jovencito.

—Jack –Gwen se incorporó en su silla con cara de preocupación–. Tu padre no despertó en ningún momento. No te dijo ni una palabra. Yo estaba allí.

Jack abrió la boca para responder, pero la volvió a cerrar y entrecerró los ojos, dedicando a la chica un «¿ah, sí?» silencioso. Ella asintió gravemente.

Eso no tenía ningún sentido. Él sabía lo que había visto. ¿O no? Sin pensar, metió la mano en el bolsillo de su chaqueta de cuero. La esfera roja con montura de oro seguía ahí. Le tentó la idea de mostrarla; pero vio que la señora Hudson le miraba fijamente, así que la dejó dentro del bolsillo y volvió a sacar la mano rápidamente. Sadie le tocó un brazo.

—Papá se va a poner bien, Jack. Tú vas a ayudarle, ya verás.

—Volveré dentro de una hora para ver cómo va el paciente –dijo el médico, saludando con un gesto a la madre de Jack y a la señora Hudson mientras salía de la habitación.

En cuanto se fue, la señora Hudson cerró la puerta y se llevó las gafas a los ojos.

—Ahora que estamos todos juntos, supongo que es el momento de explicar lo que vamos a hacer.

—¿Voy a ir a la cárcel? –Sadie se adelantó, pero su madre la hizo volver atrás.

Jack creyó ver que en el rostro de la señora Hudson se dibujaba lo más parecido a una sonrisa de lo que era capaz, aunque resultaba dificilísimo estar seguro de algo así.

—No, niña. Es el Ministerio el que se encarga de hacer cumplir sus propias reglas. Y, además, eres muy joven para ir a la cárcel, o para que se te apliquen muchas de esas reglas. Tu madre, sin embargo, es otra historia.

La madre de Jack se puso bien erguida y se aproximó a ella con su altura no demasiado considerable.

—Estoy preparada para enfrentarme a las consecuencias de mis actos, señora.

—Y así será. –La señora Hudson se bajó sus gafas hasta la punta de la nariz–. Usted y su marido han incumplido sus juramentos. Más de una vez. Sin embargo, y dado que él aún está recuperándose, el Ministerio cree que una especie de arresto domiciliario es preferible a la prisión. Estaremos de acuerdo en un periodo de convalecencia en la Casa Buckles, y después ya decidiremos.

—¿Eso es que podemos quedarnos en la casita vieja de abajo? –sonrió Sadie.

Su madre le apretó el hombro con la mano.

—Sí, querida; ahora calla.

—¿Y qué hay de mí? –preguntó Jack–. ¿Qué piensa hacer el Ministerio conmigo?

—Esa es la principal cuestión, ¿cierto, señor Buckles? Una cuestión tanto filosófica como legal. –La señora Hudson levantó una gruesa ceja gris–. Algunos querrían que le encerrásemos en el subnivel veinticinco con las serpientes y la salmuera. A fin de cuentas usted es un Trece de trece años con fuertes capacidades rastreadoras, mucho antes de lo normal. –Su mirada se volvió más dura–. Por no mencionar una cierta tendencia a no respetar el orden establecido.

Jack le dirigió una pequeña sonrisa.

—No pueden meter a un Buckles con las serpientes; están en la S.

La señora Hudson frunció el ceño.

—A eso me refería. –Soltó aire por su nariz puntiaguda, y su expresión se relajó, aunque no demasiado–. Hay... otros... que se han manifestado en su favor. De no haber intervenido usted, el Buckles Doce sin duda alguna habría fallecido. Y consiguió recuperar la brasa de manos del Relojero, que no es poco. Claro que también...

—¡Al grano! –Gwen casi estalló, dejando caer los brazos a sus lados–. ¿Qué van a hacer con él?

La señora Hudson puso una cara de fastidio que hizo que Gwen volviera a hundirse en la silla.

—Usted, señorita Kincaid, mostró ayer un deplorable desprecio por los protocolos señalados en la sección trece. En numerosas ocasiones fue más allá de la poca autoridad que le confiere su puesto. Desgraciadamente, el Ministerio cree que seguirá haciéndolo, y redirigir sus energías parece una tarea eminentemente más sencilla que refrenarlas. –La señora Hudson se aclaró la garganta antes de seguir–: Por tanto, y contrariamente a la razón y el buen criterio, considérese promocionada a aprendiz de detective, con inmediato cambio de destino. –Se bajó las gafas y señaló a Jack con la cabeza–. Vamos a entrenarlo, señorita Kincaid; eso es lo que vamos a hacer con él. Y usted será su guía.

—¿Van... a entrenarme como Rastreador? –A Jack hasta le costó decirlo. Había esperado acabar en la cárcel o haciendo de rata de laboratorio; lo que desde luego no había esperado era un empleo.

—No repita lo obvio, señor Buckles; eso es algo terriblemente americano. Pero sí, el Ministerio considera que es mejor enseñarle cuanto podamos, aunque pasará un tiempo hasta que obtenga el título de Rastreador, si es que alguna vez lo consigue. –Volvió a mirar a Gwen–. Entre las muchas cosas que la señorita Kincaid ha revelado en las últimas veinticuatro horas, muchas de ellas secretos, quizás haya olvidado mencionar que todos los Rastreadores comienzan su servicio en el Ministerio como aprendices administrativos o de seguridad. –Volvió a levantar las gafas y recorrió a Jack desde las puntas de los pies hasta los pelos de su cabeza–. Y creo que todos estaremos de acuerdo en que es usted demasiado bajito como para hacer de guarda.

Sadie corrió hacia Jack y lo abrazó.

—¿Has oído eso? ¡Podremos seguir todos juntos!

Jack no pudo evitar sonreír. Había peores salidas para un joven de trece años que mudarse a una casa nueva y entrar en una sociedad secreta de detectives. Al devolver el abrazo a su hermana, vio que la señora Hudson daba unos golpecitos en la puerta. Inmediatamente asomó un brazo por esta, le entregó un portafolios de clip y volvió a desaparecer.

La señora Hudson cruzó la habitación y entregó el portafolios a Jack.

—No hay como el presente para empezar, ¿eh, Aprendiz Administrativo Buckles?

Jack examinó el portafolios. Había un montón de papeles, verdes encima y rosas debajo. La primera página parecía reconstruida de unos fragmentos quemados. Reconoció la letra de Gwen en algunas líneas, así como el número del formulario que se indicaba: 26-B-2.

La señora Hudson sacó un bolígrafo de su manga y se lo entregó, mostrando de nuevo esa expresión que quizás fuese una sonrisa.

—Bienvenido al Ministerio de Rastreadores, señor Buckles. Todos los formularios deben ser cumplimentados.